東京　ユリシーズ

風詠社

東京 ユリシーズ

あのユリシーズのことを語ってください
ムーサよ。
血みどろの殺戮と
幾多の苦難を経験し
人知が及ばぬものを見てしまった
あのユリシーズのことを。

ユリシーズは女主人の匂いを見失った。

先ほどまで濃厚に漂っていた匂いは、海からの強い風に霧散し、消えていた。潮の香、鉄錆の匂い、排気ガスや塗料の刺激臭、名も知らぬ死すべきものたちの体液や血の匂いなどが誘惑してくる、どれも新しく珍しく興奮を覚えた。来たことのない土地だった。見知らぬ匂いの地図が幾層にも重なって脳裏に広がった。もう一度、女主人の甘い香りを探して、濡れた鼻先を風上に向けてみたが見つけることはできなかった。匂いを探ることはあきらめた。体内に宿ったかすかな移動の痕跡と方向の記憶に頼ることにした。渡鳥たちが自負しているあの能力。陽射しの向きと体内に流れる微妙な磁力の傾きが大まかな指針となってくれるだろう。戻るべき家からは、はるかに遠いことは知れた。だが、近づくにつれて進むべき方向は狭まっていくはずだ。

ユリシーズは歩き始めた。

埋立地に聳える巨大な建造物はあの木馬のようだと思った。それらは誰も耳を貸そうとはしないカッサンドラの予言のように、ユリシーズの目には虚しく映った。未来を正確に予見しているが、その言葉を信じる者はいない。わかり切っているのに虚しく期待を込めて明日を求める死すべきもの、人間たち。

決して辿り着くことのできない海市にも似ていた。ユリシーズは思考をしない。人間どもが使う言葉は回りくどく、不正確極まりない。五感で集めた無数の情報をパズルのように合わせて、無駄なピースを捨てていくだけだ。だから、迷いはない。

飼い主がおらず、リードを付けていない黒いラブラドールレトリバーは目立つはずだった。しかし、頭を上げてゆっくりと歩む大型犬は不思議なことに街に溶け込んでいた。一定のリズムを守っての歩行は厳しく訓練されていることを示していた。だからだろう、すれ違った通行人は、誰もが飼い主が傍において散歩をしていると思い込んでいた。ほとんどの通行人は、リードにつながれていないことにさえ気づかなかった。気づいた人でも、リードに繋がれていないのは、そのような類のトレーニングだと勝手に解釈した。人通りの少ない小路であっても、ユリシーズと出会った人間は、彼が一匹で歩いていることに疑念を抱くことはなかった。横断信号では座って待った。道端のものを嗅ぎ回ったり、ましてやすれ違う犬たちに吠えることなどはなかった。ひたすら同じ速度で歩いた。それは、一つの規範であり律動と化していた。迷う余地はなかった。ユリシーズをある方向から微かだが引きつけ導くものがあった。それは、この宇宙が誕生して以来、放射し続けているものだったのかもしれない。ユリシーズは、それに従うだけだ。誰にも見えない海流に乗って漂い進む舟のようだった。時折り、風を読み、帆を掲げるように、双つの耳を立て、鼻先を少しだけ持ち上げた。

陽が落ちる方向へ進めば良い。ユリシーズは、影を濃くした歩道をまっすぐに歩いた。仔犬の時に犬舎の金網塀の下を掘って抜け出したことがあった。一晩中、家の周囲を歩き続けたあの興奮が蘇った。

この間、久しぶりに、録音された自分の声を聴いた。近頃のボイスレコーダーの性能が良くなっていたのには感心した。それよりも、もっと驚いたのは、この歳になって、俺ってこんな声をしているのか、こいつは俺の声じゃない、と感じたことだ。自分が思っている声よりもずっと高くて、耳障りな声だった。考えれば、日常で自分の声を聞いているときは、外からの声ではなくって、この肉体を伝わってきた声帯の振動を聞いていたわけだ。首や頭蓋骨、口蓋を伝わってきた振動音として、自分の声を認識していたことになる。音楽や人の声を聞くように外部からの音とは伝達ルートが異なるから、まったく違って聞こえたのだろうか。そんなことより、不安を覚えたのは、この録音された声のほうを、みんなは俺の声として認識しているということだった。まわりの家族や友人たちは、この声を俺だと思っているということ。俺自身が思ってもいなかった声が、俺のものだとされてきたこと。俺という別の人間を見つけたような、なんだか肌寒い気持ちに襲われたものだった。

そうそう、中学の頃、級友に「おまえにそっくりな奴がいる」と告げられたことがあった。俺に似ているというそいつを一階上の教室へ見に行ったことがある。ぜんぜん似ていなかった。級友にそういうと、「えっ、そっくりじゃん」と取り合ってくれなかった。あらためて、俺に似ているという奴を見ながら、ひょっとしたら俺ってあんなふうに見られているのかと気づいた。少なくとも、級友と俺とでは、この俺自身についての印象が違っていたことは確かだ。その時も、自分が見ず知らずの他人の服を身につけているような居心地の悪さを感じたものだった。

俺とか私とかいわれているこの存在は、実に頼りなく危ういものだと思う。自分が俺だと思っていた存在と、他人が俺だと思っている存在がズレていた事実。どっちが本当の俺なのかなんて自信がない。そう考えると、多重人格ってそんなに遠い話じゃないかもしれない。持続した一つの存在だと信じてきた俺って、本当に同一人物なのか、同一人物であり続けてきたのかと疑う。俺だと思っていたものって、単なる外部からの刺激に反応する感覚の集合体にすぎないのではないか。つまりは、他人の印象の寄せ集め、過去の記憶の集積でしかないのか。だとすれば、一年前の俺と今日の俺とではあきらかに違う。他人といったって不思議じゃない。そんなことを考えると、わけが判らなくなってきた。

この間、他の人格に入り込まれてしまった女性の話を読んだ。それって多重人格とも違うようだった。その人には時々そんなことが起こるらしい。素地として霊媒としての能力を持っている人に多くあるという。だからか、他人に入り込まれやすい人って、女性がほとんどだとも書いてあった。まあ、母性って、子供の人格に乗り移られることかもしれないな。ともかく、他の人格に入り込まれたその女性は、入り込んできた他人を拒んだ。その他人に出て行ってくれと懇願したそうだ。霊媒の能力を持っているから、他人に入り込まれたことが判ったのだろう。でも、その他人が自分に似ている他人だったら、果たして入り込まれたという実感を持てたのか。それを考えると、世の中には他人に入り込まれても気づかないでいる人って、案外多いかもしれないと怖くなった。

この俺だって、これまでの人生、ずっと同一の人間だったと証明することなんてできない。夜中に他人にすり替わられてしまった奴が朝起きても、自分のことを昨日と同じ俺かどうかなんて疑うわけない。

いつか、俺が死んだとき、すり替わって入り込んだ他人も死んでしまうのだろう。多重人格の人が亡くなると、その中の何人もの人間が死ぬことになる。俺の死は、世界の死でもある。死んじゃったらどうなるのかなあ、って子供の頃に考えた。自分がいない世界を想像した。俺が生まれる前の世界には、当たり前だけど俺はいなかった。つまりさ、生まれる前の世界を想像することが、死んだ世界と同じなのかなと想像した。死後の世界をみんな勝手に想像するけど、生前のことは考えない。それってヘンだと思う。少なくとも俺の死で俺の世界は終わる。俺の世界が終わることは、この世界が終わることを意味する。死んだら、世界を認識できない。それは、世界の死なのだろう。でも、世界は続く。親父が死んだ後も、この世界が続いているように、世界は続く。

バスの中でスマホをいじっていた女子高生が突然の揺れに顔をあげ、歩道のユリシーズに気づく。「ああ」と頷いた。以後、歩道を進む黒い犬のイメージを忘れることはなかった。何かの折に想い出す。黒い犬が違うものにすり替わったりもする。そのことが意味することに、彼女は気づくことはない。翌日、彼女に起こった出来事が後々の人生を大きく変えることになるのだが、その出来事についてはすっかり忘れてしまう。

記憶の選択が無意識にされること。そのことで、人は世界と繋がっている。

一羽のカラスが自転車に乗った男を襲った。近くに巣があり、孵化した三羽の雛が餌を待っていた。ひと月後、そのうち一羽だけが巣立つことができるだろう。残りの二羽は他のカラスに食べられてしまう。そういえばインドあたりだったか、親族が亡くなると、その遺体をみんなで食べる風習を持つ民族があったという。その民に、ギリシャ人がわたしたちは火葬にして弔うと教えると、なんて残酷だと非難されたらしい。

ユリシーズは埋立地を離れ、海に架かる巨大な橋梁を渡っていた。車道の縁を歩いていたので監視カメラに撮られてしまい、警備車が出動した。

警備会社に、橋を渡る犬についての対処方法などマニュアルとして用意されていない。警備員の奥田は、仕方なくロープを投げ輪状につくり携帯していたが、子供の頃に彼った犬への恐怖心を拭い去れずにいる。逃げられた場合、逆に襲って来た場合、どのように対処すれば良いのか。こんな即席の投げ縄が役に立つはずはない。久々に恐怖を覚えた。だが、犬が車線にとびこみ、事故や交通渋滞を引き起こすことだけは避けたい。運転をしている同僚の山本は「車窓からそのロープを犬の首に通すだけでオッケーだよ」と気楽にいっていたが、そう簡単には済まないと思っていた。我ながらネガティブな性格だと感じてはいたが、どうしようもない。そういえば、元カノのアケミに、別れ際だったか、吐き捨てるように「なおんないよ、あんたのマイナス志向」と指摘された。

警備車は犬が発見されたポイントの近くまで到達したが、犬の姿は見えなかった。犬があのまま歩めばこの辺りだと見当をつけていた。「あれえっ?」と山本はゆっくりと車を進めるが、影も形も見当たらない。その旨を本部に連絡すると、本部も監視カメラから消えたといって来た。山本は「海に飛び込んだのかよ」と呟くと、車を退避エリアに停めて降りた。強風に顔を殴られるように感じた。手すりに掴まり眼下の海面を覗く。風に煽られた白波が無数のフリルのように輝いていた。海面を探してみた。海中に巨大な黒い影が動いたように見えた。雲の影かと思ったが、この陽射しだし、漣の向こうに見えるから違う。長距離トラックほどの大きさだった。鯨の類かと興奮し、すぐさま奥田を呼んだ。「鯨の影が見えた」と告げた。マジか、と奥田も海面を覗き込む。

そこから少し離れた反対車線を、ユリシーズはゆっくりと歩いていた。足元から未知の音波が届いた。だが、それが何を意味するかは判然としなかった。

東京湾に紛れ込んだザトウクジラは歌い続けていた。鯨の歌は求愛のためといわれているが、その音色は哀哭といって相応しくあまりに悲しい。この星から発せられた悲鳴のようだった。ユリシーズには、ホイッスルのようなソナー音に続いて、はっきりと歌を聞きとれた。海の深さほどの悲嘆にあふれ、あの時に聴いたセイレーンの歌声のようだとも思った。

ザトウクジラは船舶が行き交う海面を避けて海底近くを泳いでいた。海の底から、或いは岸と思しき方向から、無数の信号を感じた。それぞれが何かに痛めつけられているような悲鳴や押し潰された軋みに近いものだった。ザトウクジラは巨大な体躯をくねらせ、それらの悲鳴に応えようと歌い続けた。

堆積したゴミで出来た土地は陽射しの熱を吸い込み易く、熱せられた地表によって温められた低層の空気は軽さを得て上昇気流となる。気流に浮遊している無数の水滴は都会の微小なゴミや炭素粒子、様々な花粉、塩の結晶、大陸から飛来した砂塵の類にまとわりつき、昇るにつれ量を増して上空で冷やされ水蒸気の細胞《セル》を形成し雲となる。太陽光を溜め込んだ細胞同士がぶつかり合い、エネルギーが蓄えられ、やがて過剰となって雲の間に雷を発生させた。

ユリシーズは、見上げた積乱雲に走る微かな光の帯を認めた。それは、ユリシーズにある暗示を与えたのだが、それを解読するものは誰もいなかった。

代々木駅のプラットホームは、塾帰りの小学生たちで賑わっていた。子供たちは予備校生の俺たちを風景の一部かのように無視してかかっていた。大地震は必ず来ると思う。死者32万人。地震のことを考えると、受験勉強なんか何だという感じがしてくる。こうして予備校に通うことに、何の意味があるのだろうと思う。役に立たない知識を無駄に増やして何になるのか。地震のことを話すと、誰もが少しばかり深刻ぶった表情を装って、訳知り顔でいつかは来るだろうなという。そして必ず、だからってどうしようもないと、明るい諦めを表情に出してくる。何の根拠もないのに、自分だけは大丈夫と確信している。たとえ自分に明日が見えたり予知の能力があったりしても、そんな自分を果たして信じられるのだろうか、とも思う。そうか、これが、カッサンドラの予言なのか。

電車が入ってきた。炎上する電車のイメージが重なる。さっきの教室でも、炎に包まれた教室を想像していた。燃える町、燃える犬、燃える小学生。恐竜を絶滅させたあの巨大隕石の落下を連想する。燃える大地。燃える海。終末の都市のイメージ、デストピアのCGは余りに見慣れてしまった。これって至って凡庸な受け売りの想像なのか。そう考えると、自分という存在さえ薄っぺらく極々ありきたりだと思えてくる。俺たちの世界は日常という堅牢なエネルギーに押し潰されている。どんな凶悪事件でさえ一週間ももたずに風化してしまう。

電車の乗降口は、原宿か渋谷の帰りだろうか、紙袋を抱えた少女で占められていた。その内の何人かの少女が、降車する客に押し出されて来た。一人が俺にぶつかる。振り返りながら、小さな声でごめんなさいといった。金髪に染めた前髪の向こうで、カラコンを付けた瞳が意地悪く光った。

俺は彼女を抱きしめる、イメージを抱く。

燃える少女、燃える東京。この都市では、悪意も殺意も日常茶飯に紛れている、と思う。

□セイレーン
上半身が人間の女性で、下半身は鳥の姿とされる。航海中の船舶へ向けて、岩礁から美しい歌声を聴かせて人を幻惑し、遭難させる。セイレーンの棲む島は喰い殺された人々の骨で山をなしていた。

セイレーンの歌に幻惑され命を落とした船乗りの骨が、うず高く積まれ夢の島を形造ったという伝説。だからか、ここでは風に紛れて歌声が聞こえることがある。それらの誘惑の歌声を拒むには、それ以上声高に歌うしかない。

残業に疲れて、カラオケボックスに入り込み寝込んでしまった。何曲か歌ったのだろうか、喉が痛い。店員に起こされ、カードで払いを済ませ、外へ出たら、お台場の強い陽射しに襲われた。空を見上げると、トビが一羽、大きく旋回していた。会社から何通かのメールが来ていた。着信もあった。辞めるか、と決めた。ふと、あのトビになったら、この俺はどう見えているのかと思った。指で潰せそうなほど、小さな生き物に見えるのか。蟻のように蠢いている虫けら。自虐がクセになってしまっている自分を、嘲笑うしかない自分がいた。

目の前の俺を無視するかのように黒犬が通り過ぎた。

埋立地へ続く高架橋の下に日昼でも陽の射さない小さな公園があった。高い塀に囲まれた工場地帯のなか、そこだけ唐突に切り抜かれたような空間だった。小さな工場が成り立たなくて、差し押さえられた土地が公園になったのかもしれない。極彩色の滑り台や動物をかたどった遊具が配置されていたが、子どもたちの姿を見かけることはない。そのかわり、幹線から少し入った場所にあり、トイレも備えられていたので、タクシーの運転手たちのたまり場となっていた。何度来ても、誰もが間違えて迷い込んでしまったような所在無さを感じる場所でもあった。

橋を降りたユリシーズは公園へと近づいた。夕方に近かったが数人の制服を着た男たちが、それぞれのテリトリーを守るように離れ、煙草を吸い、食事をし、スマホをいじっていた。一度も花を咲かせたことのない花壇のブロックに腰を下ろした白髪の運転手は弁当を片付けてスナック菓子の袋を開けたばかりだった。

運転手は植え込みを抜けて公園に入ってきたユリシーズに気づいた。犬が侵入してきたことに驚く者は不思議といなかった。運転手は子どもの頃、故郷で秋田犬を飼っていたことがある。大型犬にはなれていたので、菓子を手に乗せて差し出してみた。ユリシーズは近づき手のひらの匂いをかぎ、指先を舐めたが菓子には口をつけなかった。運転手は一瞬、犬の舌の感触に涙が出そうになった。郷愁のせいではなかった。思い出すような故郷も家族もなかった。あの地震以後、東京に出てきた。妻とは別れ、子どもたちも去っていった。故郷に、待っているもの、持っているものは何もなくなった。年をとり涙もろくなったのだろうか。あえて理由を探せば、飼っていた秋田犬の温もりが思い浮かんだからだった。小学生の頃、学校から戻ってくると、家には誰もおらず、秋田犬の小屋に入って母親の帰宅を待った。家よりも犬小屋のほうが暖かかった。擦り寄ってきた犬の毛並み、立ち込めた獣の匂い、舐められた頬の感触、そんな記憶がひと塊となって彼を襲った。

高架橋の裏にへばりつくように、どこからか飛んできた風船が行き場を失い、しぼみ揺らいでいた。

ユリシーズは花壇脇の水飲み場に行くと、老いた運転手を見た。

「ああ、水が飲みたいのか」と運転手は腰を上げ水飲み場の栓をひねった。ちろちろと流れ出した水をユリシーズは舌で叩くように飲んだ。

「うまそうに飲むな」と近くで煙草を吸っていた同僚の男がいった。太っているせいか制帽を団扇代わりにあおいでいる。会社は違っていたが、老運転手とは同郷だったので、ここでたまに会ってお喋りをしている。二人とも中高と野球部に入っていたので話が合った。当時は練習中に水を飲むことは禁じられていた。ユリシーズを見ながら、夏の練習後、からからに渇いた喉を潤す水道水の甘さを二人は同時に思い出していた。

「どこからか逃げてきたのか」と老いた運転手が犬に訊ねるように呟いた。

「こいつ賢そうだから、適当に散歩したら戻るのだろう」と煙草の運転手が答える。

　俺は戻る家がない、と老いた運転手は思った。被災者ということで会社からは厚遇されたが、二年半住んだ寮はあと半年で出なくてはならない。寮の近くに安い部屋を借りるつもりでいた。タクシードライバーという職業を気に入っていた。道を覚え、客を拾うコツを覚えだしたので業績も上がっていた。都市には息遣いがある。その息遣いの律動を身につけることが大切だった。しかし、運転が難しい年齢になったらどうするのかと不安になる。年金は当てにはできない。何とかなると思う。どうにもならないとも思う。

　唐突に「親父さんのさんさ時雨、聞きたいな」と煙草の男がいう。他の運転手たちはみな車に戻り、公園には二人の男と犬だけだった。

「歌うか」と老いた運転手は呟くと、腰を伸ばした。

さんさ時雨を歌う場所はこの公園以外、どこにもなくなった。入社したての頃、寮の宴会で歌ったが、何度か繰り返すと誰も聴いていなかった。以来、いまではこの公園で歌うだけになった。

「きょうは、聴衆が一匹増えた」と、老いた運転手は腰に手を当てて上を向き歌いはじめた。

さんさ時雨か　茅野の雨か
音もせで来て　濡れかかる

クジラの歌声にどこか似た高い声音が高架下の空間に響いた。伏せていたユリシーズが見上げると、高架下の風船が少し揺れた。

歌声を打ち消すように、近くの工場から終業を告げるサイレンが鳴った。

ユリシーズはサイレンか、歌声かに応えるように、遠吠えをはじめた。


上空で冷やされた水滴は上昇気流に浮遊しながらも地上からの引力に惹かれていた。引力は水滴に震えを起こすことでエネルギーをつくりだし水滴同士を結びつけた。結びついた水滴は雨粒となって浮力の許容量を超えると堰を切ったように一斉に落下し始めた。その勢いを上昇気流が対流としてつくりだした下降気流が後押しして夕立となった。それは、地上と天空、海上のエネルギーそれぞれが三つ巴で戯れる遊戯のようだった。

Wの項から二枚、TとBの項から一枚ずつゲームソフトを取ると、素早くパーカーのポケットに押し込んだ。土曜の午後の店は、上機嫌な男と女と音楽で溢れていた。急ぎ足で出口を目指す。出口脇のショウケースから、Kポップのグループが極彩色の微笑みを投げかけてきた。「ちょっと、お客さん」。案の定、背後から押し殺したような声が追いすがる。躊躇せず駆け出した。開きかけた自動ドアの隙間を、こじ開けるようにくぐり抜ける。盗難防止のブザーが驚いたように鳴る。小動物の悲鳴に似ている。ラの音。人の産声はすべてラの音だと聞いたことがある。それを合図に走り出す。誰かが何かを叫んでいる。自分の息遣いのせいか、その意味を聞き取れない。混雑する大通りを走り、信号が赤に変わった交差点を避け、曲がる。自分の正確なステップに酔うように、人混みを縫い、走る。青色になった横断歩道を通り抜けた。混雑と信号は一つのゲームのようだ。頭の中で、走る自分をコントローラーで操作する自分の手が見える。行き交う人間たちが、走る俺を見つめている。幾束もの視線が俺を掻き立てる。小さく叫んでいる高校生がいる。激しく、しかし正確に繰り返す心臓の鼓動が、身体を温め始めた。スピードは視界をわずかに狭め、歪め、汗で滲んだ視線は街を幻覚のように見せていた。追っ手を想う背中の緊張が、脚力に勢いをつける。楕円形のボールの代わりに、ポケットに四枚の小さな光る円盤。そのうちの一枚のテーマ曲を、舌先に乗せてみた。もう、風景は見えない。

束の間の興奮と高揚、アドレナリン依存症、生きてる意味はこれしかない。これしか見つからない。

今夜は夢を見なくてすむ。

□カッサンドラ

カッサンドラはアポロンに愛され予言能力を授かった。しかし、アポロンが自分を捨てる未来が見えてしまったため、アポロンの愛を拒絶する。憤慨したアポロンは「彼女の予言は誰も信じない」という呪いをかけた。カッサンドラはトロイ戦争の行方を正確に予言するのだが、誰からも信じてもらえなかった。

「宇宙は拡散しているの。毎秒二百四十キロメートルという速度で広がり続けている。拡散はいつしか収縮運動に転移して、収縮した宇宙は消滅点に向かい、消滅の後には新しい宇宙が誕生するの。再び、新しいビッグバンが起こるってわけ。拡散とは崩壊と同じことで、言い換えると新しい誕生のためのプロセスでもあるの。つまり広がりつつある地球も、人類も、少しずつ崩壊し続けて消滅へ近づいている。エントロピーを増大させながら、来たるべきゼロへ向かっている。すべてのものは、消滅に向かっている。地球の人口爆発が良い例だわ。このまま人間が増え続けて、レミングの集団自殺のように消滅する運命を辿るの。そんなこと、みんなうすうす気づいているけど、どうにもできないし、なにもしようとしない。人間ごときに止められることではないわ。わたしたちだけが、このことに気づいている。この気づきを共有しているのが大天使たちなの。わたしは大天使ミカエル」とその少女は言った。

彼女は口よりも遥かに大きなハンバーガーを指先で器用に包み、食べ始めた。

「最終の崩壊であるハルマゲドンまでに、目覚めた人々を、一人でも多く見つけなければならないの。そして、みんなで新しいノアの箱舟をつくらなければならない」と少女は言って、私を真剣な眼差しで見つめた。

「宇宙が消滅するなら、どこへ逃げても同じじゃないの？」と訊いてみた。

「違う次元へ移動するの、この宇宙は十一次元で成り立っているのよ」

「なるほどね、目覚めた人々は、もう何人か発見できたの？」

「わたしを入れて五人いるわ」。コーラをひと口飲むと、遠い眼差しを、ハンバーガーショップの前を通り過ぎる人混みに投げた。

「目覚めている人かどうかは、どうして判るの？」

「判るから、判るの。わたしたちのレベルになると、通じるものがあるの。それは人間の言葉に翻訳できないわ。だから説明することもできない。前世から持ち続けている潜在的な能力が備わっているの」

少女は、自分を守る壁に煉瓦を一つずつ積み重ねるように語り続ける。わたしは、彼女自身がどれほど自分の嘘を信じているのかと判断できずに、いらつく。大概の人間は、自分の人生の行く末がおよそ見えてしまっている。この時代、自分が生まれ落ちた環境で人生の大半は見えてしまうのではないか。そんな見えてしまった人生を辿るほど虚しいものはない。だから、見えないふりをして歩むしかないのだ。

ハンバーガーを食べ終わると、チェック柄の地味なワンピースに落ちたパン屑を拾い、口に運んだ。指先は丁寧にネイルが施されてあった。

彼女は学校から塾への合間に、毎日ここで食事を済ませる。わたしは、ＳＮＳで彼女の存在を知ると、ＤＭで連絡を取ったうえ、指定されたこのハンバーガーショップへと取材に出かけて来た。すでに忘れ去られたと思われたハルマゲドンという言葉に、いまだにしがみついている少女たちへ興味があった。

友人の高校教師から、宇宙の戦士、超能力者、巫女、さらには神話の神々だのと演じている少女たちが増えていると聞いたのは、ずいぶん前のことだった。コスプレの延長なのかと聞いたら、半分本気だという。そんな女生徒の一人を紹介してくれるはずだったが、その高校教師は、自宅に遊びにきた生徒に手を出したと訴えられて学校を異動してしまった。その生徒が彼に対して恋愛感情を抱いていたことは明白だったたし、そもそも彼はゲイであったので、その訴えは意味がなかった。しかし、彼はゲイであることを訴えた父兄に告白することを拒み、異動を選んだ。

「お母さんたら、あたしがボーッとしているって、いつも怒るの。違うのよ、何もしないことが大天使としての力をつけていくの。どんなものにも染まらず、純粋にその時を待つことがわたしたち気ヅキ者《もの》の役目なのよ。誰も判らないわよね、こんなこと」

法則がシンプルであればあるほど真理に近づくとは誰かがいっていた。少女のように、簡単な物語に変換した未来を前にしたとき、作戦図を見つめる将校のような特権意識が生まれてくるのではないか。さらには、神の高みにまで上った気持ちにさせてくれるのか。幻想と現実の隙間で遊ぶ子供たち。

彼女たちに共通した「気づき」を確認することで、気づきという共同体を持つことの幻想、そして、すべての人が気づけば、それが真実になるという幻想。そんな遊びを、彼女の言葉に感じもした。「誰もが演技をしながら生きているのが現代でしょう。自分は何に騙されてあげるか、そんな選択がわたしたちの生き方を決めるの。本当のことって誰にもわからない。こんな遊びやゲームが真実じゃないって、誰が言い切れるの？」そんな声が聞こえてくるようだった。邯鄲の夢の夢、その行き着く先は何なのか。ほんとうに宇宙の転移は訪れるのか。いや、ハルマゲドン、大地震さえ起こるのか。確かに、地震の度に、地震学者と呼ばれる連中が披露する発言はまるで役に立たない。現実味がない。この彼女の発言と、なんの違いも感じられないではないか。一歩引いて世の中を見渡してみると、ほとんどの情報が、風景が、こんなに頼りなく見えてくる。そんな時、見ないふりをして、人は何かしらへ逃避する。

先日、小学生を取材する機会があった。話していて見つけたことだが、ほとんどの子供が「逃げ場」を持っていたことだった。ゲームや塾、ときとして友人との関係までが彼らの逃げ場となっていた。イジメさえ逃げ場となる。逃げ場を外部ではなく自分の中にしか見いだせなくなったとき、子供たちは登校拒否をする。自分という演技ができなくなった子供は自己に閉じ込もるが、大人たちは、自分を騙せなくなったとき、演技ができなくなったとき、どうするのだろう。自分を壊し始めるのだろうか。他人のふりをするのか。

わたしにも逃げ場はある。最近は、ときどき中年女になった自分を想うことがそれだ。他人になりすますことでわたしがわたしであり続けられることを、面白く思う。実際に、最近はスーパーから出てくる女を尾行して、彼女の住まいや勤め先を観察し、中年女の日常を体感してみた。彼女は介護を仕事としているらしく、自分の団地を中心に自転車で動き回っている。脂肪がついた肉体を抱えて、弱くなった腰や膝を庇いながら、世の中を恨んだり、妬んだり、怒ったり、憎んだりしているのだろう。この間は、スーパーで半額シールを貼った刺身を選ぶ彼女の横に並んでみた。マスクの下で何かを呟いていた。ぜいぜいと喉が鳴っている。横から体を押し付けながら、わたしも手を伸ばして刺身をとってみた。性的な興奮さえ感じたものだった。わたしと彼女の違いなんて、ほんの僅かだと思う。一度、女装を体験してみるかとも思っている。彼女の衣装を真似しても良いかもしれない。

陽射しが傾くと、扉を開けた海岸倉庫の奥が照らし出された。天井の配管にぶら下がった一匹の蝙蝠が目を覚ました。近くにいるはずの我が子へ超音波を発した。どこからか少し高い周波数で応えがあった。蝙蝠は安心したのか、もう一度、眠りに落ちた。倉庫の片隅に置きわすれたように業務用の冷蔵庫が置かれていた。そこには、今朝到着したアラスカ産のサーモンが詰め込まれていた。鮭はケチカンで水揚げされたものだった。どの鮭も自分が生まれた川に辿り着くことなく捕獲され冷凍されていた。眼の奥の小さな記憶媒体に擦り込まれた川の匂いも一緒に凍りついたままだった。

週に一度、緑町公団に住む平沼という老人を介護する。介護といっても、狭い部屋の掃除と片付けと洗濯くらいなのだが。とにかく何かと口を出したがってうるさい。寝ていてくれたら、どんなに楽かと思う。要支援一だからいっしょに掃除しなければならないと付きまとい、いちいち指示をする。下手だ、要領がわるい、遅いと文句をいう。そんなものだから、うちのスタッフもこの半年で三人も交代した。

主任は「寂しいのよ」という。あの人は一人息子に逃げられて寂しいのだという。話し相手がほしいのだが、上手に付き合うことができない。だから、文句をいうことで会話しているのだそうだ。迷惑な話だ。わたしが最後の砦なんだ、と主任はすがるような目で見ていた。わたしが拒んだら、もうあとがいない。そうなると、他の事業所に仕事が回る。評価があるので、それだけは御免だという。あなただけが頼りだと、しきりに繰り返す。その分無理がきくのだけど、半時もつきまとわれると平治に殺意さえ覚える。平穏無事な人生の終盤に殺意を抱くなんて、想像だにしなかったことだ。

なんとか我慢して仕事を終えた。事務所に電話を入れ、疲れたので立ち寄らず直接帰る旨を伝えた。

コンビニで買物を済ませて部屋に戻った。まだ五時になったばかりだけど、公園に置かれた石の動物たちは長い影を引きずっていた。同じF棟の小学生が乗っているブランコを岩崎さんが揺らしてあげていた。岩崎さんはあの歳で幼女趣味なのよ、と誰かが悪口のように言っていたことを思い出した。あの子の母親に教えてあげようかと思ったが、止めた。面倒だし、知ったことじゃない。同じリズムできしみ揺れるブランコの音が、わたしの耳に猥褻に響いた。肩胛骨の下が痛む。そこが痛むのは、腎臓が悪いと主任の三好さんがいっていた。

わたしは特別な人間だ。そのことは誰も知らない。わたしには、予知能力がある。光子さんのときも、そうだった。あの男はよしたほうがいいって言ったのに、光子さんはついて行ってしまった。「それまでの貯金を、男が勧めた投資会社にぜんぶつぎ込んだんですって」と鈴木春子はいっていた。「そしたら、あの倒産騒ぎでしょう。しかも、金の切れ目は縁の切れ目。それで、なあんにもなくなっちゃったって、本人は案外へいきなのよ」。光子さんは同じ失敗を、二度も繰り返しているそうだ。二度あることは三度あるって、と鈴木春子はひきつるような笑いをしていた。パート先の洗面所でのことだ。鈴木春子は、近頃抜け毛がひどいのよと、ブラシにからんだ毛髪をマニュキュアをした指先で剥がして、白い洗面台に落とした。白い陶磁器の上の毛髪の固まりに、わたしは苛立ちを覚えていた。最近はイラつくことしか記憶に残らない。イライラは胃に来る。大部分は、平沼のせいなのかもしれない。

「不夜城」とは、永遠の命を約束された海の神がつくった中国の古代都市の呼称であり、そこは昼夜にかかわらず明るく照らされていたという。Poseidon nightless city と大きなネオンを掲げた二十四時間営業を誇る巨大ショッピングモールの名称にそんな意味が含まれていたことを、ここを訪れる客は誰も知らない。西陽が眩しい埋立地のランドマークであり、海の神の名を持つモールは、帰宅を急ぐ死すべき者たちで賑わっていた。

駐車場を一匹の黒い犬が横切った。

警備員の奥田はモールの駐車場に停めた車の中でカップ麺をすすりながら、例の犬とはあの犬ではないのかと疑ったが、その時に割り箸が折れてしまい、悪態と共にたちまちそれも忘れた。

奥田は先ほど読んだ「宇宙のすべての記憶がゼロ・ポイントフィールドに残る」という説も、ほとんど忘れている。だとしたら、忘れたことも記憶として残るのか、と思いついたことも忘れている。

カップ麺を食べ終わるとスマホのユーチューブを開いた。誰かがもっともらしく日本の防衛について語っていた。それよりか、戦争より南海トラフのほうが確率的にはるかに上だろう、と奥田は小さな画面に毒づいた。カタストロフはつねに予想外のところから人類を襲う、とも思った。割り箸が折れたことが連鎖して、いずれ予想がつかない破戒に結びつくのだろうか。すべての出来事は大きな流れの一部でしかないだろうから。そう考えた時、何かが次々と倒れるような音を聞いたように思った。

カラスはごみ袋の中からゴールドに鍍金《メッキ》されたネックレスを啄むと、飛び立った。いったん電線に留まったが、すぐに曇り空へ消えた。破れた袋からは、安っぽいアクセサリーや中身が半分残った化粧瓶が覗いている。それは、塀を高く囲い巡らせたこのお屋敷に、似つかわしくないものだった。それは、長年、この屋敷が育んだ腐った物語からはみ出した臓物のように思えた。

□ペルセポネ

ゼウスとデメテルの娘、春の女神。冥界の王ハデスが彼女を誘拐したところ、母デメテルが激怒し、地上に豊穣をもたらすのを止めてしまう。困ったゼウスは彼女を地上に返すが、冥界の柘榴の三分の一を食べたため、一年の三分の一が実りをもたらさない季節となった。

ユリシーズが横切った駐車場の隣には広い芝生のスペースが設けてあり、何組かの家族がグループを作りバーベキューを囲んでいる。バーベキューの道具はホームセンターからレンタルし、食材はモールのスーパーから購入する仕組みになっており、人数が揃えばファミレスよりも安あがりだと人気だった。男たちは缶ビールを片手にソーセージや野菜を焼く。女たちは皿に焼けたものを乗せて子供に配っていた。子供たちはみな同じ野球チームのユニフォームを身につけていた。野球練習の後の集りなのだろう、きちんと整列をして皿を受け取っている。最初に皿を受け取った小学校低学年らしき二人の子供は、すでにテントの下に移動して簡易テーブルについてソーセージやコーンを頬張っていた。背番号11を付けた一人が食べ終わり、紙皿を持ってもう一度列に並ぼうと立ち上がった。列の向こうに動くものが見えた。

「あっ、犬！」

子供が指差した方向から、ユリシーズが歩いてきた。揺れる陽炎が近づくようにも見えた。霞む影のような存在に現実味を感じ取れなかったせいなのか、子供たちは怖がらなかった。親たちも全員が見ていたが、子供たちに逃げるよう指示することもなかった。

一人の父親が焼き過ぎてしまったソーセージを持ってユリシーズに近づいていった。「食べな」とユリシーズの前にソーセージを投げた。ユリシーズはそれに気づくことなく、テントまで行き、手洗い用として置いてあったバケツの水を飲んだ。大人も子供も沈黙してユリシーズを見ていた。犬が水を飲む音が、その空間を際立たせるように聞こえた。人工物に埋もれたこの埋立地で、耳を澄ませ、見つめていた者誰もが、清々しく、神聖とさえ感じた。

吉島百合子は水を飲む犬を見つめながら、久しく忘れていた感情が湧いてくるのを感じた。それは野生とか自然などという感情ではなかった。あまりにも忘却の期間が長すぎたため、彼女にはその感情が何で、どこから来たのかは判らなかった。感情と呼べるものでもなかった。もっと始原の何か。大袈裟に表現すれば、ミトコンドリアDNAのように、自らの誕生以前から百合子が受け継いだ記憶だったのかもしれない。

百合子は家族三人で、昨年の春、この湾岸の街へ筑波研究学園都市から越してきた。筑波では小さな一戸建てに住んでいたが、ここではマンション住まいになった。部屋は二十四階にあり、そこから東京湾と都心の両方が見渡せた。訪れる客は誰もが感嘆の声を発した。夫はそのような反応を見るたびに、無理をしてここを選んで良かったといったが、百合子には日常から次第に現実感が失われていくように感じた。それは、好きな園芸ができなくなり、土いじりをしなくなったせいかもしれないとも思う。

百合子は時間を持て余すようになった。それもあって、地域になじめるように息子を少年野球のチームに参加させた。それまで野球など観たこともなかった百合子が、ルールブックを買い求め、息子と東京ドームまでにも通うようになった。今では配球の善し悪しから守備位置の変化までを語れるようになった。時々は息子とキャッチボールもこなす。良いお母さんをしていると、同級生のママ友からも評判が良かった。だが、何か苛立つものが積もっていった。

黒い犬に出会う半年ほど前、百合子は秘密を持った。風俗の広告サイトを見て新大久保の店へ面接に行ったのだ。風俗嬢の報酬は魅力的だったが、それ以上に未知の世界を見たいという欲求が強かった。駅前の雑踏を抜ける時、なぜか自分の歩みが軽くなったように思えた。

風俗店の事務所は雑居ビルの六階にあった。子供が通う小学校の担任に似た支配人は入店を強要することはなかった。自分でいれたエスプレッソ珈琲をつまむようにして呑みながら、高級店であるゆえに客質の良さと安全性、秘密の保持について強調した。ただし、入店を決めたら性病検査と時間だけは厳守してほしいと告げられた。百合子にとってこの地が自宅から遠く離れていることも好都合だった。息子が塾と水泳で帰宅が遅い火曜日と木曜日の週二日、電車を乗り継ぎ、新大久保の風俗店に通うことに決めた。これも、土いじりができなくなったせいだと考えることにした。

百合子は事務所に着くと、持参のドレスと下着、化粧を変えてウィッグを被る。ネイルチップも付けた。赤のピンヒールを履く。ホテルに向かうときにはサングラスをかけた。支配人は日常的な装いの方が大半の客の好みだといったが、この格好を条件に働かせてもらうことにした。百合子には変装が快楽の必要条件だった。別の人間になることこそが快感だった。小柄だが目鼻立ちの大きな百合子は人気が出た。働ける時間は日中の十一時から四時までの間だけだったので、客一人を相手にすることしかできなかった。そのために、つねに予約が入っている状態になっていた。客のほとんどは都心のホテルを予約してチップを多分に弾んだが、百合子は店から指示されていたように決まった金額以外は受け取らなかった。性戯はほとんど知らなかったので客から教わった。客にとっては素人である方が好ましいようだった。百合子にとって、すべての客は同じ顔しか持たなかった。闇の女王にかしづく奴隷の顔。男性と、いや他人とそのように接することが新鮮だった。

夕刻、接客を終えてホテルを出る時間をとりわけ好んだ。二時間ほどの接客は程よい疲れをもたらし、身体が活性化したように思えた。ロビーの厚い絨毯を抜け黄昏の街へ出る。ホテルから少し距離を置いた地点に送迎の車が待っていた。そこまでの数分間、アスファルトを削るようにピンヒールを蹴り、帰宅する人で混雑する街を歩く。百合子の派手なファッションが他人の視線を引きつけた。とくに女たちからの痛いほどの侮蔑、嫉妬が、全身を棘のように刺してくる。恥辱を味わうこと、身を汚すことは、身を浄めることと同じ意味を持った。

良き母、良き妻、そして良き人であることの均衡をとり続けるためには、変身したもう一人の自分がなければ叶うことはない。客とともに闇の時間が持てたからこそ、日常の平安を味わえる。風俗で貰った報酬は闇の記憶とともにすべて蓄えた。

何年か後、子供と東京ドームに行った時、彼女は馴染み客の一人を見かけることになるだろう。内野一塁側の二列前の席に男は座っている。男は部下らしき若者との二人連れだ。ジーンズにスニーカーを履き子供の手を引いた百合子に気づくはずはない。観戦しながら、百合子は彼とのプレイを思い出し、思わぬ興奮を味わう。ただ、ビールやつまみを買いに階段を上ってくる彼が百合子の脇を通る際には、顔をそらすことになる。

百合子は大学を卒業してから司法試験に取り組んだ。四年間で三回挑んだが受からなかった。司法試験のための予備校でいまの亭主と出会い、亭主が司法試験に合格したと同時に結婚した。結婚した当初、夫は筑波の法律事務所に勤めていた。百合子は子供ができるまで筑波大の大学院に入り直した。だから、社会に出て働いた経験はなかった。風俗が初めての社会経験だった。それだけに一層、風俗に興味を持てたのかもしれない。

店ではリカという源氏名の娘とただ一人仲良くなった。他の女性とは話すことはなかった。同じ部屋で待っていても、みんな各々にスマホを見るか、マンガや雑誌を読んで時間をつぶしていた。百合子は事務所にいる時には化粧して着替えるだけだったが、彼女たちと会話する機会はなかった。リカだけは化粧する百合子のそばに来て話しかけてくれた。ファンデの選び方、アイラインの引き方、シャドウのいれ方、ルージュの塗り方、ネイルのこと、接客のやりとりについても相談に乗ってくれた。入室からの手順はおおよそ店長から教わったが、詳細についてはすべてリカから伝授された。プレイの際のリスクについて、男が喜ぶ言葉のかけかた、嫌な客の対処法、指と唇の使い方など、教わるたびに世界が開かれるような気がした。六法全書には書いていない知恵だった。リカは二十五歳だった。風俗業界には十七歳から入り込んでいる。整形したという大きな目と高い鼻と豊かな胸を持っていた。百合子のことをお姉さんと慕い「私って気持ちを胸にしまっておくことができない」との言葉通り、何でも話してくれた。少し早く出勤して事務所の一階にある喫茶店でリカとランチをとるようになった。ここまでフランクな付き合いができる女友達は初めてだった。これまで百合子は上ばかり、将来ばかりを見つめて生きてきた。目標を決めて努力することが金科玉条だった。立ち止まってみると、足元にこんなに生き生きとした面白い世界があった。「働く以上、客だけじゃなく、あたしも気持ち良くなんないと意味ない」とはリカのモットーだった。「将来のために、今を犠牲にして頑張ったってツマンナイ。結果、差し引きゼロじゃん。カラダが動くうちに楽しまなきゃ」といっていた。

東京湾岸付近の海面で、イワシが銀の腹を見せて狂ったようにくるくる泳ぎ回ることがある。たいていは目立つことで海鳥の餌になってしまう。これはイワシがガラクトソマムという寄生虫に冒されたための奇行であり、寄生虫は、そのイワシが海鳥の餌になると、海鳥のフンとして他の宿主を介して、再びイワシへと循環することとなる。それは、カタツムリに寄生するロイコクロリディウムに似ている。ロイコクロリディウムはカタツムリの触角に寄生して、イモムシに似せた擬態をする。すると、鳥がカタツムリをイモムシだと間違えて食べてしまい、ロイコクロリディウムは鳥の体内で産卵をして、糞とともに排出される。その糞をカタツムリが食べて、再度、カタツムリに寄生することになる。気候においても、生命においても、寄生という循環は休むことはないのだろう。だが、そもそも、寄生虫にとって、宿主の循環とはどのような意味があるのか。環境の最適化では説明がつかない。進化の過程で偶然が組み入れられたとしても、余りにも奇異に感じる。果たして、寄生の一定の循環は、どのようにＤＮＡに記録されたものなのか。

この私は私ではない。レンタルした映画からとった名前、リカ。あの加賀まりこは素敵だった。私はリカ。リカは黒いワンピを着け、ルブタンを履いて、部屋で待つ客のところへ赴く。厚い絨毯を尖ったヒールで刺すように歩く。501号室はいちばん奥だから、嫌だ。とくにホテルのボーイとは会いたくない。奴らは壁に添うようにすれ違いながら、どいつも分かっているぞというニヤついた笑いをする。別に、悪いことしているわけじゃないんだから、ほっといてよ。こないだなんか、エレベーターのなかで名札を付けた従業員のくせに、小声で「お姉さん、いくら」だって。マジあったまにきたわよ。思わずハンドバッグで叩いてやった。クロコの高価《たか》いやつだったけど、思いっきり叩いてやったら、金具で目の下を切ってやんの。どんな言い訳するのかしらね、あいつ。監視カメラにだって録画されているだろうに。私も客もみんなウソと判って演じている世界に、他人がクチをはさんでほしくない。ギブアンドテイクなんだ。誰にも迷惑をかけていないのだから、勝手でいいと思う。確かに、こんな時間から女を呼ぶ奴ってロクな客じゃないんだけど。ま、いいか。チャイム音。「オフィス鈴木から参りましたぁ」「いま開けるから、待って」。四十歳くらい。出張先での浮気男。「田中さんですよね」。手抜きな偽名。「そう」「リカと言います、よろしく。初めてですか、うちは?」「二度目だよ」「へえっ、前は誰だった?」「マリアちゃんって言ったかな、まだいるの?」「彼女、どうもお客さんと出来たみたいで、消えちゃったんです」「そんなこと、あるんだ」「ええ、たまにあるんです。震度三あたりの地震の頻度くらい」「震度三の頻度かぁ、ガクあるんだね」「これでも、気象予報士めざしたことがあってぇ」「きみくらい美人だったら需要はぜったいあったのに」「おバカだから、試験に受からなくて」「試験に受からなかったから、こうしてきみに会えたんだよ。僕にとってはラッキーさ」「ほんと、おバカでよかった」と二人で笑う。

男って、私がおバカのふりをすると例外なく喜ぶ。女は逆に軽蔑してくるけれど。

「じゃあ、この業界で消えちゃうってけっこうあるの？」「うーん、ある時はあるみたいで、続くんですよ、そうゆうの」「それも余震と同じかあ、きみはどうなのさ」「いい人いなくて」。営業用の甘い声。「ちょっと、シャワー浴びてきます」「一緒しちゃダメ？」「料金に入ってないんですけど、サービスしちゃいます」「あんがと」。結構、いい身体してるじゃん。頭うすいから四十代と思ったけど、三十五歳くらいか。「タナカさん、お幾つですかあ」「幾つに見えるよ」「三十くらい？」「三十五」、ピンポーン。

窓を覗くと、熱気のせいかビルの影が揺れていた。埋立地って海辺のくせにすぐ暑くなるような気がする。だけど蜃気楼って見たことがない。果たして、この世に確かなものってあるのだろうか、とふと素に戻った。いやいや、素なんてもともとあるはずがない。私の素なんて、私だって知らない。


ハリガネムシはミミズのような線形をした虫であり、主に水中に棲息している寄生生物。水中で糸くずのような卵を大量に産み、卵は幼虫となってカゲロウやユスリカなどに食べられる。しかし、不思議なことに、食べられても死ぬことはなく、捕食した虫の中でシストと呼ばれる卵のような状態で生き残る。シストは休眠状態であり、不思議なことに零下30℃でも死なない。その後、シストを宿した虫が孵化して地上に出てくると、カマキリやカマドウマなどに捕食される。すると、再び、その生物に二〜三ヶ月ほど寄生するのだ。寄生された虫、カマキリやカマドウマなどはその時点で生殖能力を失い、ハリガネムシの栄養源となってしまう。成虫となったハリガネムシは寄生した虫の脳にある種のタンパク質を注入し、宿主を操作して、水の中に飛び込ませ自死させる。すると、死んだ宿主の尻から脱出し、また交尾を始める。ハリガネムシの主な宿主がカマキリなのだが、カマキリは全く泳げないにも拘らず、ハリガネムシに操作されることで自分から水に飛び込み自死してしまうという不思議。不思議とは、人間の勝手な思惑でしかなく、ガンと人間の関係も寄生として考えたら、どうなのだろう。さらには、わたしたち人間は、この星、地球に寄生しているといえないのか?

駐車場を出たユリシーズは埋立地の公団に入った。強い海風は湾岸の建物群に阻まれ、勢いをなくしていた。倒されるのを待つドミノ牌のように、規則正しく並べられた四階建ての建築群、その上には無闇に蒼い空が広がっていた。空の輝きに比べ、すべてが老いた地上の風景は数段彩度を落としていた。乾き切った砂場と朽ちた遊具が、忘れ去られた時間を繋ぎ止めている。

ここは私鉄駅から遠く、住人たちの交通手段は、年々間引きされていくバス便と自転車しかない。大きなリュックを背負った女がゆっくりとペダルを漕いでいる。ユリシーズを見つけた目が一瞬怯えた。公団では大型犬を飼うことは禁じられているはずだったからだ。見渡したが飼い主のような人物はいない。女は、そうか、と思っただけで通り過ぎた。見ないふりが癖になっていた。見ないふりをすること、考えないことは、彼女が経験上、最も信頼を置いた安全策であり生きる方便だった。

薄暗くなった浴室でシャワーを浴びた。「光子さんは馬鹿なんだから」と、また一人ごちしている自分に気づく。節約の意味もあるのだが、誰かに覗かれているようで、明かりはつけない。小さな手ぬぐいに石鹸を塗り込め、ゆっくりと身体を洗う。背中を規則正しく流れ落ちる水の感触が気持ちを落ち着かせた。公園にいた岩崎さんの横顔を思い出す。小学校に入った頃だったろうか、ときどき集金にくる郵便局のおじさんがを私を抱きかかえたことがあった。突然、スカートを通して、おじさんの太い指先を意識し始めた。ふだんなら泣き出しただろうが、どこかしら罪悪感めいたものを覚えたせいか、黙ったままでいた。それ以来、おじさんが持っていた黒い鞄の光沢に、何か落ち着かない感情を覚えたものだった。

弱々しく浴室に差し込む光をむさぼるように、数匹の羽虫が飛び回っていた。羽虫は上から降りてくるように思えた。浴室の天井を見上げた。天井全体がそこだけ光を吸収したように黒くぼんやりと蠢いていた。急いで、電灯のスイッチを点けた。

無数の羽蟻が、天井をびっしりと覆い尽くしていた。

トクメイシ

イワサキさんにはチュウイしたほうがよいとおもいます。21ニチのゴゴ、ダンチのコウエンで、おたくのオジョウサンとしんみつにしていました。なにかとウワサのあるイワサキさんですから、ジコがあるまえにチュウイするにこしたことはないとおもいます。

公団が建つ埋立地と運河を挟んで、小さな区立の水族館があった。近くの幼稚園、保育園、小学校から子供たちを集めて賑わう人気の施設だ。イルカやアシカのショウのたびに、幼い彼らは水飛沫を浴びながら歓声をあげ拍手していた。そこだけはいつも陽だまりのように明るかった。飼育員の女の子が「街のエクボになりたい」とＳＮＳに書き込んでいた。

ユリシーズは歩を進めながら、アシカの餌になるのだろう小魚の腐乱した臭いを嗅いだ。空を海鳥が群れをなして舞っている。鳥の声は遠い記憶を呼び戻すようだった。歩き続ければ良い。このまま歩けばいつか目的地に着くだろう。ユリシーズは、風が吹き付ける鉄橋を渡り切ると高層のホテルに行き当たった。

海鳥は東京湾からの風に乗りゆっくりと水族館の上空を旋回した。餌のイワシを狙っていた。老いたイルカが泳ぐ生簀が目標だった。飼育員が水面にばら撒くイワシのうち何匹かを腹に入れたい。鉄橋を渡るまっ黒な動物が見えた。ゆっくりと下降しながら、威嚇をするようにミャーと鳴いた。動物は耳をビクッと動かしたが歩みを止めることはなかった。

ボーイング７８７は東京湾に入ると五千フィート上空を内房に沿って北上した。房総半島周辺には積乱雲が発達し、成長する雲の中で盛んに雷が空気を切り裂く音が響いていた。激しい気流は木更津沖のかなとこ状の雲に大量のプラスの電荷を蓄え続け、いまにも地上へ雨粒を落とすかのようだった。海鳥は空気中に濃さを増す電荷密度を感じて巣に戻ろうとしていた。風は上昇気流のほかはぴたりと止んでいる。突然だった。シートベルトで拘束された客たちに衝撃音が響いた。悲鳴が上がる。主翼から尾翼に向けて大量のエネルギーが走り、何人かは風圧を感じさえした。焦げた臭いが機内に立ち込めると、乗客は息を呑んだ。すぐさま、機長から「ただいま当機に落雷しました。安全上問題は何もありません。予定通りこれから羽田空港に向けて着陸態勢に入ります」とのアナウンスがあった。昨日五十六歳の誕生日を迎えた男性客の心臓にストレスがかかった。男は胸を叩いた。収賄疑惑で捜査が入ったと聞いたのは一週間前だった。逮捕も近いと噂されていた。男は「このまま死ねたら」と思った。前の席で抱えられていた赤子が、思い出したように泣きだした。男は一瞬、わたしは何のために生きてきたのだろうと考えた。

飛び乗った山手線はすいていた。息を整えるために立ったまま、中吊り広告を見るともなく眺めていた。昔の知り合いの父親が収賄の容疑で逮捕されたというタイトルを見つけた。驚いた。友人というより、恋人という関係に近い女性の父親だった。いや、彼女とは恋人気分でいただけだったのかもしれない。

大学二年を終えた春休みの頃だった。暇を持て余していたが、何かを始めようなんて気も起こらなかった頃だ。サークルの合コンに来ていた彼女と知り合い、付き合い始めたのも、一人でいることに退屈しきっていたからだったと思う。半年も過ぎて、夏休みになると、彼女の実家の部屋にクーラーとプレステがあったせいもあって、随分と入りびたった。八月になったばかりの頃だった。まだ昼中だというのに、突然、彼女の父親が帰宅したことがあった。家族みんな外出していたこともあり、すっかり安心して、二人とも裸のまま時間を潰していた。父親は誰もいないと思ったのか、彼女の部屋のドアを開けた。思いがけなくベッドの上の二人を発見した父親は、うろたえていた。驚いた父親も彼女も、何も言えなかった。あまりにも長く感じられた数秒後、ドアは閉じられ、家を出ていくドアの音がした。背中を汗が流れた。いま考えてみると、父親は、男と一緒にいる娘の裸を見たことより、娘の部屋を無断で覗いたことを恥じたのかもしれない。

玄関のたたきには父親が脱ぎ捨てた靴があった。何を履いて行ったのかしらと、彼女が呟いたのを覚えている。彼女に大丈夫かと訊いたら、大丈夫よと答えてくれた。それ以上、何も言えなかった。二人でシャワーを浴び、家を出た。

この事件が何を意味するのか、当時、二人とも判らなかった。判ろうともしなかった。その後、父親は彼女には何も言わなかったそうだ。しかし、彼女の父の逮捕を知ったいま、あの事の意味が納得できたように感じた。小さな萌芽が知らず知らずに大きな腫瘍となっていく。あまりに身勝手な推測だと思うが、あの夏から逮捕まで、ゆっくりと熟していった父親の時間に、吐き気さえ覚えたのは事実だ。

運転手は竹芝にある水上バスの船着場で待機したが、客は中国人ばかりで大声でお喋りしながら観光バスに吸い込まれていった。タクシーを使う者はいなかった。この空振りは神様がくれた贈り物だと気を持ち直し、これを機に夜のために仮眠をとっておこうと車を海が見える駐車場に入れた。シートを倒して、クーラーボックスからタオルを出して顔に掛けた。先ほど公園で会った黒犬のことが思い浮かんだ。そういえば、最近、火事の夢をよくみる。

ビル風に流された羽虫がタクシーのウィンドウにぶつかり落ちた。小さな命が消え、ほんの僅かだが、この星から熱量が減った。この変化は限りなく連鎖していくのだが、結末がどうなるのか誰も知ることはない。宇宙は未だ拡大を止めない。

私は階段の薄暗がりに座っていた。先ほどから白いプリーツのスカートが階段で汚れやしないか心配でたまらない。ときどき手で払うのだが、手の汚れのほうがかえって気になってしまう。前の廊下を小学生の集団が通る。その中の何人かはこちらを眺める。しかし、私のことは暗闇にまぎれて見えないはずだ。

廊下の窓が赤く揺れている。夕焼けだろうか、それとも火事なのだろうか。不安になり、自分の存在を知られることもかまわず、整然と歩き続ける小学生に向かって、大声で聞いてみた。外が赤くなっているのは、夕日のためか、火事のせいか？　子供たちは私の方を眺めるが、無言のまま通り過ぎる。見えない者に返事はできないのだろう。彼等は迫って来る火事から待避しているのかと疑う。それにしては歩行が整然としすぎてはいないか。落ち着きすぎてはいないか。そうだ、二階の窓から何かが見えるはずだと思い、立ち上がって階段を登った。真っ暗である。全ての窓は閉ざされ、板が打ちつけてある。そのとき私は自分が小学生であることに、初めて気付いた。あの小学生の集団に、私も加わるべきだったのだ。一緒に避難しなければと焦る。急いで、階段を降りたが、廊下には誰もいない。思い切って、廊下の窓を開け放った。遠くの森が炎に包まれている。樹々が夕日に輝いているかとも見える。確かめたいのだが、私の近くには誰もいない。

わたしたちは太陽からエネルギーを貫い、命の源としての熱量に変化させ、地球外へ同じ熱量を排出していく。芸術活動はその過程にある熱変換作業の一部であり、それが産み出す共感はエネルギーの連鎖と呼んでも良いはずだ。わたしは、その熱量連鎖が可視化されたら、どんなに素晴らしいかと夢想する。素晴らしいアートになると考える、例えば、セロニアス・モンクのラウンド・アバウト・ミッドナイトがつくりだす熱変換の美しさを、ビール片手に眺めてみたいものだと心から願う。

上がり込んだシンジは、まだ朝の匂いが残るリビングのソファで私を抱いた。洗濯機の回転音が二人の声を消してくれたが、レースのカーテンだけは閉めた。息子の友人という関係を利用して、シンジの訪問は回を増してきた。息子の授業のある時間を調べてあるので、顔を合わせる危険はまずない。彼の大胆さは、次第に私へと染まってきた。

陽射しを吸い込んだムートンの毛皮に裸の背中を押し付けられていると、カーテンの向こうで動く気配があった。飼犬のユリシーズだ。いつだったろうか、カーテンを閉めずに抱かれていたとき、こちらを覗く犬の視線と出合ったことがある。犬の格好で抱かれていたせいだろうか、突然ユリシーズに対して怒りを覚えた。その怒りは、恥ずかしさ、そして屈辱感の裏返しだったのだろう。そう、ユリシーズの視線を思い出すと、ますます腹が立ってきた。

シンジが帰った後、ユリシーズを車に乗せ散歩に連れて出た。いつもの公園ではなく、首都高に乗り、大きな二本の川を渡り、埋立地の海浜公園へと出かけた。車を降りた私たちに、強い海風が吹きつけた。リードをはずしたユリシーズは、いちど痩せた黒い身体を震わせると、私をちらりと見上げ、誰もいない野球場の方角へゆっくりと歩いていった。時計を見ながら五分待つと、それをいい訳として、車に戻り、発進した。バックミラーを見ないままに、再び二本の川を越えて、自宅へ戻った。ユリシーズは、いつか帰ってくるだろう。戻るなら、戻ったでいいと思った。

□テレマコス

オデュッセウスとペーネロペーの息子。トロイア戦争に出征したまま帰らぬ父を探しに、女神アテナイに導かれて旅に出る。

アトレウスの御子、軍隊の長、ゼウスの養い子、メネラーオスよ聞いてください。わたしテレマコスは、家に帰りたいのです。出がけに、良き管理者が見つからなかったせいで、父の留守中に破産したり、大切な財産を失ってはならないのです。だが、焦燥は禁物。帰路を探り、休むことなく歩み続けることが肝心なのです。

ミスキックされたボールを拾うと、サイドラインに沿ってドリブルを始めた。左前方から敵のバックスが走り寄ってきたが、小さなフェイントを掛けると簡単に抜けた。ボールは走る俺の足に絡むように転がっていく。汗が日に入り、一瞬だが視界を歪めた。歓声が聞こえる。視界の片隅にキーパーの黄色いユニフォームが見えた。彼の緊張が伝わった。ゴール右隅が空いている。興奮が左足に走る。スピードと体重を思いきり乗せて、ボールを蹴った。一瞬の空白、空白にすり代わる充足。白黒の球体は誰にも止められぬ速さを生じ、ゴールポストの上を、青空に向けて飛んでいった。要らぬ興奮のせいでボール一つ分だけ上げてしまった。瞬間、ボールがどこまでも飛んでいくように感じられた。そして、お馴染みの喪失感。その分だけ少し身軽になったと思った。応援にきている中村和子が手を振ってきた（シンジは彼女と付き合うのは止めろと言っていた）。彼女と先日見た映画のワンシーンを思い出した。自分の手のひらを、硝子の破片で切る主人公。彼女は、目を背けていた。

タケシは私が目を逸らしたことを、恐怖からだと思ったらしいが、本当は自分でも不思議なほどの興奮を覚えたからだった。主人公が自分の手の甲を切るカットは、私に既視体験に似た感覚をもたらした。多分、かつて夢で見たシーンが、その映画のカットに重なったのだろう。おぼろではあるが思い出すのは、こんな夢だった……私はある場所から必死に抜け出そうとしていた。そこには鉄条網が張り巡らされていて、私の肉体や髪を傷つけずに脱出できそうもなかった。仕方なく、苦痛を必死に堪えながら鉄条網をくぐり抜けたのだが、身体には傷一つ付かなかった。無傷の肉体を見て安心はするのだが、気持ちの奥ではそんなはずはないと思っている。ほら、思ったとおりだ。手の甲にザックリと深い傷が走っているではないか。血は流れていないし、痛みもない。しかし誰かがおせっかいにも忠告する。ほおっておくと、羽虫がここに卵を生み付けると。そこで、手の傷を縫ってくれる人間を捜すのだが、親切にも縫ってあげようという人物はみんな指先に怪我をしており、上手に針を使うことができないという。下手な言い訳はよしてくれと思いながらも、しょうがなく、自分で縫うのだが片手では皮膚に針を通すことだけでやっとだった。あきらめて、乱雑に縫われた糸を解きながらも、きちんと縫ってくれる人を再び捜し続ける。いつの間にか、車のいない高速道路を、ほつれた糸にいらいらしながら歩き続けていた。ここから先の夢の記憶はなかった。しかし、手の甲に絡んだ糸の感触は、鮮明に残っている。私は、この夢の意味をいつしか理解できると信じている。タケシの右足にはサッカーでケガした傷があり、糸の跡が残っている。不思議だが、そこに唇を当てると落ち着きを覚えた。もしかすると、この夢とタケシは、あの傷跡で結び付けられているのかもしれない。

夕立が降った。ほんの半刻ほどだったが、人々は逃げ惑うように屋根のある避難所を探した。

古びた公団の階段脇にユリシーズは入り込んでいた。雨はすべての匂いを上書きしてしまう。ユリシーズは休むことにした。そこは使われなくなった駐輪場でもあった。「ＩＩＡ棟以外の住人の使用は禁止」と書いてあった。ＩＩが数字なのかアルファベットなのか、訪問者にはかすれて判別がつかない。居住者分の自転車八台くらいが停められるスペースがあった。今は使われているかさえ怪しい一台だけが繋がれていた。雨が降り込まないので、女の子が二人、花柄のビニールシートを敷いてままごと遊びをしていた。二人ともに親はシングルマザーであり、暗いわが家に帰る代わりにここで遊ぶ。学童はいじめっこがいるから行かない。

ままごとに飽きたのか片方の少女が尋ねるでもなく呟く。

「どこへ行きましょうか？」

「その辺でいいんじゃない」

「いいえ、ずっと遠くへ行きましょうよ」

「だめよ」と珍しく片方が否定する。

「どうして？」

「また明日来なくちゃならないもの」

「なんのため？」

「ゴトーさんを待たないと」

「ああそうか。来なかったの？」

「ええ」

「今からじゃ遅いしね」

「ええ、もう夜だし」

「いっそのこと、すっぽかしちゃったら？」

「あとでひどい目にあわされるわ」と、少女は団地の空き地に植えられた木を眺めた。

「木だけが生きている」

「あれって、なによ？」ともう一人も、つられて木を見る。

「木よ」

「いや、だから、なんの？」

「知らないわ、柳かしら」

「ちょっと来て」と、もう一人を木の方へ引っ張っていった。雨は止んでいる。片方は木の前で動かない。

「首をつったらどうでしょうね？」

「なんで？」

「ロープの切れっぱなんか、ないの？」

「ないわ」

「じゃあダメだ」

「さあ、行きましょ」

「待ってよ、あたしのサロペットの吊りヒモがあるわ」

「短かすぎるんじゃない。だったら、足を引っ張ってよ」

「だったら、あたしの足は誰が引っ張るのよ?」

「ああ、そうか」

「とにかく見せてよ」と少女はサロペットの吊り紐を外すと、サロペットが足元に落ちた。二人は吊りヒモを眺めた。

「どうにか間に合うかもしれないわ。でも、丈夫かなあ?」

「ためしてみよう。持ってみて」


少女たちが去った駐輪場で、ユリシーズは伏せの姿勢で前足に頭を乗せて眠っていた。片方の瞼がクックと動いた。キルケーと過ごしたあの日々を夢に見ていたのか。あの頃は一日が矢のように速く過ぎたものだ。毎日の記憶は眠りの度に消え去り、まっさらの新しい朝を迎えられた。どのくらいの日々が過ぎたのか、判然としなかった。毎日をまったく同じように過ごすなら、誰でもそのようになるのだろう。時間が真綿のように優しかったことも一因だろう。日常が心地の良い痺れであるかのようだった。外界への関心がどんどん薄れる。ああ、あれは、キルケーがワインに忍ばせた毒草のせいだったのか。

五反田のラブホテルの一室、キルケーは深紅のピンヒールと黒革のボンテージファッションを身に纏い、四つん這いになった男に向かって、「豚野郎」と罵っていた。

呼び鈴を押すと、遠くでくぐもった二連音が響いた。返答がないのを待ち、無人の家に挨拶をしながら門を入り、玄関まで進む。鍵穴を操作する。新聞社のロゴ入りジャンパーを身につけているので、怪しまれることはないだろう。薄いスチールで出来たピックを使って錠を外す。指先に感じるわずかな抵抗が鍵の構造を教えてくれる。何度も繰り返した手順だが慎重さを失うことはない。見知らぬ家に侵入するときの快感には、これからも馴れることはないだろう。つねに、誰かいるのではないか、誰か帰ってくるのではないかという緊迫感が、背中を家の中へ中へと押し込める。玄関の脇から、ひと部屋ずつゆっくりと点検していく。すべての調度がきちんと整理されているのは、子供がいないからだろうか。部屋を一通り見れば、家族構成はもちろん、この家が幸せな家庭なのかどうかさえも判別できる。

広い居間には、深い緑と青で織られた中国段通が数枚敷き詰められていた。レースのカーテンから漏れる柔らかな陽射しが家具に縞模様をつくり、窓際に置かれた幾鉢かの観葉植物が、周囲の静けさを深めている。谷崎源氏のうちの一巻が読みさしのまま、テーブルに伏せられていた。

居間の奥に隠すように置かれた背の高いイタリア家具を見つけた。真ん中の開き戸には洒落た鍵孔が付いていた。鍵がかかっているだろうと思ったが、あっけなく開いた。小さな宝石箱があった。手にとって中を見ると、密かにきらめく装飾品の底に、変色しかかった切手ほどの顔写真が隠れていた。たぶんロケットに入っていたのだろう、縁が奇妙な形に切り取られている。大きな判の記念写真から切り抜いたのか、人物ははっきり撮っていないが、若い女性であることは間違いなかった。ただし、正面を見つめておらずに、右わきを向いており、尖った顎と少し上を向いた鼻が見て取れた。宝石箱の持ち主の写真にしてはおかしい。自分の顔を自分のロケットなどに仕舞い込むことはないだろう。女性が同性の写真を大切にする理由を勝手に推測しながら、幾つかの宝石とプラチナ製のイアリング一組を盗み、ウエストポーチに入れた。迷ったがその写真も持っていくことにした。

書斎に入り、ノートパソコンを解体してハードを丸ごと引き出す。重さを付けるため空隙に粘土を詰めた。金属製の棚の鍵を開けて、ノート類と何冊かの通帳をデジカメに写す。金融機関から送られてきた書類もあわせて撮る。この盗難が、すぐに発見されることはないだろう。だから、二、三日で銀行口座に侵入できれば成功だ。うまくいけば、これで一年は好きな絵を描いて生活できる。先ほどの写真の女性をキャンバスに映して描いてみようかと思ったが、それはリヒターが既にやったことだと気づきやめた。

吊り革につかまりながら単語帖を開く。Ｐの項、ピュア、ピュアリイ、パージ、ピュリファイ。前に座っている女性の紙袋から、野菜が頭を出していた。見馴れた野菜だが、名前を忘れている。紙袋に刷られた自然食品スーパーのロゴが俺を拒むように橙色を主張している。偉そうだよ。ピュア、ピュアリイ、パージ、ピュリファイ。

燃える野菜、燃える中年女。

座席で居眠りしていたサラリーマンの男が突然席を立った。目覚めた自分が何処にいるのかがわからなかったのだろう、きょろきょろと周囲を眺めた。出口付近に固まってた男子高校生たちが笑いを押し殺していた。

燃える会社員、燃える高校生。

ピュア、ピュアリイ、パージ、ピュリファイ。

もと小学校の教頭だったというその老人は、リューマチで固まった指であたしの胸をつついた。視線は憶病そうに震えていたが、唇は欲望に濡れているようだった。咎めても、とぼけて「おなかがすいた」を繰り返すばかりだから、何も言わない。この間、若い看護師がきつく叱ったら、意地悪をするように排泄物でおむつを一杯にしていたという。人間と思っちゃだめよと、石井先輩が言っていた。人間と思っていると腹が立つことばかり。だから、動物の世話をしているくらいに考えないと長続きしないそうだ。でも、ときどき身体を拭いてあげると、ほんとおに気持ち良さそうな顔をする。性器が軽く勃起しているときだってあった。一緒に作業している看護師と顔を見合わせ、笑いをこらえるのが大変だ。ふと、ユズルも歳を取ればこうなるのだろうと想像する。しかし、ユズルの肉体に、老人のイメージを重ねることはできない。最近、ユズルとの性行為がますます極端になってきた。へんな動画なんか見ているからだろうと思うけど、次第に慣れていくわたし自身にも恐くなってくる。でも「セックスには異常なんてないのよ」という石井先輩の言葉にも納得がいくようになった。彼女から、この病院には非番のときにＳＭクラブに勤めている正看がいると教えられた。そこだと、時給は病院の五倍は下らないという。ナースプレイと言って、病院と同じことをしてそうなのだから、辞められないわよねと先輩は言っていた。本物の看護師だと喜ぶ客が多いそうだ。それに、客の中には、医者が結構いるという。おかしいよねと先輩は笑うのだが、人間って、結局、動物なんだなと思う。

ナースステーションから看護師たちが走り出ていった。３０３の山本さんがそろそろだという。山本さんが亡くなると、今週で三人目だ。今夜は忙しくなるかもしれない。ユズルに遅くなるとラインしておこう。いま、わたしは女の子の最中だから、ちょうど良い。

クリニックを出ると、並木として植えられている細い幹の樹木が白い花を咲かせていた。何の木だったか、名前が出てこない。記憶の奥に潜んでいることは分かるのだが、浮かんでこない。ここで憶い出さないとずっと忘れたままのような気がする。先日挨拶された妙齢のご婦人の名前もそうだった。結局は憶い出すことはなかった。こうして、モノやヒトの名前を忘れていくことが歳をとること、つまりは死へ近づくことなのだろう。近頃、足を止めて、空の雲を見上げたり、道端の草木を眺めたりすることが多くなった。そのことを友人に告げたら、「おれたちの目の前に控えた、自分の死を見たくないから、上や下を眺めて誤魔化しているのさ」といわれた。なんだか、納得してしまった。二、三日前、その友人から「癌が見つかった」とメールが来た。ほんと、死が日常化してきた。訃報が急に多くなってきたという思い。死に対する痺れ、不感。そして、募る忘却。それは死の準備運動。

渋滞した首都高速から眺める空は、休みが続いたせいか真っ青に澄んでいた。手を伸ばせば届きそうな近さにあるマンションの窓、その一つが開いていた。薄暗い部屋の奥に掛けてある鏡に人影が映っていた、と見えた。白い裸体のように思えたのは、深夜便で疲れたせいかもしれない。神経が疲れたときに、性欲が妙に高ぶることがある。鏡に見てとれたのは、身体が倒れ、長い髪が大きく揺れたことだ。まだ夜の闇が、その部屋だけには身を潜めているように思えた。高速から眺める風景が、いつも現実感を削ぎ落とされたように感じるのは何故だろう。あるときは女を殴っている男を見たこともある。何度も何度も繰り返し殴られる女は、ただじっと黙って立っていた。もしかすると、それはただの人形だったのかもしれなかった。驚いて、無線で二台後ろに付けていたトラックに連絡したが、その位置からは見えないとのことだった。数分後移動したときに、その部屋の位置が判らないとの連絡があった。詳しく説明したが、そんな部屋は見つからないという。「居眠りして夢でも見たんでないの」と、東北なまりの声が無線機から聞こえて、雑音とともに途切れた。

さきほどの部屋に自分が立っているところを想像してみる。安物のカーペットの毛ばだった感触を、足の裏に想ってみる。長い髪の裸身が横たわる姿を想う。それから、と思う。いつも、それから先が続かない。途切れた性欲のように、不満だけが残る。喉に乾きだけが焼けつく。あの小さな空間は、ほんの僅かの言葉しか必要としないのかもしれない。この東京という都市自体も、人間の言葉や想像力を拒む何かを備えている。そんな納得もまた、高速からの一風景に、簡単に跳ねつけられてしまうようだった。

前の車が僅かに進んだ。アクセルを踏んだ。

「こちらから、相手にメッセージを投げる練習をしなければなりません。そうしなければ、相手からのメッセージは、決して受け取れないのです。それがコミュニケーションなのです。クミコさんは自閉症ではありません。ただコミュニケーションの方法を知らないだけなのです。言葉のキャッチボールができないだけなのです」

教師が私の母親に話す間、私は高速道路の上を少しずつ動く車列を眺めていた。ほおら、とボールを投げると、教師が投げ返してきた。私の手の中を見ると、固く丸まった昆虫。

渋滞のせいでトラックの冷却装置の効きが悪くなったようだ。荷台から絶えず水がしたたり落ちている。積み込まれた水槽のなかで、巨大な魚の目が金色の輝きを僅かに落とした。止まっては動くエンジンの音は、魚に何か遠いものを想い起こさせるようだった。川面を激しく叩くスコールの音、それとも、波を切り、走り去るボートの音だろうか。古代から受け継がれた魚の遺伝子には、その低い音に反応するDNAは組み込まれていなかった。魚は生まれて初めて、不安を覚えた。魚は苛立ちをはらうように躯を大きく振った。尾びれが水槽にぶつかり、傷ついた。

おれは、荷台の魚の名を知らない。伝票に印字されていたカタカナが何文字も続く魚の学名を、きちんと読み通すまでの興味も余裕もなかった。

クレジット・カードのローンに追われ続ける毎日には慣れてしまっていたが、この数年でずいぶん歳をとったように感じる。サラリーマンを辞めてこの職業についたのは、二年前だ。今では、運転手のほうが、自分に向いていると思っている。もうサラリーマンには戻らないだろう。

魚の跳ねる音を聞いたと思った。

鉛細工のような魚の頭に刻み込まれた、金色の目を思い出した。

魚の目のイメージは、会社勤めの頃の苦い記憶を引き出した。

暗いトンネルを彷徨《さまよ》う映像《イメージ》。

何かに押しつぶされそうな不安。

何のために生きているのか。

答えはあるはずなのに、誰も教えてはくれない。

地球の自転速度は、主に潮の満ち引きが原因となる海水と海底との摩擦によって、僅かずつだが遅くなっているという。この地球の自転の遅延が原因となり、地球と月の距離が毎年約三センチずつ離れている。このことから、現在、月と地球の距離は約38万キロメートルだが、地球と月が生まれた頃には、地球と月は、もっと近い距離にあったと想像できる。

めぐりあひて見しやそれとも分かぬまに　雲がくれにし夜半の月かな　………　これは紫式部の歌なのだが、男がそっと背後に迫り、交わり、声もかけずに去っていく場面を思い描く。そのことをナカムラにいったら、「勝手ねぇ」とだけ返された。

「何も思わないこと、ぼんやりすること。それがいちばん必要な訓練なの。肉体をカラの器にして、自分でなくなったとき、他人の声が聞こえて、チャネリングが可能になるから、ぼんやりすることが絶対に必要なことなの。言葉は要らない。空白だけあればいいの。巨大な意思が私たちすべてを動かしているのだから、少し立ち止まって、自分を無にして、その意思の声に全身を預けなければならないわ。自分というエネルギーを止めた身体に、大きな意思の声が自然に入り込んでくるのを待つのよ」

少女の声を遠くに聞きながら、思いつくままに考えていた。待つこと、待ち続けることは一つのスタイルをつくる。誰かを、何かを待つのではなく、自分の中からやって来る何かを待つ。待つという姿勢だけが生み出すもの。それは、到着すると同時に消えてしまうもの。期待と忘却はつねに裏表で結ばれている。「緩やかさと記憶、速さと忘却との、密やかな関係」と書いたのはチェコの作家だが、記憶に自分なりのスタイルを編み込むほどの時間の緩さを、もうこの都市には見つけられない。

「神が存在した時代には、悪魔は区別できたの。神のいない現在、悪はすべての人々に偏在するわ。善がある限り、悪はその背後にぴったりと重なっている。悪は善そのものとなってしまったの。そう、白を認識するためには黒を知らなければならないようにね。他人に良かれと思ってしたことも、結局は迷惑だったことって、結構あるでしょ。今はやりのボランティアなんて、その典型だと思うわ」

えっ、と現実に頰を叩かれるように気づいた。この子はいったい何を言っているのか。その疑念は裏返され、ひょっとすると正しいことを言っているような気さえし始めた。果たして、私は彼女にどんな期待をしているのか。何かを期待すること、随分と忘れていた感情だとも思った。

終電に乗り損なったのは、時間を忘れていたからではなかった。

店を追い出され、駅の方向に向かう連中の背中を眺めながら、時計の分針が終電の時間を超えていくのを確かめた。とりあえず、駅の構内までは辿り着いた。

ゆっくりと降りていくシャッターを前に、胸のつかえも降りていくように感じたのは事実だ。だからといって、深夜のこの街に残る目的もみつからなかった。ただ、どうしても酔えない部分を痛めつけるには、この街しかない。駅ビルにもたれ自分の汚物のなかに座り込んだ男を、思いっきり蹴ってやりたいと思ったのも、その所為だ。西口へ通じる狭いガードへ入り込むと、湿った空間が皮膚に纏わり付いた。深夜を過ぎた時間は甘い毒薬のように自意識を痺れさせる。歩道に貼り付いた新聞紙をひきずるように、歩きつづけた。切れかかった螢光灯が、ガードのあちこちに染みのような闇を引き立てる。西口に出ると、目の前のビルのネオンがいっせいに消えた。ふと、誰かに後を付けられているように感じた。振り返ると、人影はなく、ガード下の闇が、いま来た街の奥へ奥へと延びていた。

会社の帰りに吐き気を覚えることが幾度か続いた。吊り革を握っていると、胃を誰かに鷲掴みされたような嘔吐感が襲って来ることが屡々だった。医者にかかったが理由ははっきりしなかった。あなたくらいの年齢の女性は、精神的なストレスが起因しているケースが多いと言われたが、余りに当たり前の診断であるような気がして、釈然としない。「感じ」でしかないのだけど、私が帰宅するマンションの暗い空間と関連がありそうだ。鍵を開けるとき、胸の奥に部屋の暗闇が入り込んでくるような恐れを覚えることがあったからだ。

この部屋は私に似ている。それとも、私が部屋に似てきたのか。

部屋に帰ると、最初にテレビのスイッチをつける。画面が放つ見せかけの賑やかさが部屋に満ちるまで、着替えもせずに立ったまま画面を眺めている。底の見えない空白感とでも呼べばいいのか。それは、恋人が隣にいても満たされるものではなかった。空白感を忘れるために、過食に走ったこともある。ダイエットに励んだこともある。食べて排泄する。吸って吐く。毎日繰り返されるこのプラスとマイナスの関係から、何が生まれてくるのだろう。そう考えたとき、ダイエットは止めてしまった。テレビ画面のように現実は頼りなく、自分を見つめても虚ろな空白しか見えない。これまで生きてきたことで貯えられたことなんて、私にはあるのだろうか。だから、もう、自分の中を覗き込むことなんて恐くてできない。

先日、街角で人違いをされた。故意だったのかもしれないが、私のことを「山本さん」と呼んで近付いてきた女性がいた。ホームルームの番号を告げ、タケウチと名乗り、高校時代のクラスメイトだという。何も言えずにいると、知らぬ教師やクラスメイトだという人物の名前を並べたてた。訳のわからないまま立ち止まっている私に、ようやく再度、山本さんでしょうと尋ねてきた。違うと答えると、その女性は怪訝な様子をしながらも、詫びて去った。彼女の後ろ姿を見送りながら、すぐに山本なる人物のままでいればよかったと後悔した。そうすれば、直感だが、束の間でもこの空白を満たしてくれる何かが起こったかもしれない。承知の上の嘘ほど、今の私を安心させるものはない。いちど偽名を使って他人になってみたいが、機会も勇気も見つからない。他人になりたいという欲望が、じわじわと私を蝕んでいく。できるなら男性がいい。男の勤め人として新宿の街に降り立ったら、新宿の街はどう見えるのだろう。このままベッドに入って、男になって歌舞伎町を歩く夢を見たい、と願った。だが、今は、自分の夢さえ自由にできない。

カラスは古いビルの角《ツノ》のように立った貯水タンクに止まり、ネオンの街を眺めていた。カラスは自らの死期が近いことを知っている。相続で揉めて廃屋のまま放置されているこの建物を、死場所として選んである。そのための簡単な死に床がこさえてあった。ＣＤの欠片、香水瓶、ＬＥＤランプ、何かの部品、銅線、そして、なぜか数カラットのダイヤモンドリング。それらが等しく放つ煌めきに埋もれて、最期の時を迎えるだろう。風がでてきた。翼を縮める。夜の闇がゆっくりと降りてくるのを待つと、太い嘴で念入りに毛繕いした後、カアと一声鳴くと朧な月に向かって飛び立った。

カラスの寝床がある廃ビルの屋上には誰が植えたのかジギタリスの花が咲いていた。嘴を思い切り開いて餌をねだる雛鳥のように赤く筒状の花が連なっていた。この花は強い毒を有しており、嘔吐、頭痛、眩暈に加え、世界が黄色く見えてしまう黄視症を引き起こすとされている。そのためか、画家ゴッホが描いたヒマワリはジギタリスのせいかもしれないとの推測があり、その根拠として画家はジギタリスが描かれた作品を残している。毒性は薬効の裏返しであり、長年、心不全の特効薬としても利用されてきた。学名ディギターリスはラテン語の指を意味しており、アナログ・デジタルのデジタルと同じ語源となっている。そのような情報はこの赤い花にとって、どうでも良い。

会社を出たのは八時を過ぎていた。途中下車して新宿に降りると、人出は相変わらずで、川の流れのように幾つもの支流を生みながら、一定の方向に動いて行っていた。その流れの一つに紛れ込むと、自然と歌舞伎町へと押し流されることとなる。流れが途切れたあたり、劇場裏の角を数回曲がると目的の店に着く。低いところへ流れ落ちる快楽がこの街にはある。

カウンターに一人の男が座り、緑色のカクテルグラスを前に置いている。決して飲まれることのない液体の色は、カウンターの奥の隠された部屋で何が行われているかを伝えてくれる。「へえ、珍しいね」「やっと手に入りましてね。上物ですよ」。じゃあ、とポケットから二枚の札を取りだして渡す。「やあ、お客さん、今日は大きいの三枚にして欲しいんですが」と声だけで笑いながら、カウンターの男はいう。「たかいなあ」「ええ、急だったもんで、お客さんが集まらなくて。ホントいうと、一人五枚は頂きたいところですが、お馴染みばっかりですから無理は言えなくて。もちつもたれつというところで、勘弁してくださいよ」。何がもちつもたれつだと馬鹿馬鹿しくなるが、手はすでにポケットからもう一枚の札を出していた。今週の残業代がこれで消えたのだが、不思議にもったいないとは思わなかった。

カウンターの中に入り、酒瓶の並んだ棚の脇の小さなドアを開けると、狭い非常用階段に続いている。草食動物の腸を思わせるような曲がりくねった階段を三階分も降りただろうか、錆びたドアに行きあたった。髪を染めた若い男がドアの前にうずくまって煙草を吸っていた。左手はスマホを耳に当てている。降りてきた私を認めると、頷きドアを開けた。十畳にも満たない暗い空間に、すでに何人かの客が、不安定なスチール椅子に座っていた。ライトが一灯、真ん中に据えられた鉄製のベッドに向けて、光を落としている。明かりに目が馴れると、ベッドの上に横たわる若い女が見てとれた。化粧っけのない顔を見ると、二十歳前だと思う。薄く口紅を引いた唇を薄くあけて、寝息をたてている。薬で眠らされているのだろう、閉じた瞼が小さく痙攣していた。

彼女の見ている夢を想ってみる。客の一人の女が壁によりかかっていた男を呼び、空のグラスを高く掲げた。指にはめた宝石の赤が、この空間に唯一の色彩を投げかけた。

半覚醒のまま、私は鉄製のベッドに横たえられ、ドラッグと体内に入ったバイブの震えに酔っていた。先ほどまでは、幾つかの異物をそれぞれに感じていたが、ドラッグが効いてきた今では、すべての刺激が溶けあい一つの波となって全身を包みこんでいる。ただし、私を見つめる人間たちの視線だけは、はっきりと判別できた。金銭と性の抑圧を引換えに、他人の快楽を凝視する、渇いた視線。その熱さは嫉妬に最も近いものだった。観客は拘束された他人の肉体の変化を神の位置から楽しむ。悦ぶこと、痛がること、怒ること、排泄すること、羞恥すること、ときに笑うしかない私も興奮していた。ただ、悲しむことだけはできなかった。

観客の意に反してだが、私の快楽は快楽でないものへと向かっていく。

私は硬直し、弛緩し、背骨を反らして、言葉にならない声を発し、体液と涙を流し続けた。恐怖はすでに消えていた。未知のものへゆらりと近付き、遠ざかり、再び近付いた。石となり、水となり、ときに光となった。汚され、落とされ、そして浄められた。繰り返されるたびに、波はその周期を縮め、少しずつ、私を何かに変えていった。私は他者となり、他者は私となり、私は外界となり、外界は私となり、やがて私の肉体は宇宙の律動を得る。私はひたすら、細く、高く、声を発し続けていた。

他人の視線に晒されながら、私は私を超えていく。私でなくなることに、私は何のためらいはない。

私は何かを孕んだ。私は私ではなくなる何かを孕んだ。

――――――――――

崇高《たかみ》へのぼる女を見ながら考えた。

快楽が人々を導くエネルギーとなっていることに、異議を唱える者はいまい。貨幣に最も近いものは欲望だし、欲望を保証するものが快楽なのだ。だから、資本主義とは快楽のシステムと断言できる。快楽を味わうには生きていることが条件だから、生きるための倫理が後付けされる。言葉が人と人との契約で構築されているように、貨幣も欲望と欲望の同意で成立している。そして、それに宗教や諸々の仮想が乗っかってくる。わたしたち人類は、言葉を持ったゆえに、欲望や生存の意味を粉飾して、その言い訳を哲学したり文学している。なんてことはない、わたしたち実存は、そんなもので、この星を汚しているだけなのだ。わたしたちは、大言壮語を絶え間なく産み続けては、背丈よりも高く積み重ねたものに埋もれている。まあ、それもいずれ消えて無くなるのだけどね。

「コミケで知りあった女の子たちと、朝日を見ようって、ピノコの家でオールして、近くの雑居ビルの屋上にのぼったの」

コミケとは漫画の同人誌などを持ち寄って、売り買いするコミック・マーケットのことだ。高校生から三十代までの男女が中心で、大小あわせると、東京のどこかでおよそ隔月の割合で開催されているという。持ち込まれる漫画の主流は、パロディものであり、商業誌も顔負けの装丁、印刷がなされているものも多い。以前取材にいって、その巨大な文化祭のような雰囲気に驚いたことがある。

少女たちは、まだ二十歳にもならない同人の作家たちを、先生と呼びあっていた。

「その雑居ビルって、産婦人科やら葬儀屋、結婚相談所、サラ金業社、新興宗教の事務所があったりで、ビル一棟がまるで一人のジンセイって感じ。勝手に入れるから、夏なんか、ときどきみんなで屋上に集まったりしていたんだ」

ジンセイとは人生のことだと、すぐには判らなかった。

三人の女子高校生が明け方近くに雑居ビルの階段をのぼっていく。「上野産婦人科」「松江会計事務所」「わかくさ結婚相談所」「フラワー葬儀社」「宗教あたらしい地球」・・・・

「みんな、だんだん息が切れていったの。たった七階建てのビルなのに、もう四階あたりで、ハアハアあえいだりしてた。なんかが、ヘンだったよ。屋上まで辿りつくのに死にそうに疲れた」

最後の階段は、三人で手をつないで昇ったという。彼女たちの心臓は破れてしまいそうに鼓動を激しく刻んでいた。五階に道場を持っている新興宗教のせいなのかしらなんて、冗談をいいあっていたが、だんだん口数が少なくなっていった。それでも励ましあいながら、なんとかまだ暗い屋上についた。これほど息が切れた経験はなかった。三人とも転がるように屋上のコンクリートに倒れ込み、抱き合うようにして、お互いの胸に耳をつけ、激しく打つ心臓の鼓動を聞きあっていた。そうすると、不思議に疲れが引いていくのがわかった。それから、夜明けまでの時間を少し眠った。「眠るつもりはなかったけど、知らないうちに眠っていたの。いま思うとあの疲れは、この眠りを誘うためのものだったのかもしれない。気がつくと、太陽が上がろうとしていたの。寒くもないのに、みんな震えていた。キノもピノコも涙を流していた。私もいつの間にか泣いていた。これが、みんな一緒に目覚めたことのアカシなんだと思った。空は生きているように赤く染まって行ったの。宇宙には意思があるんだと信じられたわ」。

誓いをしようといいだしたのは、彼女だった。ピアスの片方をとると、その針先で、三人の小指を順番につついた。小さな三滴の血の粒ができた。お互いの小指を重ねて、血をひとつにした。「いまなら、これで死んでもいいと思ったの。死んだら三人が一つになれると信じられた。宇宙と私たちが一つになれると思えた。嘘じゃなく、ほんとおにそう思った」。あのときほど幸せを感じたときはなかったと続けた。半年ほど前だったか、女子中学生が集団自殺をした事件があった。あの報道を読んだとき、わかるって思ったという。じゃあ、なぜきみたちは死ななかったのかと訊ねた。彼女は「未来が三人を必要としているから」と答えた。

オーストラリアの映画だったか、何人かの少女たちが岩山へピクニックに行き、姿を消したという実話を題材にしたものがあった。少女から女へ移行するあやうく幻想的な年齢を、美しい映像で構成した映画だった。現実に幻想を見る少女たちと、幻想に現実を見る少女たち。そこに違いなどあるのか。夢と現のあわいに入り込んでいく陶酔、すべてのものと人が一体となることへの憧れ。「２０３１年に、私たちは一つになることが出来る」と彼女は言った。どんな道標でもよい。しっかりと指し示してくれる何かが欲しいのか。しかし、そんな推理もあまりに簡単すぎて、それ以上考えるのは止めてしまった。

蒲田にあった古い喫茶店のブックマッチが、机の奥から出てきた。東急線の脇にあった喫茶店で、いまはもうない。店主は黒いチョッキを着けており、そこに銀細工の薔薇のピンバッジを飾っていた。ブックマッチの黒い地色にも同じ銀色のバラが咲いている。エンボス加工された銀薔薇という店名を指先で確かめた。開けると、やはり黒一色に紫の頭をつけた紙の軸が行儀よく並んでいる。一本千切って火をつけてみた。その瞬間、硫黄の匂いが広がり、時間が過去へ飛んだ。指先を焼くような熱さが懐かしい。

マッチ片手に、燃やすものはないかと考えた。火に飢えていた。食器棚の引き出しのロウソクを思い出した。ガクがあたしの誕生日に買ってきたケーキに付いていたやつ。何本か残っていたはずだ。引き出しを探ると青色の細いロウソクが二本見つかった。マッチを擦り、火を着けて、小皿に並べて立てた。手を合わせ、何かを弔う。ソウダ、アタシノカコノスベテヲダビニフソウ。昔みたベトナム戦争時の焼身自殺の動画を思い出した。それは、あまりに呆気なかった。

二丁目のラウンジ「ITAKE」午前二時半、ペネロペが店に出るとペミオスがテレサ・テンの「つぐない」をＬＥＤが瞬くドレスで歌っていた。「さあさあ、お客さまにはもっとお酒をふるまってよ。ねぇペミ、その歌だけはやめてよ、思い出しちゃう。胸がかきむしられる想いがするの。あんなに立派なお人のことが思い出されて恋しくてしょうがない」と大袈裟な身振りで訴えた。
「あーら、何がそんなに立派だったのかしらね？」とペミオスは手にしたマイクを愛おしむように撫でた。

午前二時頃に、必ず目を覚ましてしまう。まっすぐに、冷蔵庫に向かう。扉を開けて、カラの白い棚を眺める。大きな冷蔵室からこぼれ落ちる冷気に、いらついた渇いた喉と腹が、ゆっくりではあるが次第に鎮まっていく。あと、２６００グラムだと自分に言い聞かせる。試合が終わったらという言葉を、食べ物のように飲み込む。冷蔵庫のモーター音が再び眠りを誘うまで、棚の奥から漏れる明かりを顔に浴びつづける。扉を閉めると、決心を確認するように体重計に乗り、数字を見る。わずかだが、確実に減量しているのが分かる。

キッチンのシンクに忘れてはいけない習慣のように唾を吐く。飛沫くらいの量しか出ない。意志は砂山のように脆くなっている。その気持ちを崩さないように寝室まで運ぶ。これからの眠りは浅く、朝まで悪夢に怯えつづけることだろう。

眠れずにラインをするときもある。マッチングアプリで知り合った女、会ったことはない。ラインを交換して、とりとめのないメッセージをやりとりする。そのほとんどが嘘であることを知っている。「どんなところで遊んでいるの?」「こんどの週末は何してるの?」。ラインの向こうに人がいるという確信。ただ、それだけが欲しくて何回もラインする。止めるときには挨拶はしない。いつも、不意だ。返事のない画面が恐ろしい。やり取りしている時、気持ちが少し浮き立つ。深夜の時間が少し色付いて見えるときは、こんな時だ。渇いた喉と空いた胃に、夜の闇が紛れ込み、わずかだが満たしてくれる。

夜明けを待っても、眠りは決して向こうからやって来ようとはしないだろう。


痩せた猫がカラスに襲われて廃屋から逃げた。追われた猫は新たなテリトリーを探さなければならない。そのためには、何匹かの猫と争うことになるだろう。痩せた猫は何日も食べていなかった。早朝にゴミの集積場を漁るが最近は近づくのさえ容易ではない。たとえ見つけても、ゴミの袋は厳重に保護されている。三匹いた兄妹はみんな死んだ。だが、幸いなことに、猫は不幸という言葉を知らない。不運という言葉も知らない。猫はミャアと鳴いて、立ち去るしかない。

□クレイオー

「英雄詩」と「歴史」を司るムーサ。アプロディーテーに対して告げ口したために、呪いをかけられマケドニアの王に恋するようになり、息子を産むことになった。画家フェルメールはクレイオーを本を抱えた蓮っ葉な若い娘として描いている。

街道沿いに並んだ自動販売機の釣り銭返却口を、一台ずつ確かめて歩いていた。誰も信じないかもしれないが、時々、返却口を探る指先がぐにゃりと柔らかいものに触れたと感じることがあった。触れてはいけないものに触れた恐怖。獣の舌を触ったような怯え。仲間にそのことを言ったら、飲み過ぎのせいだと言われた。二年前は、飲み代ぐらいは稼いでいた。今では、仕事が少ないということもあって、働くことはしなくなった。だが、選り好みしなければ食べることには困らない。どん底まで降りてみると、世界が急に広がったような気がする。

突然、小さな不動様の祠から、痩せた黒犬が現れた。もはや都会が失った闇のようにまっ黒い犬だった。犬は、私を見ることもせずにすれ違い、街角に消えた。犬を追った。同じ公園で犬と同居している老人が、以前から羨ましくてしょうがなかった。あの犬が欲しいと思った。街角を曲がると、深夜の歩道には犬の姿はなく、空き缶を並べた歩道橋の階段が口を広げて待っていた。歩道橋を登った。狭い橋の上では、少し自由になった気分を楽しめる。眼下に流れる赤いテイルランプの点描を、河の流れのようだと思った。故郷の川に橋の上から飛び込んで遊んだ子供の頃を思い出した。歳のせいか、最近、昔のことが懐かしくってていけない。

この歩道橋から飛び込めば、故郷へ帰ることが出来るかもしれない。

だけども、戻ったって何にもない。そう思いながら、歩道橋を渡り、再び反対側の歩道に並ぶ自動販売機の暗闇を一つ一つ指で探りながら、公園の方向へ戻って行く。ああ、あの暗闇に、からだごと引き摺り込まれてしまう暴力を密かに夢見ている。たった一つ、俺に残った夢だ。

ユリシーズが入り込んだ建設現場は廃墟のようにひと気がなかった。何の理由からか工事が中断されたビルの建設は、巨大な穴だけを残していた。穴の底で数台のパワーシャベルが疲れ切った腕をだらんと垂らし、そのうちの一台からかすかに死の匂いが嗅ぎとれた。キャタピラに鳩の死骸が挟まっていた。ユリシーズは鳩の死骸をくわえると、鉄材置場の脇に座り込み、前足の間に死骸を落とし、その死を悼んだ。上空をヘリコプターの爆音が通り過ぎた。死んだ鳩の目にビル屋上に点滅する障害灯の赤がかすかだが映り込んだ。その輝きはユリシーズの目にも小さな赤い星をつくっていた。

アルバイト先で片方のコンタクトを落としたが見つからなかった。視野の右半分がぼんやりとかすれる。簡単な作業をするくらいは間もなく馴れたが、細かい数字や文字を読んだりすると、どうしてもイライラしてしまう。コンタクトを失くした方の目をつぶって片目だけで読むのだけど、どこか落ち着かなく、自然と両目を開けてしまう。隣で働いていた同じ大学の今井が、ジョイスもサルトルも片目だったという。片目であれだけの作品を残したのだからチョースゲーよな、と感心していた。「何事も馴れなのかな」というと、「何事も努力よ」と答えた。なんだか、学生のクセに年寄りじみた考え方をする奴が多くなっている。早く三十路になりたいなんていう奴が、結構多い。確かに、若い特権なんて、そんなにあるわけではない。青春なんて、歳とった奴が昔を懐かしがっての言葉なんだろう。まあ、いいや。

アルバイトを終え、ワコとの約束があったので渋谷へ出た。ほんとうは新宿でコンタクトを購入しておきたかったが、時間的に無理があるので、そのまま渋谷に行くことにした。ロッカールームで着替えていると、鬼塚さんが飲みに誘ってくれたが、コンタクトをなくしたことを理由に断った。

S百貨店前で待っていたワコは私を見つけると駆け寄って来て、彼女の姉が危篤だと告げた。五つ違いの姉さんは、子宮ガンの手術後、すぐに転移が発見され入院していた。

先日、見舞いに行ったことを思い出す。初めて会うオレのことを良く知っていた。大柄なワコとは違って母親似の姉さんは、病気のせいもあって痩せて小柄に見えた。ただ、両方の小さな肩を突き出すような胸の骨格は、ワコと瓜ふたつだった。

姉さんは私に気を遣ってか、見舞いはもういいから早く帰れとワコをせかした。今度来るときに谷崎源氏の三巻を持ってきて欲しいと言い添えた。谷崎源氏は何巻まであったのだろうか。彼女は最終巻を読み終わるまで生きているのだろうか。残酷だが、そんなことを、ふと思ったものだ。

ワコの手には、その三巻が握られていた。これから急いで病院に行きたいという。彼女の目は一緒に来てくれと誘っていたが、他人の俺は邪魔だし、長い待ち時間を想い、片目のわずらわしさもあって返事をしぶった。じゃあいいわと、ちょっと怒ったように、俺を置いたままJRの方向へ歩き出した。俺も彼女の背を追いかけるように歩き出し、これから新宿でコンタクトを買って、ユズルにでも電話してみようかと思った。駅前の交差点で、車に付けたスピーカーが「まもなく地球は滅びる」と叫んでいた。ホントかよ。

翌々日、ワコから姉が亡くなったと連絡があった。通夜が明日だという。

新宿の店にはオレが欲しいコンタクトがなかった。注文し、郵送を頼んだ。届くのはあさってなので、眼鏡で通夜に出るのは嫌だなと思った。

細かなトラブルがつねに日常に纏い付く。これが人生なのか、大人になることなのかと妙に納得できた。

工事現場に枯れ草のように立つ水道の蛇口から、夜の雫のように水滴が不規則に落ち、汚れたバケツに透明な闇を貯めていた。ユリシーズは、バケツに鼻を入れ匂いを嗅ぐと、水を飲みはじめた。死の匂いを混じえた闇が、ユリシーズの喉を通って腹に溜まっていった。

記憶は言葉だろうか。記憶は映像だろうか。記憶は声だろうか。記憶は感情だろうか。記憶に様式はあるのだろうか。ブラックホールの壁に、宇宙のすべての記憶が刻まれていると誰かが書いていた。

そのことは、どんな意味があるのだろう。そもそも意味など、この宇宙に、存在に、あってはならないとも思う。ましてや、私の生なぞに意味などあろうはずがない。意味とは人間が勝手に決めた概念でしかない。わたしたち人間同士にしか通用しないものだ。それでも意味にしがみついてしまう、笑っちゃうよな。

都市では、自分が自分であり続けるために、ほとんどの人間が必死で生きている気がする。ほんの僅かでしかない他人との差異にしがみついて生きている。遠くから眺めれば、人間なんて蝉や蟋蟀の個体差くらいしかないのではと思ってしまう。この私だって、少しでも油断すると、たちまち違う人にすり変わってしまう。知らず知らずに他人にとり憑かれてしまっているかもしれない。でもさ、そんなに怖い？　私が私でなくなることって。そもそも、あなたがあなたで在る時なんか、ほんのいっ時しかないのに。そんなに怖い？　違う星の生物からの視点でいうと、ニンゲンという存在の統一イメージがあるかもしれない。それって、どんなものだろうか。ロクでもないということだけは、わかる。

風が、砂場に忘れられていた紙製の小さな模型飛行機を吹き上げた。数分後、飛行機はこれまで体験したことのない高度を飛ぶことになる。飛行機を忘れた子供は、いま夢の中だ。

切符の販売機を前にして、行き先の路線図を見上げていたら、背広の裾を引っ張る者がいる。見ると、小学生になったばかりくらいの女の子が、小さな紙袋を抱えて、私を見上げていた。「お願いがあるの」

「なあに？」「舞浜までの切符をかってくれませんか」。確かに、彼女の背丈だと、販売機には届かない。「きみ一人なの？」「うん」「一人で舞浜まで行くの？」。彼女は、当然という顔で、頷いた。舞浜に行くには新木場で乗り替えなければならない。連絡切符はここでは買えないことを確かめて、そう告げた。「だったら、シンチバまでの切符を買ってください」「シンチバでなくて、シンキバだよ。きみが乗り替えるのは」。じゃあと言って「シンキバまで、買ってください」と百円玉を二枚差し出した。子供に命令されたことに少々腹が立った。この社会では、弱者であることを訴えるとき、弱者はすでに弱者でなくなる。

百円二枚じゃあ足りないと思ったが、すぐに子供料金であることに気付いた。子供料金のボタンを押すのは、何年ぶりだろう。ボタンの列の「こども」を選んだ。至る所で出会う「お子様料金」が、自分の子供と別れた私への当てつけのように感じた時期があった。結子と正式に離婚して、もう七年になる。それ以来、彼女はニューヨークにいるため、息子とも会っていない。今でもスカイプをするのだが、ますますスレ違っていく会話にお互い苛立を感じてか、話し続けることを楽しめない。別れた当初は、無性に顔を見たくなったものだが、そんな気持ちも湧かなくなった。家族であるとは、血縁ではなく、どれだけ同じ記憶を共有しているかで決まるのだろう。

「舞浜には、どなたかいらっしゃるの？」「おばあちゃんが駅で待っているの」。どこか嘘だという匂いを、少女の口調から嗅ぎ取った。わざと大人を試しているような薄ら笑いを、彼女の表情の向こうに感じたと言ったら、大仰だろうか。「じゃあ、気を付けてね」「ありがとう」。そう言って少女は、改札口へ向かった。何かが、自分の足もとを擦り抜けたように感じた。ホームへの階段を降りていく少女に、兎を追いかけて木のむくろに落ちて行った少女の童話を思い起こしていた。

車窓に映っている女性に見つめられていると感じたのは、丸ノ内線が四ツ谷駅を過ぎ、再び地下へと潜っていったときだった。古い地下鉄の車窓はくすんでおり、そこに映る女性の表情や視線の行方をはっきりと読み取ることは難しかった。しかし、見つめられていることは何故か確信できた。私と彼女の間には大きなタブレットを掲げた男性が立っており、すぐ近くにいながら、直接彼女の表情を見取ることは出来なかった。窓に映ったあいまいな映像や、隣の男ごしに眺められる吊り革を握った彼女の腕などで、彼女を判断するしかない。年齢は三十路を過ぎているようだし、吊り革を握った左腕に高価な時計が覗いていることから、かなりのキャリアを持った女性だと思われた。日頃つきあっている何社かの事務所を思い巡らしてみたが、彼女に重なる人物は浮かび上がってこなかった。ただ私が、彼女の知っている誰かに似ているだけなのかもしれない。

私を見つめていた女性は、銀座で降りた。私もつられるように降り、彼女を追いかけ、階段を上った。人波をすり抜けながら上っていくと、夕刻の地上から夕陽を背に降りてくる人々が、皆どこか同じ表情をしていると思った。

数寄屋橋の地下鉄入り口で思い出すのは、永六輔がラジオで語った黒柳徹子とのエピソード。テレビ放送がやっと始まった頃、黒柳徹子が永六輔を面白い遊びに誘ったという。夕刻の数寄屋橋、黒柳徹子が、地下鉄入り口で帰路を急ぐ人々の背に「宇宙人、宇宙人」と小声で囁く。すると、振り向く人が必ず出てくる。「そ、あの人が宇宙人なの」と永六輔と一緒に、その人を尾行する。尾行があんなに面白いとは知らなかった、と永六輔は懐古する。例えば、その人が茗荷谷で降りて、播磨坂近くの一軒家に着いたとする。その家の明かりを眺めながら、黒柳徹子と永六輔は「今頃、人間の皮を脱いだ宇宙人が風呂に入り、卓袱台に座って、宇宙人の奥さんと会話している」と想像するという。ただし、わたしが忘れただけかもしれないが、その宇宙人がどのような格好をしているのかを、話してはくれなかった。わたしは数寄屋橋の地下鉄階段を上りながら、時々、この話を思い出し、なぜかワニに似た夫婦が卓袱台を囲んでいるイメージを思い浮かべたものだった。もう、あの二人はいない。だから、想像は自由だ。

屋上から眺めた都心は火の海だった。風はこちらへ向いていないから当分は心配しないでよい。隣で夫が上野さんのうちはあの辺りだと指さした。さっき、お宅へ避難してもよいかと電話があったそうだ。男の子が二人だから少々うるさくなるはずだという。食卓を囲む二家族。風呂の水を溜置きしておくと言って、夫は下に戻った。これからは入浴時間の時間割りをつくらなければと思う。食事の支度だって当番制にしなければならない。給水制限がないことを祈るばかりだ。果たして、彼の両親との同居を拒んでいた私が、上野さんたちと一緒に暮らせるだろうか。こんな設定は、誰かの芝居で見たような気がした。

風の向きが変わる前に、お米だけはといでおこう。四合も炊いておけば充分だ。そう言えば、ユリシーズは戻ってきたのだろうか。ユリシーズは自分への仕打ちについて、上野さんに告げ口しないだろうか。さっき鳴き声がしていたようだが。


乱雑に散らかった部屋の唯一の空白であるベッドの上に立ち、ジーンズに足を通す。柔らかなマットは、交互に足を持ち上げる私をふらつかせた。


窓辺に置いたサボテンが、また枯れてしまった。買い求めるたびに栽培方法を確かめるが、なぜか枯れてしまう。水をやり過ぎるのかと、随分と気を遣っている。しかし、いつの間にかしぼんだように腐っていく。フロイト的解釈からもおまえとサボテンは相性が悪いんだよと、トオルは笑っていた。

サボテンは人間の言葉が判るという。私は、そのことを信じる。つけっぱなしのテレビから、眉の細い痩せた女が、今日の夕刻に雨が降ると告げていた。傘はトオルが持って行ったままだ。安物のビニール傘しかない。ビニール傘で学校まで行くことを思うと、ちょっと憂鬱になる。なくてもいいと思うが、こんな時に限って天気予報は当たるからムカツク。

また、カツカツと音が聞こえ始めた。

階上の音が聞こえだしたのは、およそ一週間前からだった。それは、例えばゴルフボールのようなものを木の床に規則正しく落としているような音だった。カツカツカツカツと半時間ほど続くが、それ以上は聞こえない。注意に行こうかと思ったが、半時間という短さと規則正しさに、悪意はないと思うのだが、我慢すべきものかと迷ったまま一週間が過ぎた。

階上の部屋は４０６号室であり、女性の住人がいることは、ロビーの郵便受けで判っていた。しかし、このままでは毎日この音を聞き続けることになる。たとえ半時間ではあるが、毎日だとするとこれから続くその時間の膨大さを思った時に、注意しに行こうと決心できた。もしかすると、本人が気付かずに音を出しているのかもしれない。小さな敷物を置くだけで、音は止むのかもしれない。

しかし、どのように注意すれば良いのだろうか。とりあえずスマホに音だけは録音した。よく聞かなければ分からないだろう。非常階段で四階まで上った。私の住む三階と同じレイアウトになっているために、目的の部屋はすぐに判明した。インターホンを押す。もう一度押してみる。返事はなかった。在宅している様子なのだが、誰も出ない。ドアを叩くほどの用事でもないと思い、自分の部屋に戻った。

音はやんでいた。授業に出る気は、とうに失せていた。ぼんやりとベッドに座ってテレビを眺めていると、無性に腹が立ってきた。ベッドの脇に護身用に置いてあるスキーのストックを持って来ると、あのリズムを思い出しながら、天井を打ち始めた。

風媒花である杉や檜は自分たちの種《しゅ》を広げるために大量の花粉を飛ばす。風媒花は、虫を誘って受粉する虫媒花と比べて、その花や姿は地味で目立たないので、風に乗りやすい微細な花粉を大量に撒くしかないのだという。ともかくも、風媒花も、虫媒花も、種を可能な限り広範囲に拡散しようと試みるのは、種の保存の法則に則っているからといえよう。さて、この法則を男の浮気の理屈に当てはめようとすることは出来るだろうが、拡張を続ける宇宙に結びつけることは可能なのか。

□アオイデー

文芸、アートを司る女神ムーサの一人。ムーサが司る技芸はムシケーとよばれ、ミュージックの語源。アオイデーとは歌の意味、歌唱の神であり、詩の女神ともされている。

あなたが誰であれ、この文章を読んでいる時に、私はすでにこの世にはいないだろう。私が死んでいるのに、この文章が読まれることに対して、私は違和感を覚える。考えれば、これまで読む者として、故人となった作家たちの文章を疑いなく読んできたのだから、小説とはそういうものではないかとも思う。しかし、あなたはいまこの文章を通して私の声を聞いているはずなのだ。しかし、私はいない。私の声はあなたを通して存在するのだが、私自身は存在しない。あなたがこの文章を読む現在《そのとき》、あなたの声の中に私の声は潜んでいる。

私は安楽死を望んだが、今の日本では病死・自然死しか許されない。いまホスピスの窓から見える百日紅の木は、たくさんの白い蕾を付けている。しかし、私は百日紅の花を見ることはないだろう。苦痛が私を私でなくすことに耐え難いので、そう告げた。私の意志はある程度受け入れられ、眠るようにこの世を去ることになった。こんなにも簡単に決心できるとは思ってはいなかった。確かに、苦痛が続くこと、モルヒネさえ効かなくなってきたことは、私の決心を早めた。しかし、それらの理由とあわせて、幾分、文章を書き続けてきたことに関係があるのかも知れないと思う。

私はこれまで数十冊のノートに私の身辺雑記や感想、さらには創作文を、2Bの鉛筆がすべるままに、主題を区別することなく一つの文章として書き続けてきた。事実もあるし、虚構もある。他人が読むことを前提として書かなかったと言っては嘘になるが、このような文章だから、とくに何処かに発表しようと思ったことはない。

このノートにおいては、すべての文章が等価であり、事実となる。私を形造る物語、私が形造る物語、誰かが綴った物語、そして、いずれ死によって閉じる私という物語、すべてが等価となって、一つになることに喜びを感じる。だが、その場に私は立ち会うことが出来ない。

私が死ぬことによって、これらの文章は一連の「表現されたもの」となるのだろう。文章の事実と虚構の区別は私だけが知っている（否、本当に知っていると言えるのだろうか）。私がいなくなることで、文章は真実と虚構の垣根がなくなり、どちらかに一元化するのだろうか。こんな興味が私に死の決心を促したと言っては、誰も信じないだろう。

私は癌を宣告されても、自殺を考えたことがなかった。安楽死を選ぶことは自殺することと同じことなのだろうか。自分で自分の死を選択するのだから、自死といって良いかもしれない。

安楽死とは、尊厳をもって生きるために死ぬことであると思う。私が私であるままに死することだと思う。だが、尊厳とは社会的な意識であるが、死とは個人的な出来事であろう。尊厳と死は相容れないものであるはずだが、この場合は私が私に対する尊厳と考えれば矛盾はない。

私の肉体は死滅を目指して生きている。癌細胞は生き残るために、母体である私の肉体を殺す。それは癌細胞の自殺行為とも言える。自然の摂理に反したこの現象を、私たちは理解できない。それは、自然とは生き延びることを目的にすべての生命を支配していると考えていることの間違いから来ているのではないだろうか。すなわち、最終的な滅亡を目的に、自然は自らのシステムを働かせているのかもしれないのだ。宇宙もいずれ消滅すると考えるなら肯ける。何処か人類に似ている。私の死は、そして日常における数々の死は、大いなる死の前哨であり、大いなる死の一部であると考えたい。誕生が死の端緒であることは間違いない。大いなる死はすべての死を取り込み、新しい誕生へと繋がるのか。それは、銀河の中央にブラックホールがあることと結びつくのか。

風が出てきた。窓を閉めよう。


病院の駐輪場に止めてあった自転車が、風で倒れた。前輪の上の篭から鍵が落ちた。側溝に落ちた鍵は、この先、何百年と誰にも発見されずに錆びていくだろう。落ちた鍵の上を一匹の蟻が渡っていった。これを果たして「不易流行」と呼んで良いのか。芭蕉に尋ねてみたいものだ。

深夜三時を過ぎたコンビニエンスストアに、高価なスーツを着こなした五十歳前後の女性が入って来た。ハイヒールの音を立てて客のいない店内を歩き回ったが、雑誌売り場の前に落ち着いた。レジのこちらで同じ空間を共有している私のことなど、気が付かない様子だ。それから半時間たっても、一冊の雑誌を手にしたまま動かなかった。雑誌を読みながら、一時間近くも時間を潰す客は珍しくはない。しかし、客層の大半が若い女性か学生に限られていた。このような歳格好で、このような時間である。彼女の行動は、年寄りの私には分かりかねた。

「あなたの句は最近華やかになった」とこの間の句会で先生に評された。「コンビニなんかで若い人と混じってアルバイトしているからよ」と、すかさず野口さんにからかわれたものだ。確かにここで働き始めて以来、少し若返ったような気がする。どうせ夜は眠れないのだからと気軽に始めたけれど、結構私に向いているのかもしれない。客がいないときには、俳句をひねっていればよい。老人にとって退屈は親しい友人のようなものだ。いくらでも付き合う方法は知っている。

四時近くになると、明けのタクシー運転手たちが何人か店内に入ってきた。先ほどの女性は彼らと入れ替わるように出ていった。

慌ただしいひと時が過ぎた頃、女性が読んでいた雑誌が気になって売り場へ行ってみた。彼女が戻した雑誌を確認していたので、手にとってみた。一カ所だけ読んでいたのか、読んでいただろうと思われる頁は、自然に開いた。頁が濡れていた。若い歌手の婚約を報じる記事が濡れていた。涙のせいだろうと思う。まさか、この記事を読んで泣いたのではあるまい。ああ、と気がつく。彼女はただ泣くために、この店に入ってきたのだと得心した。

一句浮かびそうだった。しかし、季語がわからない。

□ペネロペイア
オデュッセウスの妻。イーカリオスと水のニュンペーであるペリボイアの娘。オデュッセウスがトロイア戦争後、イタケーへ帰還中に行方不明になってしまったことが知れると、百八人の求婚者たちが押しかけた。

洗濯と掃除を急いで片づけると、いつもより念入りに化粧をした。パールのネックレスの中から粒の大きいものを選び身に付けた。予約したハイヤーを待つ間に、テレビを消して考えが集中できるようにしたが、適当な言葉は浮かんでこなかった。あの女に会って、何を言えばよいのか。何を確かめたいのか。私と何処か似た女なのか、似ていないのか。食卓には興信所が撮影した数葉の写真が重ねてあった。夫と一緒にスーパーで買物をする女。郊外の駅で待ち合わせをする女。夫と並んで歩く女。彼女のマンションに入る夫と女。郵便受けに掲げてある「斎藤由香里」という手書きされた名前。夫と並んだ肩の位置からして、私よりもかなり小柄だが、横顔を見るかぎり、どこか私に似ているような気もする。いや、それもそう思いたいだけなのかもしれない。
夫は週に一度だけ碁の会に通っていた。女の部屋に入り込んでからも、その習慣は変わっていないと思われた。その碁の時間を見計らって、女の部屋に電話をした。小山の家内ですがと告げた。理由は判らないが、電話を切られることはないと自信があった。少しの間があり「斎藤です、ご迷惑をおかけしています」と返事があった。写真から推測していたような、私に似た声ではなかった。かん高く、子供の声に近いものだったが、私からの電話を予想していたように落ち着いていた。夫には内緒で会いたい旨を伝えた。明後日、新宿のホテルのロビーで待っていると続けた。「わかりました、でも私は奥様を存じあげませんが？」と女は言った。私が承知しているというと、一拍置いて、わかりましたと答えた。正直言って、夫にはもう未練はないが、夫を奪われたという結果に腹が立った。しかし、今ではそんな腹立ちも消えている。確かに、飲食業に失敗し、何もすることがなくなった夫が、女をつくった事実に驚いた。仕事から帰る私を待つ毎日に飽き飽きしたのだろう。しかし、あれほどモノグサな夫に、そんな真似ができるとは信じられなかった。私の知らない生々しい部分を夫がまだ持っていたことに、何かを教えられたような気持ちになった。

私の人生はこれまで順調すぎたと思う。だから、これくらいのことがあっても、しょうがないと諦めた。

ハイヤーのクラクションが表で鳴った。

午後の閑散としたホテルのコーヒールームで、離婚してもよいと女に言った。夫の荷物は運送屋に送り届けさせる。だから、夫にはもう帰って来ないように伝えてくれと言った。女は、私の言葉を黙って聞いていた。図書館に勤めているという女は、化粧がうまくなかった。薄い眉の流れから少しはみだしている眉墨が、気になった。先ほどから知らず知らずに女が身につけているものを値踏みしている自分に、突然嫌気がさした。その分だけ、女のことを憎めると思った。夫は、私のどこを、この女と比べたのだろう。

最後に、夫のどこが気にいったのかと尋ねた。

「居心地のいい人というか、一緒に居ても気にならない人なんです。そう思われませんか？」無神経に同意を求める言葉に、何も言えなかった。夫に対して、どんな言葉をも失ってしまっていた。ようやく、夫は南京が嫌いだと言ってみた。女は、そうですかと、少々不思議そうな顔をした。

女の前に置かれたコーヒーカップの底に、溶けなかった砂糖が残っていた。どろっと崩れ、こびりついた砂糖の残滓を見ていると、これから夫が女と過ごす年月がどういう種類の時間なのかわかったと思えた。

ホテルから仕事場へ行き、深夜過ぎまで働いた。帰宅途中、明かりにつられるように、コンビニエンスストアに立ち寄った。週刊誌を眺めていたら、涙が流れ落ちた。誰もいない店内で、声を出さずに泣いた。涙は、自分でも気付かなかった胸の奥の硬化した部分を、温め、ゆっくりと溶かしてくれた。目を上げると、涙を通して、夜が息づいていた。これから一人で過ごす、長い長い、どこまでも続く夜の時間があった。


ホシノチカラという三歳牝の競走馬を乗せたトレーラーが海岸通りを走っていた。一台のバイクが、トレーラーを追い越したが、カーブを曲がり損ねガードレールに衝突した。コンビニエンスストアから出た女は、事故を目撃し、火花を散らし滑っていくバイクを美しいと思った。そして、これはいつか見た風景のようだと感じていた。かつて見た映画かテレビの記憶かもしれない。ホシノチカラは昨日のレースで、スタート直後に騎手を振り落として走った。落馬した若い騎手の西田は数秒間、意識を失ったがすぐに自分で立ち上がった。スタートから落馬までの記憶が、完全に消えていた。しかし、落ちる瞬間に見た空の青さだけは覚えていた。

埋立地からは、海を挟んでディズニーランドのシルエットが望めた。サーカスのトラックが数台入って来た。止まった拍子に、何頭かの動物が眠りを覚まされたが、すぐに夢の中へ戻って行った。ピエロやブランコ乗りを積んだバスは、近くのビジネスホテルに一泊する。いつもはテント生活なのだが、ほんとうにたまの贅沢だった。トラックを運転してきた男が、窓を開けた。海が見えるのに潮の匂いはしなかった。闇が降りた海面に何匹か魚が跳ねた。

ユリシーズは立ち止まり、磁場の方向を確かめた。そして束の間、来し方の向こうを想い起こした。幾多の殺戮の場と、血と腐乱した肉の匂いと、幾多の部下を失った悲しみ。運命に躊躇はなかった。神々の戯れに容赦はなかった。ユリシーズは、心臓が鼓動を打つ限り、血潮が沸る限り、怒りで剣をとり、部下と共に帆を張り、櫂を握った。

そうだ、いまは、ひたすら帰路を探り続ければよい。ユリシーズは、再び、鼻先を少し上げ歩み始めた。

公園に面した喫茶店の大きな窓に、羽虫が、硝子の存在を理解できないのか、外の世界を欲しがるように羽を振るわせ取りついている。悦子を待つ間、視線で羽虫の動きを追いかけながら、昨夜のことを思い出していた。「こんな関係は続けたくない」と彼女は言った。わたしたちが陥ったあまりに図式的な関係には、自分でもうんざりしている。しかし、悦子と別れることは出来なかった。どこかで間違えてしまったのだが、もう後戻りはできない。家庭と悦子のどちらが欠けても、今の私は幸福ではなかった。不幸であることはつらくないが、幸福を失うことに我慢ができないのだ。失うことほど恐いものはないと思う。空になった隙間を埋めることは、もはやできない。

羽虫はじっと動かなくなっている。

寂しいから、誰かと関係を持とうとする。しかし、いずれ、そのような関係は熟した果実のように崩れる。また寂しくなるから、誰かとの関係を欲しがる。性懲りもなくと思う。生きている以上、懲りることがない。寂しさの前で、ぽっかりと開いた空白の前で、人は虫のように記憶を喪う。

羽虫は再び飛び始めた。ひとつ規則を守るように、同じルートを飛んでいるように見える。日曜日のオフィスで、女を背後から抱いていた男を想い出す。あの男を私だと錯覚してみる。女が去り、うずくまる男に自分の感情を映し込んでみる。この自虐的な想像は、わずかだけれど私に満足をもたらした。

羽虫は、硝子窓から消えていた。

出棺が終わると、祭壇は片付けられ、部屋には隣近所から集められた何枚かの座布団が残った。焼き場は品川だから、あと三時間は戻ってこない。吉村さんが茶椀を人数分だけ、祭壇のあった居間に持ってきた。茶椀も近所からのよせ集めだったので、形がまちまちだ。「この家と土地が残ったもんだから、今まで顔を見せなかった親戚が結構あつまったそうよ」「よく連絡がついたわね」「町内会の加藤さんが、神棚にあった古い年賀状の差出人に一人一人電話したらしいわ」

いつの間にか日が落ちて、居間は暗くなっており、喪服姿の女たちの化粧をした白い顔だけをぼんやりと浮き上がらせていた。「そう言えば、台所にあった野菜なんかは、どおしようかしらね？」「かぶと南京だったわよね」「捨てるにはもったいないし、吉村さん、持って帰ったら？」「事故のときに本人が持ってたものでしょう。ちょっと考えちゃうわ」「煮ておけば、誰か食べるんじゃないかしら？」「そうよ、いい供養になるわよ」「ダシの素みたいなものが冷蔵庫にあったから、あれ使ったら」。

野菜を切りながら考えた。死んじゃうって、消えちゃうって、どういうことなの。もちろん、答えなんてない。あったら恐ろしい。

小さな骨壷を持った一団が帰ってくると、食卓の上には、かぶとカボチャの煮物が待っていた。半刻もたたないうちに、それらはすべてビールで一人一人の胃に流し込まれていった。その場では、骨壷の小ささが話題になっていた。マンション墓地なんかが出来る時世だから、小さくなるのはしょうがないという。入り切らず残った骨はどうするのだろうと、誰かが聞いた。返事はなかった。

水が流れる音が聞こえた。台所からではなく、骨壷の置かれた方向からだった。庭の蛇口でも漏れているのだろうか。それとも雨なのだろうか。

雨の日の図書館には、ホームレスの男たちが集まってくる。彼らは目立つことを恐れてか、硬直したように身動きせず、指だけを動かして新聞や雑誌のページを繰っていた。私は、いつものように入館者数を数えるカウンターを押すと、書庫の奥にある「総記」の棚に向かった。昭和六十一年度の厚生白書を抜き取る。１９６ページを開ける。小さな女文字でびっしりと埋められたノートの切れはしが挟んであった。紙片を取り、老眼鏡を掛け、立ったままで読みだした。最近では閲覧室まで行くことが待てない。文字を追う度に全身が小刻みに揺れるほど興奮してくる。何度か繰り返して読むが、興奮は三度目を読み終わるまで持続する。内容がほぼ頭に入ったときに、やっと落ち着きを取り戻せる。このメモを書いた人間は、図書貸し出しの受付にいる彼女だと確信している。私と目が合うと、わざと逸らせるような仕草をするからだ。

メモを胸ポケットにしまい込むと１９６ページに千円札を一枚挟んで、元の場所に戻しておく。すでにメモは二十枚を超えた。肉筆の女文字が、今までに決して味わえなかった興奮を与えてくれることに、驚く。文章に表れた彼女の息づかいが、私の老いた肉体に、砂漠に降る雨のように吸い込まれていく。メモを書く彼女も、それに気付いてか描写が一枚ごとに大胆になっている。

貸し出しカウンターの前を通り、図書館を出る。彼女は図書カードにスタンプを押していた。決して彼女は、私と視線を合わそうとはしない。

商店街の舗道は雨に濡れて滑った。小股で通り過ぎると街道との交差点にぶつかった。信号を待つ人の群れは、傘の分だけ横に広がっている。幼稚園からの帰りだろうか、母親に手を引かれた女の子が、ガードレールの下に隠れるように供えてある枯れた花束を見つけ、「はな」と言った。母親は前を向いたまま「きれいね」と答えた。

黒い大型犬が母親の傘の雨粒を避けてか、少し離れて立っていた。母娘はそのことを知らない。

側溝に流れ込む雨水に乗るようにして、レシートが一枚、地下の暗渠へ消えていった。カブ特価、かぼちゃ特価と記されていたが読んだ者は誰もいない。

この路地に入ったとき、後ろから羽交いじめされることは予期していた。というよりも、待っていたのかもしれない。最初に腹を殴られた。馬鹿野郎という言葉が、思わず口に出た。前に立ちはだかった男が「馬鹿野郎かよ」と繰り返し、再び腹を、そして顎を殴られた。酔っているせいか、痛みはほとんど感じなかった。後ろから手が伸びて胸ポケットを探る。財布を確かめると引き抜いた。食べたものが胃からこみ上げて来る。アルコールくさい嘔吐物が舗道に散乱した。吐き終わり、「馬鹿野郎」ともう一度口に出す。しかし、周囲にはもう誰もいない。

腫れた顎を押さえながら近くの漫画喫茶に泊まった。緊急時のために、尻のポケットには折り畳んだ一万円札を隠してあった。交番へ届けても何にもならないことはわかっていた。だから、運がなかったであきらめることにした。
翌朝、小雨のなか、殴られた場所を通って会社へと出勤した。腫れた顎の言い訳を考えていたが、面倒くさくなって止めた。雨水に流れ始めた昨夜の嘔吐物に、鳩が群がっていた。何故かそこだけ雨は遮られていた。

橋の中程までくると、ユリシーズは川の匂いを確かめるように、欄干から鼻を突きだし川面を見おろした。流れに逆らって、緋鯉が一匹、川上に泳いで行くのが見えた。

「上水道が動脈だとすると下水道は静脈でしょ、電気系統は神経だわ。東京という都市はひとつの生命体なのよ。東京は生きているの。だとしたら、死は必ず来るはず。その終末を阻止することはできないけれど、予知することは可能なのよ。だから、私たちが必要とされているの」
ノアの方舟伝説の変形《ヴァリアント》だろうか。やがて来る都市の死、それを予言する神を装う楽しみ。それは誰もが持ちたいと欲する幻想なのか。それは世界の余命宣告であり、余命宣告は近頃の物語《ドラマ》の定番だろう。自分の死を知らされること、死刑執行の宣言は恐怖であるけれど、わたしたちすべてに下された逃れられない判決なのだ。わたしたちはすべてが死刑囚であることに間違いはない。わたしたちはその判決を見ないふりをして生きている。いや、見ないふりをして生きているふりをしているのか。それとも、洗濯物の半券が見つからなかったので、ランドリーにその旨を伝え台帳を調べてもらった。その時、電話番号を聞かれたのだが、どうしても出てこなかった。2と3と5と8の組合わせなのだが、なぜかスムーズに出てこない。慌てるほどに記憶は混乱してくる。顔見知りだったので、洗濯物は引き取れたが、最近このような忘れごとが多くなった。この間も、洗面台の鏡を磨いているときに、自分の首筋にホクロを見つけた。新しくできたのか、もとからあったのか、思い出そうとしても判然としなかった。

保育園からジュンを連れて帰る途中、そんなことを考えながら、アイスクリームショップに立ち寄った。ヴァニラのコーンを二本持って片隅に設けられたイートインへ戻ろうとしたとき、席に座って外を眺めているジュンの後ろ姿が、他人の子のように思えた。

日常の出来事が、しだいに遠い風景のようになり始めている。

昨夜、ジュンは夕食を「いつものグラタンじゃない」と残してしまった。叱っても、決して食べようとしなかった。私には普段と同じ味に思える。食べ残したグラタンを口に運んでいると、自分の中に見知らぬ他人が入り込んでいるような違和感を、ふと感じた。少しずつ、私は他人になっているような気がした。年を取るとはこういうことなのだろうか。私がなろうとしている他人とは、いったい誰なのだろう。

薬が痛みを抑えてくれる時間がどんどん短くなっている。シーツに頬を付けて鎮痛剤が効いて来るのを待っていると病院の中庭を親子連れが歩いていくのが見えた。彼等がここに毎日通ってくるのは母の治療のためなのか子のためなのか判らない。誰かの看病に通っているとも考えられるが、時間が午前中の面会時間外であることを考えると違うのだろう。雨の日には大きな傘に小さな赤い傘がついていく。そんな風景を眺めていると摘出した子宮の位置へと自然に手が行っている。死はすぐそこまで来ているが、私に手を掛けるのを戸惑っているようだ。不思議だけれどあんなに恐がっていた「死ぬこと」に親近感さえ覚えるようになった。死という私の不在を考えると相変わらず自然と涙ぐむが、私が生まれる前のことや宇宙のことや地球の歴史なんかを想像しながら気分を落ち着かせる。大部屋にいたとき隣のベッドに寝ていた中郡さんから聖書を読むことを勧められたが、消灯してから夜空に向かって手を合わせるだけで充分だと思う。この状況になって初めて生きることは一瞬一瞬の積み重ねなのだと判った。あれもやり残した、これもやり残したと当初は悔やんだが、人間一生の間できることはタカが知れている。こうして苦痛と向きあって一瞬一瞬を過ごすことも人生だと思えるようになった。時たま訪れる平安にこれほどの喜びを感ることができると初めて知った。私が今感じ取れることは少ない。食欲が減退しているので味わうことの喜びは消えている。しかしこの間自慰をしてみたとき自分の指先から生まれる快感に驚いた。頭の中が白くなるという経験を初めて味わった。生は未だ私の中で確実に息づいている。親子連れが帰って行く。苦痛はまだひかない。

地下鉄の改札を出て、Ｄ４の出口まで狭い通路を延々と歩いた。途中で迷ったかと不安になるほどの長さだった。近頃このような狭い場所を歩くと息切れがするが、六十を過ぎた年齢の所為ではないだろう。壁にカラースプレーで描かれた巨大な男性性器が、未知の星の生き物のように見える。年下の野口に使い走りのように扱われるのは我慢できるが、女子社員の平山に陰口を叩かれるのはつくづく癪にさわる。私に対してときどき汚物でも見るような視線《めつき》をする。交通費の精算も私を最後に回す。平山の存在は毎日の勤務時間を苦痛に変えた。私は、他人に対して初めて殺意を抱いた。高いビルの屋上から突き落とすことを、何度も想像したものだ。その都度、足を踏み外した瞬間の彼女の表情を想い描いた。平山への恨みは、私の日常生活のあらゆる隙間に割り込んできた。自分でも情けないが、街中でも彼女の声に怯えることがある。聞き覚えのある、あの甲高い声に、思わずビクリとして振り返ってしまう。

年金とささやかな給金の生活は、安定した穏やかな生活を約束するはずだった。欲しいものは僅かだし、失って困るものも少ない。私は四十を過ぎる頃から、老後を夢見ていた。ただ、ぼんやりと生きることを望んできた。その結果が、これだ。あの平山の声と視線にだけは我慢できない。たった一人の女が私の感情をこのように困惑させ、萎縮させることを考えると、ますます腹が立つ。平山の前にいると体中の筋肉が強ばってくるのを感じる。情けないとも思う。この間の寝苦しい夜、平山への恨みが分泌液となって固まり、堅い殻となり、私が虫になる夢を見た。見たような気がする。

カラスは大きな枇杷の実を空中から落とした。眼下には墓地があり、落下した橙色の実は墓石に当たって割れた。カラスは舞い降りると砕けた実を食べた。大きな種が残った。何度か太い嘴でつついたが割れることはなかった。カラスは種を咥えると再び飛び立った。翼の勢いで、墓前に供えられた萎れ花が崩れるように落ちた。南からの風は羽を濡らすほど湿気ている。まもなく雨が降るかもしれない。

とつぜんヤンになったのだからしょうがないよ。「どうしてだ」っていわれたけど、説明なんかできない。あいつと一緒にいることが、バカバカしくなったの。あんただって経験あるよね。いちどヤになったら、もうぜったい好きには戻れない。あいつの一言ひとことが、カンに触ってくるんだ。顔つきあわせてると、自分のからだ全身にトゲが生えてくる感じ。気分はハリネズミの威嚇だよ。ホント、チョーとつぜんだった。あれだけ好きだったのに、どうしてこうも嫌いになれるかって不思議。寂しいけどしょうがないよ。レイがいってたけど、男の上にも三年なんだって。三年つきあえば、情もわくんだって。その三年がマジ長いんだよね。あたし血液型はAなんだけどな。我慢づよいはずなんだけど、ダメなのよね。こんど手相みてもらおうって思ってる。ただいえてるのは、同じ年齢じゃ物足りないっていうか、やっぱ年上じゃないと続かないかなって感じ。一人キープしてるけどね、中年男。でも、あれも昔の輝きはなくなったな。へんにケチになってさ最近。この間なんか、寿司食べたいって言ったら回転寿司へ連れていかれたのよお。そのクセ、やることはやるんだから。ゴウカンだよ、まるっきし。こんな中年とつきあっているのに、なんであいつのことヤになったか、つくづく考えちゃうのよね。確かに、なんで好きになったかって聞かれてもわかんないけどね。やられちゃったからかななんて。近づきすぎるとダメかもしんない。でもさ、あたしって、いつまでたってもこうなのかと反省しちゃう。ちゃんとしなきゃいけないんだよね。判ってるんだけどさ。
そういやあ、さっき道端に黒い犬が寝ててさ。飼い犬らしいんだけど、なんだか可哀そうなんで、持ってたメロンパンあげちゃった。一日一善だよ。そしたらさ、食べようとしないもんだから、ひと口ちぎってあげたら、やっと食べた。ガツガツしてないんだよね、最近の犬。そうよね、あいつもあの犬くらいにノーブルだったら、もうすこし続いたのかもしんないけどね。犬っていいよね。犬みたいに暮らしてみたいって、ときどき思うことあるよ。うるさいなあ。あっ、こっちのこと。弟がちょっかい出してくるんだ。色気づいちゃってさ、近頃。男がかわいいの、小学生までだよね、ほんと。じゃあね、バハハーイ。

大根を煮るときに米の研ぎ汁を使うといいと教えてくれたのは、野口さんだった。粉末のダシの素を溶かした深皿に、半ゆでにした大根を入れ、電子レンジにかける。買い置きの柚子味噌を小皿に出しておく。お燗のためにとっくりを熱湯につける。六時のニュースにはまだ十分ほどあるから、高菜漬も少し切っておくか。二分前にテレビを点ける。子供向けのコマーシャルが原色にまみれて終わる。私が生きている間に、こんなに大きく世界が変わるとは思わなかった。私にとって、世界とは少しずつ表面は変化するが、土台はびくともしない堅牢なものだった。ヴェトナムの密林を飛ぶジェット機を見ても、遠い世界の出来事だった。しかし、最近は違う。東北の地震時分からだったろうか。毎日、テレビのニュースにかじり付いた。歴史は、目の前で動いていた。疎開先の秋田で体験した戦争に比べると、あまりに現実そのものだった。私は、ニュースを見ながら涙を流した。何に動揺しているのかは判らなかったが、胸が締めつけられる苦しさを何度か味わった。その現実感は、テレビの画面が大きくなっていったことに比例するようだった。私の歴史はテレビの中にある。

電子レンジがチンと鳴った。お燗はそろそろ良いはずだ。お燗を飲んだあとは、安売りしていた発泡酒を一本だけ開けよう。

あの部屋に帰りたくないので途中下車した。プラットホームのベンチに座る。駅を見下ろすビル群の窓に、夕陽が映り込み、建物全体が燃えているようだった。いや、本当の火事だったのかもしれない。そういえばきな臭い匂いさえしたような気がする。

次々と到着する電車を眺めていた。乗客を押し込んだ電車が行ってしまうと、再び通勤客があふれるまでの数分間、閑散としたプラットホームが残った。立ち上がり、盲人用の突起があるタイルにそって歩いた。今なら誰かが私を軽く押すだけで、簡単に線路に落ちてしまうだろう。目の前を電車がホームへ進入するイメージを思い浮かべた。

目を閉じて、突起を頼りに歩いてみた。恐怖に負けてか数秒しか続かない。私を生に結び付けているものは、何だろうと考えた。死にたくはないと思うが、その気持ちの底をさらってみると曖昧な答えしか見つからなかった。

警笛が響いた。電車が近付いている。駅員が私に向かって叫んでいる。

今だと思う。この今を逃すと、私にはあの暗い部屋しかない。

スーパーの納品口にユリシーズは座っていた。近くに排気口があり、温められた空気が出ており、ユリシーズの雨に濡れた身体を乾かしてくれた。パートでレジ打ちをしているヒロコが煙草を吸いに出てきた。大型の黒犬に驚くが、すぐに隣に座った。首に巻いたタオルでまだ濡れている腹を拭いてあげた。ユリシーズはされるがままになっていた。「早く家に帰ったほうがいいよ」とヒロコはいう。それは、自分にこそいうべき言葉だと気付き、小さく笑った。

「堤防が崩れていくときは、小さな石から落ちてくるというでしょう。今の世の中には、そんな小さな石ころをあちこちで見かけるわ。元に戻すことはできないと知っているけれど、地球の最後を遅くすることは可能なの。私たちの使命は、そのことなの」

「大人たちは景気景気とばかりいって、目先のことだけにとらわれている。未来のことなんて一つも考えていない。こんな国、こんな世界は滅びるべきよ」

彼女の話を聞きながら、私は、遺伝子には死をつかさどる死の遺伝子が存在しているかもしれないという説を思い出していた。誕生と死の繰り返しとは、何なのだろう。私たちが一日を反芻するように、宇宙も誕生と死を繰り返しているとしたら、その合わせ鏡のようなリフレインとは何を意味するのだろう。意味などという人間の観念など、宇宙にとってはまさに無意味なのだ。オンとオフ、つまり1と0という記号だけで成り立っているデジタルの世界は、誕生と死という運動だけで成り立っている宇宙に似ている。それでは、オンとオフのスイッチを切ったり入れたりする指先とは、果たして誰のものなのか。神は自らの存在理由を、自らに問うことはあるのか。

ベビーカーによりかかるようにして歩くことは、サキさんから教わった。買物袋をベビーカーに乗せ、閉店直前の七時二十分頃に、スーパーへ通う。冬はもっと早い時間にするのだが、夏はちょうど日が落ちて涼しくなった時分で暑くなくていい。帰宅途中の勤め人たちと行き交うと、商店街の活気のせいもあるのだろうけど、気持ちが少しばかり若やぐような気になる。家に閉じこもっていると、同じことばかり繰り返し考えているようだ。新聞だって、気が付くと、同じ欄を何回も読んでいたということがしょっちゅうある。新しい刺激を積極的に求めなければ、歳を取るのが早いと、老人会の高橋さんが言っていたけれど、ほんとうだ。ただでさえ、この歳になると、時間に起伏がなくなってくる。会う人間、起こる事柄が、毎日同じ表情になってくる。どんなことでもいいから、新しいことに挑戦しなさいと言われた。

あたしの人生でやり残したことを数え上げてみたが、あんがい思いつかないものだ。編み物だって、家庭菜園だって、あたしには向いていなかった。あたしに向いているものなんて、あったのだろうか。

スーパーに着くと、まっさきに見る棚がある。売れ残った野菜や果物なんかを特価で並べている棚だ。閉店前には品数が増える。そこにある品から今日や明日の食事を考えることにしている。この間なんか、この棚でカブの束を取り損なった。子供づれの主婦が残っていた束を全部持っていってしまったのだ。糠漬けにちょうどいいと思っていたのに、全部持っていってしまった。ほんとうに、口惜しかった。カブの漬物は、死んだじいさんの好物だった。浅漬けのカブで、お銚子を何本もあけた。味の素をたっぷりかけて食べていた。これさえあれば、何もいらないって言っていた。あのカブは口惜しかった。糠漬けにしてじいさんの仏前に備えることができたのに。そういえば、今日はじいさんに線香をあげただろうか。

ズッコの部屋からの帰り道、缶チューハイを買って帰ろうかと迷いながら信号を待っていたときだ。空の乳母車を押したばあさんが、何かぶつぶつ呟きながら車道に出ていった。青に変わったのかと、おれもつられて飛び出した。危ないという叫び声で足が止まった。トラックがばあさんにぶつかる寸前だった。よくいうけれど、ああいうときはスローモーションフィルムを眺めているように鮮明に覚えているものだ。乳母車とばあさんが、はじかれたように軽く浮かんだと思うと、ゆっくりと路面に叩きつけられた。人形を転がすように何回か回転してガードレールにぶつかった。テレビゲームの画面を見ているようだった。交通事故の現場に出会ったのは、初めてだった。早く部屋に帰ってピノコに教えてやろうと思った。あいつ、絶対、あたしも見たかったっていうに決まっている。

ばあさんの乳母車から、白いカブが幾つも転げ出していた。

洗濯物を取り込んだあとの庭は、少し広く見えた。主のいない犬小屋が居心地悪そうにしていた。

なぜか、ユリシーズはわが家よりもこの小屋を好んだ。身を屈め、入り込んでみた。思ったほど動物臭は気にならない。膝を抱えて踞っていると、その姿勢が懐かしい記憶を導き出すようだった。抜けた毛玉が小屋の片隅にたまっている。その一つを手に取り、握った。乾いた感触がくすぐったかった。不思議だけれど、私はユリシーズを待っているのだと思った。犬小屋から眺める景色は狭い。植え込みの陰に、風で飛んだのか、ハンカチが一枚落ちていた。汚れ具合から見ても、随分以前に飛ばされたものだろう。ユリシーズは、たぶんハンカチの存在に気付いていたはずだ。スマホに連絡が入った。シンジからだろうけど、私は見ない。ユリシーズが帰るまで、私はシンジと関係を持たない。私が私を罰せることは、こんなことしかないのか。しかし、私が罰したいと思うものはこの私なのだろうか。

ユリシーズは倒した大鹿に足をかけ、傷口から青銅の槍を抜き取った。槍はそのまま地面に刺し、しなやかな小枝や蔓を集め、折って、丹念に編み込んで、およそ一尋ほどの縄をこさえ大鹿の脚を縛った。そして肩に担ぎ上げ、槍を手にして手下が待つ黒い船へ向かった。大鹿の血の匂いが鼻をついた。動物の血の匂いは生きる力を煽るが、戦場を覆う血の匂いは死への誘惑そのものだ。そして、決して拭い去ることのできない記憶となる。

御苑の脇道で、何匹かの青いダンゴムシを見つけた時には驚いた。捕まえて、ティッシュに包んで持ち帰った。ママに見せたら、ママも怖がって、人にも青が伝染《うつ》るかも知れないという。ボクも少し怖くなった。映画のアバターみたいに青くなったママを想像してしまい、怖くなった。

ネットで調べてみたら、こんな説明が出ていた。「紫に近い鮮やかな青色をしたダンゴムシは、イリドウイルスに感染したもので、時間が経つほどに青さを増して、健常なダンゴムシとは異なり光を好む性質を持つようになる。そのために通常の棲息地である枯葉を脱け出して陽のあたる場所に出ていくために、鳥の餌にされやすくなってしまう。だが、鳥に食べられると、ウイルスは鳥の糞に混じり、糞を食べたダンゴムシに再度感染していく」

すぐにシュウにメールした。見に来ると返事があった。寄生したウイルスが、ダンゴムシを鳥の餌になるように青く変色させるって、チョー残酷だよ。青くなって、日向という死刑場へ向かうダンゴムシは哀れだ。シュウにそのことをいったら、「神様の悪ふざけとしか思えないね」と返事された。ほんと、神も仏もないよな、といったらウケた。

宿酔がとれずにサウナに入ったが、午後になっても、気持ち悪さが抜けることはなかった。客との約束をキャンセルして、駅近くの漫画喫茶で休むことにした。冷たいドリンクと数冊の漫画を持って入室したが、すぐに嘔吐感に襲われトイレに駆け込んだ。消臭剤の臭いがさらに吐き気を促すが、出すものはない。狭い空間に押し潰されるように便器に踞っていると、囁くような声がした。何処かのブースからテレビ音が漏れているのかと思ったが、そうではないだろう。ここはブーススペースからは、かなり離れている。位置を考えると、トイレは隣のビルに接しているはずだ。壁に耳をつけるとかすかだが声を聞き取れた。フランス語を話している。学生時代に習ったその異国の言葉は、懐かしく耳に響いた。何かを朗読しているように思えた。詩か、シャンソンの歌詞だろうか。なくなったシャンソン喫茶を思い出した。厚塗りをした女たちが、大げさな発音で、恋の唄を歌っていたものだ。何度も繰り返されるダムールという歌詞が、薄い水割をさらに味気無いものにしていた。

隣には何があるのだろう。気持ち悪さも忘れて、漫喫を出た。見当をつけた場所に行ってみた。ここだろうと思われる場所には、塗ったばかりなのか、赤いペンキの扉の小さな倉庫があるだけだった。

網の目のように張り巡らされたビルや地下の配管を通して、人の声が伝わるという話を聞いたことがある。一旦、声が吸い込まれたら木霊のように反射しながら消えることがない。この都市では、何万人何十万人の声が配管を行き来しているらしい。不満、愚痴、威嚇、罵倒、呟き、ため息、叫声が配管を飛び交っている。声の主が亡くなっても声だけは生き続ける。なんだか信じられるような気がした。

あたしは運がいいと思う。このあいだだって、ラフォーレのバーゲンで欲しかったパンツを半額で見つけたし、ハワイ旅行だってあんなに安く行けた。サチコの姉さんのおかげで海が見える部屋に泊まれたし、帰りの飛行機は窓側の席だった。車の免許を三時間オーバーで取れたのも、友達に運がいいんだと言われた。青学との合コンのときも、いっとう目を付けていた志摩くんをユカリに取られたのは、まあしょうがないとして、ダブル斎藤のいいほうが寄ってきたときは、ほんと嬉しかった。自分の身体を見る度に、もう少し胸が欲しいと思うけど、それを言ったらカスミに「チョーぜいたく」と背中を叩かれた。お父さんだって、いちおう部長だし、あのバイトをやればだいたい何でも買える。でも、カルチェのトリニティをしているのを、お母さんに見つかったときはあせった。友達のを借りてるなんて胡麻化したけど、信じてないみたい。でも、まさか、あんなバイトをしているとは夢にも思ってはないだろう。占いだと、あたしは二十六で結婚するみたい。だから、今のうちせいぜい遊んじゃおう。一週間前だったけど、客のおじさんに、いま何が楽しみだと聞かれた。すぐには答えられなかったけど、預金通帳を見るのがいちばん楽しいかなと思った。それを言ったら、おじさんは、若い頃の一万と歳とってからの一万は、まるで価値が違うと言っていた。若いときには、どんどん使って自分に投資しなさいなんて、お説教されちゃった。ほんとだなあって思った。バンバン稼いじゃおうなんてマジに決心しちゃったりして。おまけに、あのおじさん、余計に一万くれたものだから、ヴィヴィアン・ウエストウッドのレースのアレが、ふっと脳裏を横ぎっちゃった。いけない、いけない。あたしたちの年齢に一番必要なのは自制心だと思う。この頃、がまんってオシャレだと思うようになった。こんなこと、コギャルしていた時には絶対わからなかったことだ。

銀座線の地下線路に野良犬が棲みついているという都市伝説は、私も聞いたことがある。黒く痩せた犬で、虎ノ門と新橋の間で見たという者や、渋谷駅に近づくトンネルの出口に座っていたという者がいた。ＳＮＳにはそれらしき動画も上げられていた。昼休みの休憩時間に、そんな無邪気な話題を楽しんでいると、鈴木が、なんだかＵＦＯの噂と似ているなという。確かに、見た者しか信用できないという点ではそうだが、怪談にもならないような、無意味な話だ。毎日の通勤に飽きたときに、誰かれともなく伝わった噂話だろう。

しかし、それからずいぶん経ってだが、鈴木から、その黒い痩せた犬を昨夜見たと囁かれたときは、さすがに驚いた。飲み過ぎたんじゃないのかと言ってはみたが、心の底では半分信じたふうになっていた。総務の内藤みつこが聞き耳をたてて寄ってきたので教えてあげると、私も銀座線で通勤したいなと言った。見たものだけが信じられる特権。宗教にもどこか似ているとも思った。

日常生活で際立つものは、こんなふうな、たあいもない不安だった。恐怖にもならない、ささやかな不安だった。たあいなく、ささやかであるがゆえに、捉えがたく、気持ちにまとわり付いてくる不安。仕事柄、モニターばかりを見つめていると、足元がふと崩れるような感覚に襲われることがあった。波打ち際で体験する、あの足の裏から砂が流れ出すようなくすぐったい不均衡感覚。ひたすら現在だけを見つめていると、時間は硬化して、卵の殻のように脆く壊れてしまうのだろうか。中から流れ出してくるものは、過去とも未来とも現在ともしれぬ、孵化しかかった卵黄のような混沌。直感だが、それが不安の正体かもしれないと思った。

私は黒く痩せた犬を見た。見たと信じる。見たと信じる私を、信じる。

「東京の地下道や地下鉄がメッセージになっているの。あのナスカの地上絵みたいに、地下道なんかが造る図形が、ある記号として読めるのね。これは地上のものが天上のものに語りかけている暗号なの。

山手線を時計に見立てて、右回りに読んでいくことは分かっているのだけど、何処が始まりで何処が終わりなのか、まだはっきりしないの。このメッセージが解読できれば、地球の死の日時が分かるらしいわ」

男はベッドサイドのテーブルに万札を三枚置くと、会議があるからと部屋を去った。女は、あの男に自分が感染している性病が伝染《うつっ》たと信じることにした。あいつとは性病で結ばれている。そう思うと、なぜか落ち着く。

酔いは疲労感に紛れ込み、けだるさに変わった。なぜ子供たちは地球の滅びを待っているのだろうかと考えた。何事にも終結を欲しがるのはわかる。だが、と思考そこで断ち切れる。けだるさに紛れこみ先に進まない。性欲も食欲も消えた肉体は、時間をただ持て余すだけだ。

ホテルのベッドから抜け出た女は、バスローブを羽織ると煙草に火をつけた。少しの間眠ってから帰宅しようと思うと女に告げた。「高校のときの担任も、タナカだったな」と女は言った。突然だったので、タナカが私のことだと気付くのに時間がかかった。女の子を予約するために適当に名乗った名前が、タナカだった。「タナカって担任、生徒に手を出して辞めさせられちゃったの。タナカってみんなエッチなんだ」。そう言って、女は笑った。タナカという教師が関係した女の子は、クラスでいちばん地味な子だったそうだ。「胸だってないし、生理だってまだって感じの子。タナカとのこと、みんな最初は信じられなかったけど、本人がそういうからね。間違いないってことになったの」。教師を辞めた男が選ぶ職業は何だろうと思った。彼女に尋ねると、知らないと答えた。「あの教師のやったこと、なんとなく分かる気がするな。例えばさ、たいてい一週間前のことなんか、みんな忘れちゃってるでしょ。わたしなんか、おとついのお客さんの顔、もう思い出せないもん。なんもなくて、時間だけ重ねて、一生ふつうに過ごすと思うと、時々、気が狂いそうになってくるよ。そう思ってさ、このバイト始めたんだけど、結局、これもいつしか日常になってくるんだよね、どんなことも。そんなとき、なんでもいいから事件起こしちゃおかなんて思ったりするけど、勇気ないからさ。自分が臆病なのは、わかってるんだけどね。それでもどっかで事件、欲しがってるんだよね。だから、誰かがワケのわからない事件を引き起こしたニュースを見ても、ああわかるわって思っちゃう」。女はソファに立て膝をしながら、煙草を吸っていた。バスローブがたるみ、小さな乳房が見えた。性欲が再び、少しずつ熱を帯び始めた。

向かいのビルの壁面が夕陽で赤く染まっている。久しぶりに、美しいと思った。美しいものを見たと思った。

ベイサイドのJから出たときは、まだ朝の五時を過ぎていなかった。同じ方向に帰るのだからと、リエを誘った。本当は一人になりたかったのだけど、最近このあたりに誘拐犯が出るという噂が心配だった。女の子を誘拐して海外に売り飛ばすというバッカみたいな噂だったが、先月は誰と誰が消えたと、まことしやかに仲間内に広がってた。明け方にJから一人で出てきた女の子をさらって、船に連れ込むという。すぐにクスリを打たれてしまうから、逃げ出すことはできない。そんな話をしていると、クスリをくれるなら誘拐されたっていいわと、ミナが言った。こんなところにいたって面白いことなんか、なんもないもんね。ときどき、あたしだってそう思うことがある。どこに売り飛ばされるのかなと、あたしが聞くと、誰かが、思いつきだろうが、やっぱ石油関連の国なんじゃないと答えた。オイルマネーと砂漠とラクダ。あっちじゃデブが美人の基準だから、どんどん女の子を太らせるみたい。へえいいなあって感心したのはリエだった。彼女、いつも下剤を持ち歩いているくらいの、ダイエット魔だ。一度、Jのトイレで便器に座ったまま眠っていたリエを見たことがある。トイレがなぜかいちばん落ち着くのよね、と起こされたリエは言っていた。だよねぇ！

私は火の匂いで目覚めた。急いでキッチンへ行ったが、火の気はどこにもない。近頃、思い出したように、火事の夢をよく見るようになった。今夜もそのせいだろう。小学生の頃、火事の夢を良く見る子だった。夢が子供の頃に戻るということは、老いの現れなのだろうか。子宮が変化して、女でなくなっていく前兆なのだろうか。自分の顔を夜のなかの鏡に映してみた。ぼんやりと浮かび上がる白い表情が、他人のもののように見えた。水を飲んだ。冷たい液体が、私の知らない闇に流れ、落ちていった。

興奮していた。目を閉じても、瞼の裏が仄白く輝いている。人垣の隙間から見えた老婆の姿は、傷ひとつなく、とても死体とは思えなかった。なぜ、あれほど非現実に感じたのだろうか。けれど、死体を見たという興奮は続いていた。子供の頃、棺に入った祖父の死体を眺めて以来、死んだ人間を実際に見た経験はなかった。菊の花に埋もれた祖父の顔だって、もう忘れている。たった十年くらい前の出来事だが、遠い昔のようだ。経理に同期で入ったリツコも、最近は時間がたつのが速いと言っている。二人とも、二十歳になったばかりだけど、中学校や小学校のことを懐かしく話す。昔話を始めると、あっというまに時間が過ぎるのは不思議だ。男の子とも、話題が途切れたりすると、すぐ昔話になる。アニメや音楽や遊びの話。そう言えば、死んだ友達の話題になったことがある。何人、知ってるかを自慢し出した。でも、みんな親戚やクラスメイトなんかじゃなく、友達の友達だったりで現実感はなかった。あの老婆の死体は目を閉じていただろうか。野次馬の誰かが、いずれはみんなああなると言っていた。そんなこと、理屈では分かっているが、納得できない。確かに、死ほど近くて遠いものはないと思う。平均寿命まで、あと六十年もある。

ダンゴムシは死ぬと枯葉のように土に帰るのだろう。自分も、そんなふうに死にたいと願っている。だけど、大概の人は死に方を選べない。産まれ方を選べないようにだ。自分で選択した人生だと思っているものは、果たして何だったのだろう。そんな疑問もいずれは死とともに消えてしまう。

バスはまだ来ない。

停留所脇にある喫茶店のテレビに、二人の男女が映し出されていた。カウンターに並んで座り、話しているシーンだ。ガラス越しなので、音声は聞こえない。カメラはときどき切り替わり、背後から彼等を眺めている一人の少女を映しだす。空港のロビーだろうか、騒がしい人ごみのなかにまぎれ込む少女。時間は、少女の周囲だけ止まっているように感じた。喫茶店の中で、テレビを眺めていた中年の女性が、隣に座った青年に何かを語りかけた。青年は前を向いたまま短く答える。少女を演じているアイドル歌手の名前でも尋ねたのだろうか。中年の女性は青年に少し身体を預けるようにしている。二人の関係を推測するには、あまりにちぐはぐな男女だった。青年の腕の中に抱かれた中年女性を想像してみる。

テレビ画面の少女はカウンターの男女に対して、どのような思いを想い描いているのだろうか。カメラは近づき、隣の女の腰を抱いている男の腕を捉える。すぐに画面は切り替わり、少女の手に握られた小さなナイフ。バスを待つ私の後ろに並んでいた女子高校生が、あっと声を出した。画面の少女は、男女の背中に向かって歩き始めた。空港のロビーだろうか、だらしなく笑い転げる人波をかき分けるように、少女は歩き続ける。男女までの距離が永遠に縮まらないように、少女は遠くを見つめる表情を変えない。テレビを見ている中年女性の手が青年の太腿に置かれた。

テレビの画面に、正面から少女の顔が大きく映った。少女は、喫茶店の男女と、私と、高校生を見つめていた。陽射しは強く、目を細めると、静止ボタンを押したように風景は動かなかった。目を閉じ、再び開けるとき、世界が一変しているような恐れに陥るのは、このような時だった。中年女性の手は、青年の太腿に置かれたままだ。

後ろの高校生の体臭が、僅かだが匂った。

バスは、まだ来ない。

バスは一つ前の停留所で運賃箱に入れる小銭を落としてしまった中年女のために、遅れていた。彼女は百円玉一つが見つからず床に這いつくばって探している。運転手は、諦めてほしいと思っているのだが女の熱心さに言えないでいる。そろそろ手伝うべきかと迷っているが、腰を上げることはしなかった。運転席そばに座った老女は足元の百円玉に気付いたが靴で踏んで隠した。

部屋に入ると饐えた臭いが鼻をついた。片隅に置いてある加湿器から発生した臭いだろうか。窓を開けて空気を入れ替えた。臭いに反して、室内は清潔に保たれ、ゴミひとつ落ちていなかった。この部屋の持ち主は、浄水器の水をアルカリ水にして飲んでいた。大きな液晶画面の付いた健康用バイシクルをも持っていた。肉は食べずに、無農薬野菜と少しの魚を摂って暮らしていたらしい。いつか冗談で「健康に、そんなにこだわるなんて不健康だ」と言ったことがある。真顔で「そうかもしれない」と答えられたときには、少々驚いた。何事も過度になると健康ではないのかもしれないと言っていた。

彼がある宗教団体に入ったことは、彼にとっては必然だったのだろう。私財を捨てたうえ入信しなければならないから、マンションの家財を売れるものは売ってくれと連絡があった。リサイクルの運動をしている友人に頼んで、古道具屋を紹介してもらった。彼の入信は、私には異国の物語のように思えた。

古道具屋が到着するまで、彼のCDコレクションを眺めていた。行き当りばったりで買い求めたという感じのコレクションだった。何を基準に選んだのか、到底判断できないものだった。彼はつねにヘッドフォンステレオを携帯していた。その音源に、このような曲が入っていたと当時は予想できなかった。

ワイングラスにコインが入っていた。海外旅行で残った小銭を集めたものだろうか。その中に、ハートの形に似せて切り取られた女性の写真があった。はっきりは写っていなかったが、美人であることに間違いはなかった。しかし、かなり変色しているところを見ると随分前の写真だと思われた。彼の学校時代の恋人なのだろうか。しかし、彼には女性の噂がなかった。同性愛であると噂をするものまでいた。この写真から様々に憶測できたが、どんな憶測をも拒むものがあった。入信した者への畏敬の念から来たものか。彼の宗教観を表すものは、部屋に何一つみつからなかった。ただ、ハムレットの一場面だろう、骸骨を持った男を描いたポストカードが壁にピンナップされていた。小さく「メメントモリ」という文字が読み取れた。

彼の部屋は生活のスタイルを示すよりも、記憶のスタイルを見せてくれているようだった。最初から想い出すための部屋。

玄関のチャイムが鳴った。古道具屋だろう。

口笛を吹くと黒く痩せた犬は視線を一瞬上げたが、私には関心を示さず通り過ぎた。とたんに、さっきから一時間近くも待っている自分が馬鹿馬鹿しくなった。煙草に火を付けながら、何処に行こうかと考える。手のひらの百円ライターの紫に午後の陽が映った。背中の汗が気になった。そういえば、もう、三日も着替えていない。

土曜日のオフィスは何人かが出社していたが、さすが日曜日には誰もいない。守衛室で鍵を受取り、八階まで昇る。エアコンが止められているので、エレベーターから出ると湿気が肌にまとわりついた。部屋の電気はつけず、パソコンの明かりだけで仕事を済ませた。

仕上げのコピーをとりに、コピー専用の小部屋に入った。いつもは女性に頼んでいるため、その雑然とした小部屋は久しぶりの感がした。全部の機械を始動させる元スイッチがあることは覚えていたが、なかなか見つからなかった。やっと探し当て、重いスイッチを跳ね上げた。突然、機械が、五匹の獣が息を吹き返したように唸りを上げて動きだした。小さな空間に熱がこもり始める。最初に「開始」のランプが点灯した機械に取り付き、コピーをとった。何故か慌てている自分がおかしかった。汗をかきながら相当な枚数を複写し、綴じて部屋に戻ると、外はすでに暗く、自分の席だけがモニターの冷めた光で浮き上がっていた。コピー室にいた時間の長さに驚いた。机を整理して、端末を消した。

夜の暗さに馴れると、窓の向こうのビルに一カ所、明るい窓があることに気付いた。道一つ隔てたビルのその部屋は、舞台のように見て取れた。同じように日曜出勤している者への同情と好奇心から、部屋を覗いた。ワイシャツ姿の男が背中を向けて立っていた。前かがみの姿勢が不自然に思われ、じっと観察すると男の向こうに女の長い髪が見え隠れしていた。抱擁している様子だが、欲情を示す動きを読み取ることはできない。数分後、女性は部屋を出ていった。男性はそのまま彼女を見送ると、その場にしゃがみ込んだ。その奇妙なドラマは、すぐに部屋の明かりが消されることで幕を閉じた。女性が戻ってきたのか、男性が退室したのかは判らなかった。近頃、現実がモニターに写し出された映像のように見えてしまうことが多々あった。プレイバックしたり、消去したり出来る現実。現実が数値化される分だけ、どんどん重さを喪っていく。

水が流れる音を聞いたと思った。足元を見ると、事務机の下にハイヒールが一足揃えて置いてあった。この机が斎藤静江のものだと気付いた。営業二課の課長との関係が噂されたためか、来月辞めることになっていた。彼女の細い声を思い出した。

ゆっくりとしゃがみ込むと、両手を彼女のハイヒールに乗せた。また、水の音が聞こえた。

その時も忘れ物をしたと気づき、店に引き返した。しかし、先ほどまで座っていた椅子にもテーブルにも、何もなく、店の者に何を忘れたのですかと聞かれても答えられず、またかと思った。何も忘れていないのに、つねに忘れ物をしたような気持ちになるのは、精神の病気なのだろうか。老いの症状なのか。余裕があるときには、席を立ったり、会社や家を出たりするときに、ひとつひとつ点検するように確かめるのだが、ちょっとした拍子に不安になる。そのことを同僚に話したこともあったが、俺もガス栓をひねったか、エアコンを止めてきたか、しょっちゅう心配していると、笑ってとりあってくれなかった。

電車から降りるときに、出口からもういちど自分の座っていた席と網棚を見直す癖は、決して消えない。つねに振り返るようにして行動する私自身に、最近つくづく疲れてきた。いろいろなことを忘れて、人は生きていくものだと自分に言い聞かせる。忘れることは、生きていくうえで、食べて排泄することと同様に、必要なことだとも思う。代謝作用には捨てることが絶対に不可欠なのだ。そう考えたところで、忘れるという不安は拭えない。

確認するためなのか、私の知っている物語を、子供をつかまえて聞かせることがある。しかし、話しているうちに、私の覚えている物語なのか、その時の創作なのかがはっきりとしない部分が出てくる。記憶はつねに作り替えられるものかもしれない。

多分小学校の二、三年生の頃だったと思う。風邪で休んだ級友のところへ、その日配られた副読本を持っていくことを、教師に告げに行った。教員室で何か調べものをしていた教師は、振り返ると、余計なことをするなと吐き出すように返事した。その勢いに怯えて、泣きだしたのを覚えている。なぜ、それほど教師が怒ったのかは、今では判らない。けれど、その時のことをはっきりと覚えているのは、その恐怖のせいだけだったのか。理不尽に叱られた経験は、何度もあった。そういう時代だったし、大人とはそういうものだと諦めてもいた。しかし、そのときの情況だけは昨日のように思い浮かべることができる。

果たして、記憶とは何なのだろう。そして、その記憶から成り立っている私とは何なのだろうか。

彼女は足を揃えたまま、両腕でデスクを押さえ込むように、身体を支えていた。まっすぐに伸ばした足と背筋が、腰でくの字をつくっている。何かを読み取ろうとしているのか、デスクの上に落としていると思われる視線の行方は、長く垂れている髪に隠されて判らない。

背後から近付いた。私の気配を感じ取っても振り返らないのは、私への拒絶のしるしなのだろうか。

「何故、黙っている」

彼女は上半身を無理に持ち上げるように腰を伸ばしたが、振り返ることなく、机に視線を落としたまま答える。「何故なのかは、あなたが良く知っているはずだわ」

幾つかの答えが思い浮かぶが、そのどれなのか判然としない。判らないと答える。

「あなたが判らないのは、その答えから逃げているだけなのよ」

返答の代わりに、彼女を背中から抱いた。拒絶されると思ったが、彼女は抱かれるままになっていた。長い髪に顔を埋める。右手でジャケットの上から乳房を握った。白く形の良い乳房のシルエットを記憶の中に探った。突然逃げようと身をよじった彼女の背に強い拒否が現れ、捩れた。黒いハイヒールが脱げる。長い脛足に光る柔らかな体毛、手のひらにすっぽり収まる踵。そんなイメージが連鎖する。

水の流れる音が、かすかだが聞こえる。「水が流れている」と彼女に告げる。水の音は、部屋の空気を少しだが崩した。崩れたのは何かの気配だったのかもしれない。

「判らない、やっぱり」

宇宙は休むことなく拡散している。広がる速度は周辺へ向かうほど速くなるという。その計算で行くと、宇宙の端は光速以上のスピードで拡がっていることになるそうだ。つまり、宇宙の端では、相対性理論が否定されている。光以上の速度で拡大する宇宙はいったい何を目指しているのか。訳もない怒りを回収できぬままに呆然と佇む子供を想像する。余りにも人間臭い疑問だが、宇宙を司るエネルギーに訊いてみたい。そして、量子力学によると、事物は観測によって現れるならば、拡大する宇宙を観測するものは誰なのか。

ブルーのシャドウを瞼に薄く重ねた後、ルージュをもう一度塗り直した。アクセサリーは、ゴールドで統一する。化粧をするにつれて、自分の中にあった固いしこりがどんどん消えていくのが心地良い。さっき脱いだワイシャツでさえ、他人の物のように思えてくる。下着を付け、ドレスをまとうと、独り言までが女になってくる。人間なんて、単純なものだと思う。この楽しみを知るまで、人生は複雑なものだと信じ込んでいた。とんでもないと思う。化粧して衣装さえ変えれば、世界は変わってしまう。女になったときの私は、何でもできる。これ以上の自由なんて、ぜったいにない。この間も、この格好で深夜のスーパーに行った。店員は少し驚いた風だったけど、無関心を装っていた。時々、見られていることは分かっていた。私がクリームチーズとキャビアをガーターに押し込んだことは、多分知っていたと思う。でも、レジでは何も言われなかった。太腿が冷たかった。生まれかわるとは、こんな気分なのだろう。私は私であり、私は誰でもない。

その時、私は神のなかにいる。否、神は私のなかにいる。

地下街から急な階段を上ると黄昏の歌舞伎町は眠り足りない赤児のように愚図ついた様子を見せていた。機嫌が戻らずどこか苛立ってるかのような態度は生理を迎えたばかりの小娘のようでもあった。先ほどの雨のせいかもしれないが、客引きはまだ路上に見当たらない。派手な身なりをして目的もなく佇む人間が湧き出たように集まっていた。大きな荷物を引きずり道端の自転車に文句をいいながら歩く老人を中年女性のグループが大仰に避ける。短いスカートを纏った若い女が上げ底の靴を引きずりながら町の奥へ吸い込まれていく。ゴジラが覗く劇場へ続く通りには中国人観光客の叫ぶような声が響いていた。誰も見上げることのない青空は、みるみる茜色に縁取られていった。しかし、いくら美しく輝こうとも歌舞伎町に空は無用の長物だった。地球の回転や正確な星辰の動きにこの街は影響されない。地平線より下部だけが街の代謝に組み入れられている。形而下の街。地上を歩く人間たちは地下から磁石で操られている人形のようにぎこちなかった。歌舞伎町の地下には地上とは別の時間が流れている。そこは、オルフェウスが戻ってきたハデスの冥界であり、蘇った街ソドムとゴモラだった。ソドムを脱け出す際に、約束を破ったトロの妻が変えられたという塩の柱が、様々なものに擬態して至る所に幻のように立っている。

どのビルに繋がっているのか判別できない換気口が幾つも路地裏に固まって脂染みた口を虚空へ開けている。それらは磯にへばりついた腔腸動物群を思わせた。温められたブリキのドームの上には痩せた猫が二匹座っていた。

歌舞伎町には自然がないというが、カラス、蝙蝠、ネズミ、猫にとっては別天地だ。虫たち、そして微生物も含めると、この街で野生は競いながら繁殖している。人の流れが薄くなった時間に彼らは自分たちの時間を見つけて活動する。光るものが好きなカラス、地下を縦横に走り生殖を繰り返すネズミ、路地と餌場を知り尽くした猫。それぞれに歌舞伎町の住人としての権利を、溶解し流動する人間たちと同等に、街に対して得ているようだ。


歌舞伎町では、毎日のように新しい神が生まれている。新しい宗教が知らず知らずに誕生している。この街に生きる者は事あるごとに祈る。自分に言い聞かすように祈る。自己暗示と共同幻想なくては生活できない街なのだ。祈りとは人間の欲望が造り出すものなのか。祈りとは人間の弱さが逃避する場所なのか。許しをこうためなら、歌舞伎町ほど懺悔が似合う街はないだろう。それは、自らよりも強いもの、偉大なものを崇め、その力に縋る宗教に似ている。

信仰が不安から生まれることは確かだろう。かつて大自然の猛威にさらされ、その気紛れに翻弄されたあげく、人間は自然と呼ばれている見えるようで見えないもの、名付けられないものを畏れ、祈った。自らの想像の範囲を超えた未知なるものに、膝まづき手を合わせた。不安が生きていることの根源であり、生きていることの証だとしたら、祈りは自らの裡にある。生きているとは、つねに何かを欲すること。つねに何かで満たすこと。その原動力としての不安と渇きは、つねに何かを欲する。だから、新しい欲望が新しい神を産み出す。

現代の社会で、新しい欲望は誰が造り上げるのか。メディアなのか、市場なのか、企業なのか、街なのか。それとも、やはり、それを人間自らの本能の中に生み出すのか。欲望ほど目移りの激しいものはない。欲望は生態として、蛇のようにつねに脱皮して成長しなければ生命を維持することはできない。足踏みすることは許されていない。繰り返される、欲望同士の生殖と誕生と堕胎。欲すること、満ちること、渇くことの永劫回帰。自らの尾を飲み込む蛇のウスボロ。満ちるとは干あがることと同意であり、最終的には見せかけの死に至る。それは、思い起こすのだが永遠に思い出されることのない記憶であり、欲望の渇望の最終形が、歌舞伎町に行き着き息づく。


花屋の奥で大きなブーケを作り終えた女が小さなソファに身を縮め仮眠を取っている。出勤前のホストは美容室の鏡の前で中学卒業時の寄せ書きに記した言葉を思い出そうとしていた。パチンコの景品引換所で数枚の一万札を受け取った中年女は西武新宿駅に向かう人混みの中で自分の幸運を誰かに告げたくてしょうがなかった。花園神社の鈴を鳴らしていた小学生は母がいつか家に戻ることを願った。都電専用道路から姿を変えた遊歩道の入り口に占い師が店を出そうとしていた。占い師は自らの将来を占おうとしたことはない。占った結果が怖いよりも、自分の占いが当たらないことのほうが怖い。

この街で性欲の消費を仕事に選んだ人間たち。性欲を貨幣と交換してしまった男女たちは、本来の欲望を見失ってしまい、クーエーカー教徒のように限られた選択肢の中で、皮肉にも禁欲的に生きるしかない。ここは個性を主張すればするほど個性を擦り減らしていく街。すべてが確率の中に消化されていくカネ、モノ、セックス。治癒と副作用がいつしか入れ替わってしまった薬剤のように知らず知らずに人をたぶらかす。「そう、思い込むことが大事なのよ」と誰かがいう。

地下に張り巡らされた下水管を人間の排泄物、街の廃棄物が流れていく。会話の言葉以上に電波が飛び交う。防犯カメラの向こうで膨大な映像が録画されるが、大半は誰に見られることなく消去されていく。

人の性欲と同じく、歌舞伎町で提供された食べ物は半分も消化されないままに遺棄される。捨てられた魚肉や野菜は閉じ込められたゴミ袋の中で、かつて生きていた海底や草原と同じ時間軸に沿って、確実に腐敗し分解され続けている。これも宇宙の営みの一部といえるのだろうか。

花屋で仮眠を取っていた女は電話のベルに起こされた。夕刻までに、ハッピーバースデイの風船を組み込んだ花束を近くのキャバクラへ持って行かなくてはならない。翌朝には捨てられる花々たちを悲しむ気持ちはとうになくしてしまっている。そのことに少しも胸を痛めなくなった自分を、少しだけ悲しむ。

飛翔中に寿命の尽きた渡り鳥が一羽、海に落ちた。

雨上がりの伊勢丹百貨店の屋上は人影が疎らだった。あと半年で退職を迎える男が、濡れたベンチに週刊誌を敷いて座った。茜の空は美しく風は涼やかだった。八階催事場の北陸フェアで購入した富山県名産の押し寿司を膝の上に広げ、吟醸酒の小瓶を包装紙のまま口だけ開けて一口飲んだ。とろみのある柔らかな甘さが喉を滑っていく。口にしたものに対して久しぶりに旨いと感じた。血糖値が高いので日頃妻からは日本酒を禁じられている。土産を探してフェアに紛れ込み、加賀の銘酒を買い求めた時には僅かな後ろめたさを味わったものだ。最近は何でも妻のいうことを聞いている。面倒だから、ということが一番の理由なのだが。

その妻は、退職後、夫婦で四国霊場巡りをしようと計画していた。考えてみれば、それが自分の本当にやりたいことなのかは判らない。果たしてこれまでの人生は自分が選んできたものだったのだろうか。平均寿命まであと十数年、短いのか長いのか、与えられた時間を前にただ呆然とする。監査役という役職にはすべき日々の仕事は少なく一人個室で費やする時間だけが手にあまるほどあった。そこでは時間の価値が薄っぺらな何かに変色していた。読もうと思い購入した時代小説も大半が未読のまだ。財産として残したものといえば三鷹の自宅マンションと勤務先の株式を少しばかり、四十歳近くの未婚の娘一人。マルチーズの福助は昨年死んだ。果たして自分の人生に合格点はあげられるのか、ふとそんなことを思った。

寿司を摘んだ男のところに三つ四つくらいの男の子が駆け寄ってきた。右手に小さな紙パックを持ち「ジュース」といって男に差し出してきた。

「いやあ、おじさんは要らないよ。ぼくが飲みなさい」といったが、男の子は聞こえないのか手を差し出したままだった。じっと男を見つめる。困ったなあ、と寿司と酒を両手にため息をついたところで、子供がジュースの吸い口を開けてくれと頼んでいることに気づいた。持ち物を膝に置いて紙パックを受け取ると、付属のストローを剥がして吸い口に刺してあげる。確認するように男の手元を見つめていた男の子は、ジュースを受け取ると何もいわずに金魚売り場の向こうへ去っていった。娘の年齢からも孫の顔を見ることは諦めていた。男は長男であり下は嫁に行った妹だけだったのでこのままでは家系は途絶えることになる。そのことが冠婚葬祭などで親戚が集まる機会には僅かながらも負担になっていた。だが、いまでは誰も何も思わない。これからの人口動向、経済動向、食糧問題、エネルギー問題、すべてを考え合わせても子供がいないことのほうが幸運だと思う。「これでいいんだ」と独りごちして、吟醸酒を一口含んだ。あまり長生きしても良いことはない。そう自分に言い聞かせた。

カノンは先ほどから上司の目を盗みラインを何度も確認するがタツキからの既読はない。毎週火曜日の夜はタツキが従業員出口で待ち構えており一緒に食事をして帰ることが習慣になっていた。今日、タツキが来ることはないだろう。一人ぽっちで鷺宮のアパートまで帰ることを想像するだけで気持ちが落ち込む。昨日から下痢が治らないのはそのせいだ。思わず下腹に手を当てる。白鷺荘の錆びた鉄階段を上がり、鍵を回し古い合板のドアを開けると、待っているのはどこまでも暗い闇。その闇が胸の奥へと侵み込んでくるようだ。思い切って電話してみようかと迷うが、着信拒否されたらと思うと怖くて手が出ない。何故ここまでビクビクしなければいけないのだろうと嫌になる。タツキに会わなければ良かったとさえ考えた。彼の不在よりも喪失感が怖い。同僚の由美は、どうせ別れる男なら近づかないのがイチバンだよといっていた。でも、別れるか別れないかは付き合ってみなければわかんない。由美にそういうと、女を三十年もやってりゃ、そのくらいわかるしょと返された。そうなんだよね、別れるとわかっていても、今度こそはと自分を誤魔化してしまう。こんなことバカみたいに繰り返して歳取っちゃうんだろうなあと暗くなってしまう。終業まであと一時間だ。まだ返信は来ない。

区役所通りの街灯が一斉に灯った。上空を房総半島から渡ってきたヒヨドリの群れが街の灯に集まる虫を捕らえながら御苑の木々に寝ぐらを求めて飛んでいった。警官が一人、自転車で通報があった店へ駆けつける。裏路地のゴミ集積所に捨てられていた白い洋蘭の花が西陽を浴びた。風は南から吹いている。

一匹の若いヒヨドリが群れから離れビル風に乗って上昇した。地下のオーディオ専門店では「中田」という名札をつけた店員がオイストラフのベートーヴェン「三重協奏曲」のレコード盤に針を落とす。向かいのスポーツ店では短髪の少女が自分の白いテニスラケットのために緑の蛍光色をしたストリングを選んだ。すぐさま彼女はそのことを部活の仲間にラインで流す。張替えに一時間以上はかかると告げられたので角の「ミスド」でお茶しようと思った。

白いブラウスと黒いスカートを着けた中年女がスヌーピーのトートバッグを小脇に抱えて靖国通りの交差点を銀行へと急ぐ。十二件の振り込みを済ませなくてはならない。

ＡＴＭが混雑をする午後五時以前に終えたいが無理だろう。何件もの振り込みのためにＡＴＭ一台を独占していると背後に並ぶ他人の視線を背中に痛いほど感じてしまう。背も肩もどんどん狭く窮屈になっていくようだった。毎月のことだが、これだけネットが普及しているのに、相変わらずＡＴＭに頼っている人間の多さに驚く。そういえば、エフ不動産の藤谷さんはもう来ているだろうか。この間、隣のＡＴＭから顔を覗かせ声をかけられた時には驚いた。こんど二丁目のショウパブに連れて行ってあげるという。藤谷さんの声がロビーに響くように聞こえ恥ずかしかったが、少しばかり嬉しかったのも事実だ。胸が昂なったような気がした。けれど、あたしを誘うなんてどんな下心があるのだろう。このことは上司の佐藤さんに報告しておいたほうが良いのだろうか。そうだ帰りに宝くじを買っていこうと銀行前のジャンボ宝くじの告知幟を見つけて思った。

銀行の自動ドアを通るとすっと汗が引いた。ＡＴＭ待ちは十人ほどだった。藤谷さんはいない。四十歳を目の前に、いろんなものを諦めた。自分の中では整理をしたと思っている。母親が死んだら、多分、ずうっと一人で生きていくのだろう。その頃になったら年金なんてアテにしないほうがいいとみんながいう。志村さんなんかは、それで年金を払うの止めてしまった。あたしには、できない。ずっと払い続けていくと思う。あ、あと一人でＡＴＭにたどり着く。藤谷さんはまだ来ない。

ときどき、昨日、何したっけと思い返す。すぐには出てこない。一日が終わると、その一日の記憶は瞬く間に消え去る。そうやって自分の人生も消えていくんだと考えると、怖い。怖いけど、どうしようもないし、みんなも同じだと考えれば、少しは安心する。こんなことを考えても、どうせすぐに忘れてしまうのだから、どうでもいいや。あっ、あたしの番だ。藤谷さんは結局来なかった。

世界堂で二十号のキャンバスを二枚買った白髪の男は、路上に立ち尽くし、これから何処へ行こうかと迷っていた。ジーンズに上質なリネンのセーターを羽織っていた。下ろし立ての白いTシャツが覗いている。新宿に来れば行き先が見つかるかと期待したが何にも思い浮かばない。だが、このまま家に戻るのは癪だ。それだけははっきりしていた。だが、この荷物では動きが制限される。キャンバスを最初に買う必要はなかったと後悔した。最初に買わなければならない理由が、先ほどはあったのだが思い出せない。歌舞伎町の好きな上海料理屋で食事をしても良いが、まだ開いていないだろう。迷ったまま新宿通りを眺めた。「まっすぐな道でさびしい」という山頭火の句が浮かんだ。いや、あれは「さびしい」ではなく「悲しい」だったかもしれない。どちらだったか。そうだお茶でも飲みながら検索してみよう。ひとつ仕事ができた。胸のつかえがひとつ分下りたようだった。

明治通りのＩＫＥＡの前で横断歩道に突っ込むように車は停まっていた。車を避けて行き交う人々が迷惑だといわんばかりに車中の二人を覗き込む。ボンネットを軽く叩く奴もいた。助手席の女はそんな視線を避けるためかスマホをいじって俯いている。出会い系で拾った女。運転席の男は前を向いたきり動かない。川崎で美容室を経営している男は、知り合いに見られたらと想像するだけでハンドルを握る手に汗をかいてきた。背中からも汗が噴き出すのも感じる。頭に血が昇り治療中の奥歯が疼いてもきた。なんて俺は気が小さいんだとがっかりする。ここで知り合いに会う確率なんてゼロに等しい。いや、悪事は千里を走るというじゃないか。疚しいことをすると必ずバレる。神様っているんだと思う。あ、誰かが写メを撮った気がした。ネットにでも流されたら身の破滅だ。いますぐ車から逃げ出したくなった。後ろからクラクションが鳴る。青信号に変わっていた。背中は汗びっしょりだ。アクセルを踏み込みながら、信号の向こうに見えた神社の赤い旗に祈っていた。

振り込みを終えた女は、銀行脇の宝くじ売り場に寄ってジャンボをいつものように三千円分購入した。宝くじを手にして十億円が当たったらと考えるだけで楽しくなる（最近の楽しみってこれくらいだ）。前後賞も当たって十億円、一等だけ当たったら六億円、三等賞が当たったら五千万円とそれぞれに計画を立てる。それだけで何時間も楽しめた。当たったらという仮定のもとに、ＩＫＥＡでインテリアを探したり、ネットで不動産物件を検索する。いつも一軒家にするかマンションにするか迷う。郊外の古い一軒家をリフォームしてもいいなと思う。テラスにジャグジーを設置する。地震対策として太陽光発電にする。井戸を掘って可能な限り自給自足できるようにしたい。日々の暮らしは何にどのくらい使うかを計算する。もう一度大学に戻って、学生生活をリセットするのもいいかもしれない。そんな夢を志村さんに話したら、あんたは三千円のもとをちゃんととっているといってくれた。三千円でそれだけ妄想できるのだから、ソンしない性格だねぇと感心していた。ほんとに、あたしはこの人生でソンをしないで生きてこれたのだろうか。子供の頃から他人の人生やモノなどと自分を比較するなといわれ続けてきた。だから、ソンという感覚があまりよくわからない。すべてをこういうものだと受け入れることができた。志村さんにそういうと、そこがあんたのトクな性格なんだと指摘された。

耳をすませると、時々だけど、かたかたかたかたと何かが崩れていくような音が聞こえる。

東京には今後三十年の間にマグニチュード7クラスの地震が70％の確率で来るとされている。70％という数字は、来ないより来る確率が高いということ。宝くじが当たるのとは桁違いの確率だ。でも、みんな知らないふりして東京に暮らしている。それって、おかしくない？ いつか死はやってくることを、みんな見ていないふりをして生きていることと同じこと。考えてもしょうがないということなのか。死だの、地震だのって考え始めると、何もかも投げ出したくなるのは事実。だから、みんな見ないふりして生きていくのだろうと思う。

あのかたかたという音は地震の前兆だろうか、と思わず足元を見てしまった。下を地下鉄が走っているせいか、少しばかり地面が震えている気がする。余計なものは見ないふりをすることがいちばんだと思う。知ったからといって何にもトクにならない。

結局、藤谷さんには会えずじまいだった。事務所に戻ったら十二件の振込みを伝票に記帳だけして帰ろう。机の中の弁当箱を忘れないようにと自分にいい聞かせた。弁当箱ごときで母にあんなに怒られるのはごめんだから。

欲望も川も低きへ流れていく道理によって、人は歌舞伎町へ向かって落ちていく。

歌舞伎町において最も低い土地とされる東宝劇場あたりはかつて沼地だった。現在では弁財天が祀られている。沼地とは昔から屍体を放り込む捨て場でもあったらしい。だからこそヒンズーの河川の神を始祖とする弁財天が沼地の中に祀られたのだろう。さらに、弁財天からほど近く、太宗寺隣の成覚寺も息を引き取った遊女たちの投込み寺であったという。身ぐるみ剥がされた遊女の屍は俵に包まれ寺に放り込まれた。その数およそ二千二百体を数え、寺には近くの玉川上水で心中をした七組の男女の骨も安置されているらしい。

この成覚寺に隣接したビルには一千億円の詐欺事件を起こしたエルアンドジーという健康食品会社が入っていたことがある。エルアンドジーは円天なる架空通貨をつくりマルチ商法にて年率百パーセントの配当を保証することで多くの資金を集めていた。常識に照らせばあり得ない事件なのだが、被害者はまさに夢を見ていたような気分だったのだろう。被害者だけではなく加害者も含めて夢遊の状況だったに違いない。まさに夢幻が生まれ果つる所、歌舞伎町は様々な男女の夢と欲の屍の上に息づいている。

この街では欲望と貨幣が交換されると同じように、暴力と貨幣の交換が行われる。この交換の場では言葉が不要となるため、異国人であっても参加できる。

楊は台湾の花蓮から叔父の従兄弟にあたる范を頼って密入国した。前科があったのでパスポートを取得することができなかったからだ。小さな漁船で竹富島まで渡り、沖縄本島を経由して東京新宿まで辿り着いた。楊は日本には存在しない人間だった。おまえは透明人間なのだと、范はいっていた。ただ怖いのは職務質問を受けることだ。そのために、喉頭癌の手術をして声帯をとったと記したカードを持たされた。万一警官に尋ねられたら、黙ってそのカードを見せると良いといわれていた。だからか、犯罪を行うには抵抗がなかった。ただ犯罪の対象が、ほとんど中国籍か台湾籍の自国民だったことが悲しかった。背後から近づき相手の背中の肋骨の間にナイフを入れる。声をたてられる危険がある場合は大判のガムテープで口を塞いだ。ナイフの使い方はすでに地元で習得していた。その技術の高さを乞われて東京に呼ばれたのだった。外では無言で通した。歌舞伎町では言葉は不要だった。無言の暴力には誰もが恐れた。名前も楊とは呼ばれず、新宿四丁目の木賃宿に住んでいたから、ただ四《スー》と呼ばれた。

四丁目の入り口、雷電神社の境内、片目が潰れた猫が鳩を狙って近づく。鳩は猫を馬鹿にするように間近に来るまで飛び立つことはしなかった。

かつて「新宿駅前」から都電・水天宮前行き13系統に乗ると、新宿通りを僅かに進み紀伊國屋ビル横を左折して山本珈琲店前の細い路地を抜け、アドホック脇から「四谷三光町」の停車場があった靖国通りに出てゴールデン街脇の専用軌道に入る。そのまま下って行き日清食品ビル前の「新田裏」で明治通りを抜け、再び専用軌道を現在の新宿文化センターや天神小学校に様変わりした「大久保車庫前」を進むと、急な坂を登って「東大久保」が待つ大久保通りへと至る。

当時、この辺りは、容疑者に逃げ込まれたら警察はお手上げだったという無法地帯であったが、現在は世界的なゲームメーカーが入った高層ビルが睨みをきかしており、昔の名残といえば立ち飲みで賑わう焼き鳥屋のみになってしまった。ビールを頼んだ男は、ポケットの小銭を思い浮かべながら、焼きトンを何本注文しようか迷っている。あのレバ刺し中毒事件以来、メニューから消えたコブクロ刺しを懐かしがった。あれは、ほんと、旨かった。子供を乗せた母娘の自転車が、男の背中を通り過ぎた。

□テイレシアース
男女の性感の違いについて、ゼウスとヘーラーが口論をした。ゼウスは女が、ヘーラーは男の方が大きいと言い争ったが決着がつかず、テイレシアースに意見を求めた。テイレシアースは「男を一とすれば、女はその九倍大きい」と答える。怒ったヘーラーはテイレシアースを盲目にしてしまう。ゼウスはその代わりに、テイレシアースに予言の力と長寿を与えたという。後に、冥界でオデュッセウスの行く末を予言した。なかでも、オイディプス王への予言は広く知られている。

午後二時十分、連絡を確認するために地下の喫茶店から狭い階段を上がった。熱帯性低気圧は抜けたらしく、雨脚は衰え、雲間からの陽光がひと刷毛、濡れた路上に落ちていた。区役所通りの路肩は雨水であふれ、風林会館方向へ注ぐ小さな川をつくり歌舞伎町の汚れを洗い流すようだった。
ピンクの肉色を晒して鳩が死んでいた。車に轢かれたのか、カラスに襲われたのか、最後の生への足掻きのように細い下肢が虚空に突き出されている。骸は上下車線の中央にあるためにまだ行き来する車に潰されずにある。

スマホの見馴れた画面を眺めていると、その日常性に反発するかのように鳩のイメージが脳裏に連鎖した。路地の暗闇から餌を咥え飛び上がる鳩↓激しい雨の中を走り来る車↓無音の衝撃↓フロントガラスの血痕と羽毛。

今日、鳩の屍骸を見たのは二度目だった。

道向こうからその小さな骸を見つめるもう一つの視線に気づいた。雨を避けるためか、屋根のあるバス停のベンチに腰をかけたホームレスらしき男のそれだった。ひと抱えもあるバッグが足元にある。私が指先で小さな液晶画面を繰りながら幾つかのラインを確認する間、男は鳩の骸を見つめたまま姿勢を崩すことはなかった。

バスが到着した。脱力するような空気音とともにドアが開く。乗降客はいなかった。ホームレスを客と思ったのだろう。運転手の舌打ちが聞こえてくるかのようだった。再び、空気音とともにドアが閉まる。バスの窓越しに老婆も鳩の屍骸を眺めていた。バスが去り、男と荷物はそのままベンチに残り、死んだ鳩と都市の一握りの空間と時間を共有していた。なぜだか、バスが通り過ぎた後に世界が少し変化したように感じた。

二時のラインには〈16:20 Aスタジオ白石〉とあった。竹村からの連絡は文章では来ない。つねに、単語の羅列だった。遅刻した場合には〈遅刻　罰金二万円〉と打たれていた。呼び出しは〈12日 13:00

来社〉。彼女からのメッセージにはどんな感情も思いも入り込む余地はなかった。キーボードの単語予測に出てくるものだけを打ち込んでいるのだろう。それは、ラインを最も嫌っていながらフルに活用している最低限の表現なのかもしれない。彼女の生き方そのもののようにも思えた。

竹村が知人の議員から頼まれ、かつて自らも客の一人だった女性専用のデートクラブを受け継ぎ、組織を再構築したのは、二年ほど前だった。そもそもクラブは議員の資金源として活用されていたが、立場上あまりにリスクが多かったので手放すことになり、議員と懇意だった竹村が譲り受けたのだった。その頃、彼女は西麻布で飲食店を経営していたが、ビルの老朽化により立ち退きを迫られている最中だった。深夜をまたぐ飲食店経営に嫌気がさしたこともあり、また移転の面倒も嫌って、あっさりと店の権利を知人に譲渡しデートクラブを引き受けた。

今日、食欲および性欲という人間の本能を対象としたビジネスにおいて、食の分野に限っては、産業として、また文化として認められてきたのに対し、性の分野はあまりに蔑ろにされ、虐げられてきたのではないか。確かに、陽のあたる場所にさらすべき性質のものではないだろうが、きちんとサービス業の体を成して提供すれば、恥じることはないビジネスとして成長するだろう。歴史的にもそれは証明されている。竹村はそう考えていた。「生物の最も基本的な役割は自らの遺伝子を子孫へ残すことでしょ。食欲は性欲の付属物といっていいと思う。だとしたら、性は人間の営みの中心に置かれるものだわ」といっていた。

日本においては法的な制約が多々あるので、今のところ性産業としてオープンなビジネス展開はとりづらいが、いずれ風俗を超えた業態として発展する余地は十分にあるはずだ。もとオーナーの議員もカジノ法案が通れば先行きは期待できるという。今日の国際化は､逆にその国固有の文化を発達させる。性の領域においても然りだろう。インバウンドに向けても、日本的な独自の性サービスがあるはずだと考えていた。

受け継いだクラブの内容はあまりに酷かった。サービス業とは到底言えず、歌舞伎町風俗以上の域を出ていなかった。そこで、前任者が男性だったため見過ごされていた女性特有の要求を洗い出し、一つ一つ改善し実現させた。トヨタのカイゼンに倣ったのと笑いながら話してくれた。

男性向けの性産業と女性のそれは明確に違って良いはずだ。ホストではなくあくまでエスコートであること。買い物から食事、映画鑑賞までの相手として自慢のできる容姿と会話能力に長けていることが必要だとした。つまり日中、人前に出しても恥ずかしくない男性を揃えた。

女性の場合、まず満たしてあげなければならないのは、肉体ではなく、心なのだという。男のように射精すれば満足できる肉体関係だけの風俗では長続きしない。心まで満たしてあげるための信頼、ブランド力は欠かせない。心を癒すことって宗教法人と同じではないか、と皮肉交じりに聞いたことがある。竹村は「そうね将来は宗教法人にしてもいいかもしれない」と嘯いていた。

女だからこそこのビジネスは成功する、と竹村は断言する。繊維産業にしろ、美容業界にしろ、女性層を取り込むには女性の発想がなくてはならない。男にはどうしても理解できない独特の感覚が女性にはある。世のホストクラブにしても男性の経営感覚だから風俗以上にはなっていない。ホストと同程度の客層しか望めない。そのため、従来雇っていたホストまがいのスタッフは全員解雇した。ブランディングの要となるはずの新たなスタッフは竹村自らが時間をかけて勧誘した。原則として大学生に限った。身元がしっかりしていること、時間が自由になることと、新陳代謝は不可欠だから、卒業したら辞めてもらう。米日した外人女性に向けてのエスコートサービスを主な営業と目論んでいたので、バイリンガルの男性がほしかったことも理由の一つだった。いろいろな大学の文化祭を訪れ、スポーツ同好会などのサークルを巡り、英語が話せて容姿の際立った者を人選した。興信所を使って身上調査を念入りに行った。そして、竹村が実際に会い何週間にもわたって説得した。

顧客の獲得には、議員の力を借りた。大企業や官公庁、各大使館や領事館、さらには商社関係に、海外から訪れる要人のご婦人がたを接待する通訳ガイドとして売り込んだ。大半の夫人たちは、夫が仕事をこなしている間、暇を持て余していた。優秀な大学生らのエスコートは、お仕着せの観光ガイドに飽きた夫人たちの要望にかなっていた。東京で見ることのできる最上の美術品、工芸品、伝統芸、庭園を紹介し、最上の美食へと案内した。有名飲食店にコネクションを築いていたので無理がきいた。望むなら、若い世代が集まる場所も紹介できた。本来、企業や官庁の内部で若手が渋々行っていた接待業務をアウトソーシングできることに、担当者たちは喜んだ。彼らにとって、要人の夫人を相手にするガイドは苦痛でしかなかった。失敗が許されず、かといって冒険もできないので、観光ガイドを押し付けられないケースには、マニュアル通りの無難で典型的な観光スポットと料亭を連れ回すことが関の山だった。竹村と私は通訳案内士の資格をとった。ほとんどのスタッフは正式な観光通訳ガイドの資格を持っていなかったが、議員のコネクションとスタッフが持つ有名大学の学生証のほうが得意先には信頼が置けた。事前に竹村が示す綿密なガイドプランに、担当の誰もが納得した。竹村は、美術、美食、歴史、伝統芸能についての幅広い知識をスタッフに徹底的に教え込んでいた。学習塾で育った若者たちは、そうした生きた知識を喜んで吸収した。ときどき竹村はスタッフにテストまがいの質問をした。顧客に対しても、お礼かたがたスタッフの感想を必ず聞き取った。美術商や割烹にも新たなルートをみつけた。ガイドプランとスタッフのプロフィールを見せ、まるで投資信託を販売するように、信用と実績を重ねていく彼女のセールストークは、顧客に疑念を抱かせることはなかった。

外部には秘されていたが、性的サービスも接客サービスの一つだった。半日の間ともに行動すると、ほとんどの夫人がスタッフを気に入った。なるべく夫人がたの腕を取ってエスコートすること。美術や能、歌舞伎を鑑賞する際には耳元でゆっくりと説明するように指導した。声は囁くように、動作は優雅に、全身でエスコートするように努めた。結果、容貌や肉体にいささかでも自信のある夫人なら、大半がスタッフをベッドに誘ってきた。あくまで事務所には内密でとくに個人的に受けるということでスタッフは応えた。しかし、ベッドでのノウハウは竹村からきめ細かく教授されていた。

クラブから支払われる金額と顧客のチップを合わせると、スタッフの報酬は高額にのぼった。学生の身では考えられない数字だった。チップは自己申告で半額をクラブに支払うことが契約となっていた。学生たちの出自のゆえか、金額を誤魔化す者はいなかった。とくに、スタッフにはクラブの存在を他人に漏らすことは固く禁じてあった。とくにメディアに嗅ぎつけられることだけは避けたかった。幾つかの禁令とサービスは、学生であるスタッフにある種の特権意識と同時に罪悪感を植え付けた。それらは、スタッフをクラブに拘束するためにも不可欠だった。

あくまで、スタッフとクラブとは竹村との個個の関係で結ばれていた。スタッフ同士が知り合うこと、ましてや連絡することはなかった。そのために、クラブがどれだけの規模で運営されているかは、竹村と私以外は知らなかった。組織は日本観光文化振興会という実態の見えないＮＰＯ法人で、あくまで企業や官庁からは寄付というカタチで資金を得ていた。

報酬のことを考えても、若いスタッフにとって肉体的なサービスは願ってもないものだった。万一の時に備えてＥＤ薬も携帯させたので、望まない相手でも不可能になることはなかった。指圧の技術を一通り教え込んだので、高齢の顧客には性の関係に至らなくても十分に満足できる時間を提供できた。

指導の意味もあって竹村は男性スタッフと一度だけ関係を持つことにしていた。そこでベッドでのマナーを徹底的に教え込んだ。竹村の閨房技術は若いスタッフにとっては初めての経験、初めての快楽をもたらした。誰もが竹村との二度目を望んだ。しかし、二度の交渉を経験したものはいなかった。竹村にとって、クラブを維持していくためには、スタッフたちとの人間関係、ましてや男女としての関係を深めることは絶対避けなければならなかった。

私だけは以前のクラブで働いた経験を持ち、当時、竹村とはホスト・客として接した経験があった。竹村の希望で、解散後にビジネスパートナーとして雇われた。一般的な常識とマナーを身につけていたこと、ＩＴに強く、大学院在籍という肩書きが信頼されたのだろう。竹村とは週に一度、打ち合わせの時間を持ち、顧客の管理、スタッフのマネジメントについて打ち合わせた。二人ともに、これ以上顧客を増やすことは考えていなかった。今の人数が管理できる限界だった。竹村の論理性、決断力、行動力には見習う箇所が多々あった。竹村という人間に惹かれた。だから、パートナー以上の関係になることを避けた。無論、竹村もそう考えていた。

企業が大きくなるためには、徹底したマニュアル化、ネットワークの構築が不可欠だ。しかし、このクラブのような業態において、細部までのマニュアル化はサービスの硬直化につながる。目の届く範囲で組織を動かしたいと、竹村はいった。賛成だった。竹村は私に、かつて客として接したとき、同じ種の匂いを嗅ぎ取ったのだといった。同じ匂いを持つもの同士は、優れたパートナーにはなれるが、恋人にはなれないともいった。

スタート当初、竹村と私は、スタッフと顧客が個人的な契約を結んだり、クラブを通さない関係を持ったりすることを恐れた。しかし、それは取り越し苦労に終わった。客のほとんどが外人であること、さらには守るべき家柄と学歴のあるスタッフにとって守秘願望のほうが圧倒的に強かった。

優秀なスタッフを抱えていれば、顧客に困ることはなかった。竹村のリクルーティングに失敗はなかった。スタッフの質を固めることができれば、顧客は自ずとついてくる。

彼女はマネジメントのためにといったが、ほとんど趣味のように、私からマーケティング理論を楽しそうに学んだ。フィリップ・コトラーからピケの著書までを熱心に読んだ。読むべき資料を指示すると、疑問に思った部分はすぐにメールが来た。実践に即した疑問が大半だった。返信を打ちながらも、実戦と理論の結び付け方には感心した。世界は資本ではなく、欲望で回っているという真実。私は人間の欲については強いのよ、と自慢していた。それでは竹村の欲望はどこにあるのだろうか、と思った。たぶん、私の欲望とかなり近い位置にあることは確かだった。彼女との会話からも、二人がつねに同じような風景を見ていることは間違いなかった。

竹村の年齢は不詳であったが四十路前半であろうことは推察できた。その年齢の割には素晴らしい学習能力だと感心した。彼女は週に何回かクラヴマガというイスラエルの格闘術のジムへ通っていた。クラヴマガとは、人間が本能的にもっている条件反射の動きを取り入れている格闘術で、短期間で習得できるといわれていた。「ただランニングマシンに乗っているだけよりも面白そうだから」始めたといっていた。冗談半分に、実践に役立ったことはあるのかと訊いたら、驚いたことに「ある」と答えた。

今日の客である白石は、性サービスだけを依頼してくる在日外交官夫人だった。本来、日本に住む婦人は顧客リストから外した。しかも、性サービスのみの依頼はありえない。だが、彼女は東京における外交官夫人の社交の中心的役割を担っており、多方面の顧客を紹介してくれることが多かったので特別待遇と判断し、スタッフには任せず私が接客することにしていた。正直、私自身も彼女へ好意を抱いていた。プラチナブロンドの細身の肉体は五十を過ぎたとは思えないものだった。

毎月、白石という日本名で予約が来る。彼女は私がシャワーを浴びることを嫌った。日本人は体臭がなく、ものたりないという。汗の臭いをつけたままの接客を望んだ。そのため、いつもは駅前のフィットネスジムでランニングするのだが、今日はマシンに乗る気が起こらなかったので、歌舞伎町裏のバッティングセンターへ向かった。

雨あがりのバッティングセンターは空いていた。入り口のホームラン番付を確認する。どこのバッティングセンターでも見られるその年にホームランボックスに何本打ち込んだかを競う番付表だった。私の会員名は六位を示していた。この数ヶ月、トップは変わらず桃太郎だった。名前に貼った王冠のシールがすでに色あせ古びていた。

プリペイドカードを購入して、右投手・左打席と示されたドアを開ける。バッターボックスの後方にあるランチボックス大の箱にカードを差し込み、球種とスピードを選んでスタートボタンを押した。18.44メートルというマウンド間の正式な距離だけ離されたスクリーンに投手が映し出された。歯車の回転音がする。マシンに空気が送り込まれる。ランプの点滅が赤くなり、投手の肩の上方に穿たれた穴からボールが飛び出してきた。肩ならしをかねて軽くバットを振る。数球でタイミングが合ってきた。出球のランプが点滅して小さな穴にボールが現れる瞬間にリズムを重ねる。口の中で「ナ・ス・カ」と呟く。なぜナスカにしたのかは判らないが、このタイミングで球を捉える。高校生の時に身についたリズムだった。力を抜き、手首をコントロールして「めざせホームラン王!」と書かれた細長いスペースを意識する。左手の甲で合わせるように振り抜く。二十球を超したときに三球ほど続けざまにホームランボックスに吸い込まれた。

「絶好調ね」と隣のボックスから声がかかった。桃太郎だった。緑のネットに隠れるように小さな痩せた体が見えた。彼女は自分の会員名である桃太郎を略してモモさんと呼ばれていた。バットを短く持ち、ボールの軌道にバントをするようにバットを出して、跳ね返すだけのバッティングをした。弾かれたボールは不思議なくらいにホームランボックスに入っていった。彼女は、この街のどこかでホステス相手にドレスを縫っているという。「針のように自在にバットを操る桃太郎」と、バッティングセンター入口に貼ってあるホームラン番付には紹介されていた。

背後に揺れる緑のネットに向かって「まぐれです」と返事した。この三球を加えても、彼女の記録から三十球以上も離されている。私のバッティングにはムラが多すぎた。意地になってしまうと、百球近く打っても入らないときには入らなかった。ナスカのタイミングが微妙にずれるようだ。そのことを、彼女に告げた。

「スイングに癖がありすぎるのよ、吉村さんにアドバイスしてもらったら?」

吉村とは受付をしている五十がらみの親父で、阪神の二軍でプレイしていたことがあるという噂だった。その後、ノンプロでコーチをしていたが不況でチームが解散となり、ここに流れて来たらしい。

曖昧に返事をしてバットを振り続けた。

調子の良いときには、ボールが少し大きく見えた。今日がそうだった。

バットを振りながら鳩のイメージが浮かぶ。スイングするバット、白球になって飛び込む鳩、柔らかな感触、散乱する羽毛。ヒトは死ぬと魂の重さ12グラムだけ軽くなると聞いた。しかし、鳥は死ぬとその肉体は僅かばかり重くなるのではないか、そんな気がした。

彼女に声をかけられ意識したのか、それからホームランは入らなくなった。汗が吹き出てきたので五十球でカードを抜いた。

顔を洗い、持ってきたデイパックからタオルを出して顔を拭く。ベンダーで水を買って受付に行った。モモさんは受付近くのベンチで吉村と話しながら、紙コップの水を飲んでいた。彼女に「きょうは何本でたの？」と尋ねた。「あたし雨の日はダメ、きょうは収穫なし」と言い訳をする。

ジーンズにTシャツ、ショートカットに眉だけを引いた容貌は高校生のようだったが、すでに三十路は過ぎていると思われた。切れ長の眼差しが涼しげだった。彼女はつねに自分のバットを持参していた。

少年野球用の軽量タイプだという。ただし、グリップエンドにスワロウスキーを何粒も飾っていた。

吉村に自分の会員番号を告げてホームラン成績を三本加えてもらった。ホームラン番付に野球ボールのシール三球分が増えることになる。

吉村から「毎日きちんと通うなら、モモさんを超えるかもしれない」といわれた。ル
「私の場合は雨の日に調子がでるらしい。だけど、最近は温暖化のせいか、降る日が少なくなった。ゆえに、ホームラン王はとうてい期待できませんね」

「なんでも温暖化のせいにしちゃいけないわ」と桃太郎が笑って口を挟む。

「そうねぇ、この不景気も温暖化のせいだと思ったら、あきらめもつくけど」と吉村が会話をまぜ返す。

私のことは家庭教師だと自己紹介してあった。だからか「センセイはいいねぇ、不況知らずだから」といっ

てきた。
「いやあ、家庭教師ほど景気に左右される仕事はないですよ。そのうち塾教師にでも転職しようかと思って」と返事をする。塾教師については本気で考えていた。院を出た後は、塾教師をしながら今の仕事を副業にすれば良いくらいに考えていた。将来のことは三十歳までに決心しようと思っていた。あと二年だった。

スマホが震えてメールを告げた。〈一時間前〉とある。部屋には必ず約束の三十分前に入っておくことがルールだった。そのためにも、一時間前には確認が入った。前もって部屋に入り室温を調整して、飲み物をそろえておく。とくに要望がある場合にはそれらのアイテムを準備しておく。竹村は清潔感と安心感を何よりも優先すべきと、すべてのことにマニュアルをつくって徹底していた。クラブの若いスタッフには、時間厳守、客のニーズの把握はビジネスの基本、と口を酸っぱくして繰り返してもいた。ルールを受け入れることのできない男たちは、すぐに解雇された。

クラブが借りているマンションの一室Aスタジオは西新宿にあり、ここからタクシーで十分もかからない。吉村とモモさんに別れを告げ、明治通りに出て車を拾った。

タクシーに乗り込むと車内の冷気が心地よかった。しかし、肝心の汗が引いてしまう。スタジオに着いたらもう一汗かく必要があるだろう。新宿大ガードをくぐりながら、スタジオでの手順を頭でなぞる。最初の頃は客との時間を想像するだけで十分に興奮できたが、いまでは日常となってしまった。現代という時代はすべてのことを日常化してしまう、と誰かがいっていた。どんなに特別で非日常的なものでも、いつの間にか見慣れた風景に変わってしまう。海外への旅によく出かけたが、三日もすれば生活のリズムが落ち着き、旅特有の興奮も鎮まってくる。慣性の法則は私たちの時間にも当てはまる。どれほど異常なスピードで走っていても、いつしかそのスピードさえ感じなくなるのだ。慣れは周囲のものごとの色彩が濃度を落とし、時間の密度を粗くする。思考でも、感性でも同じこと。特殊性はいつしか日常性に染まっていく。つねに新しい感覚で生きることは難しいのだろう。スポーツやアートはその興奮を擬似的に持続するための方便だと思う。恋愛も同様なのか。

新宿中央公園脇のタワーマンションに着いたときには、厚い雲は消え青空が広がってさえいた。公園から飛び立ったカラスの鳴き声がビルの間にうるさいほど響く。マンションの四十二階にAスタジオはあった。広いエントランスからエレベーターで昇り、突き当たりの部屋まで歩き、カードキーでドアを開けた。リビングに入り、カーテンと窓を開放する。公園の緑が眩しい。風は強くなかったが、雲の流れは速い。今日の気温ならエアコンは不要だろう。竹村が選んだイタリア家具は重さを感じさせないカッシーナで揃えてあった。カラーリングもモノトーンで統一され、数枚かかっていたサム・フランシスの抽象画だけが色を主張していた。

ベッドルームにオードトワレをふり、リネン類、アメニティグッズを確認した。パウダールームも念入りに点検する。とくに、毛髪が落ちていないか気を遣った。最後に冷蔵庫から客の白石が好むミネラルウォーターを取り出しておく。彼女は健康に配慮してか、冷え過ぎた飲み物を嫌った。

身に着けていたものをすべて脱ぎ、バスローブを羽織った。ベランダに出て腕立てを百回行った。コンクリートの床が汗で濡れた。呼び出し音が鳴った。約束の時間よりも早かったが、白石が到着したようだ。モニターで確認し、ドアボタンを押して上がってもらう。到着までおよそ2分、冷蔵庫からミネラルウォーターを取り出し、飲んだ。喉から胃にかけて冷えていくのがわかる。顔だけタオルで汗を拭い、玄関へ向かう。ドアチャイムが響く。待たせることなくドアを開ける。ピンクのシャネルスーツを着けた白石が入ってきた。モニターに映っていた時には結い上げていたはずのプラチナブロンドの髪は解いて流してあった。美しく長い髪はスーツに映えた。挨拶はハイだけだ。六十歳に近いと思われるがたっぷりと金と時間をかけた肉体は若い。国籍はスウェーデンだと聞いている。本名がスウェーデン語で白い石を意味しているため白石と名乗っているようだ。会話は大半を英語ですませている。ただ、昂まりのときにイエスの意味のヤーを何度も漏らすのだが、スウェーデン語独特のシュッという息を吸う発音をする。最初は小動物の息遣いのように聞こえたがいまでは心地よくなっていた。

軽く唇を重ね奥へ案内し、玄関に戻り内鍵をかけた。ハイヒールの向きを正して、リビングへ向かう。白石はすでにドレスを脱ぎ始めていた。ポシェットはコートハンガーに掛かっている。抜け殻になったドレス、下着類を簡単にたたみ、近くのオットマンに置いた。笑顔で両手を広げ迎えてくれる裸体の白石を抱き上げげた。身長差は余りないが体重は私の半分ほどだろう。赤児を抱っこするように背中と臀部に手を添えた。彼女は私の首に手を回し、長い両足で腰を抱え込んでくる。汗が二人の皮膚を滑らせる。肉体同士でこすり上げられた汗が臭いたった。白石には白人特有の体臭はない。もちろん香水はたっぷりと振ってあった。白石は肩に鼻を埋めるようにして私の体臭を楽しんでいる。白人には珍しく体毛の処理をしていないため、雨に濡れた子猫のような感触を腹部に感じた。半時間だけの交わりの予定だった。白石はパーティー前なので疲れが残ることはしたくないといった。夕刻になると無性に淋しくなる心持ちを満たしてもらうだけでいい。だから、一度だけ私とともに果てることを望んだ。彼女に向けた愛撫のステップは彼女の趣向どおりに決まっていたが、一つだけ番外を演出することを求められた。いつもは十分な前戯の後に挿入したが、今日は白石を抱えたまま交わった。潤いは十分だった。白石のヤーが小さく繰り返される。交わり、白く透明な耳朶に舌を這わせながら腰をグランイドさせ、ベッドへと移った。計算したように短い時間で絶頂を迎えた白石はシュッと息を吸うと私の首筋に歯をたてた。白石の体をゆっくりとシーツに置いた時には昂まりは過ぎていた。添い寝しながらベッドに伸ばした体をマッサージしてあげる。後戯は前戯よりも時間をかけて、というルールを竹村から教わっていた。肉体をしっかりと密着させて全身を解きほぐすように愛撫していく。興奮で硬くなっていた筋肉がゆっくりと弛緩していく。肉体が鎮まり皮膚が平静さを取り戻す過程を指先に感じた。白石の唇はつねに私の汗を吸い取るように私の肉体を動き回っていた。

シャワーを浴びた後、白石は化粧を直しながらアイスヴァインを楽焼のぐい飲みで楽しむ。髪を乾かしながら来月はインド商務省主催パーティがあることを教えてくれた。本国商務局から局長らが来日するようだ。すぐさま竹村にメールする。彼女は読むなりインドとの取引に強い商社と大使館にアプローチすることだろう。そのスピードには驚く。「情報は鮮度なの」は竹村の口癖だ。確かに、このような情報は今日と明日では価値がまるで違ってくる。

白石は支度を整えるとポシェットを私から受け取り、軽くキスをして出ていった。サヨナラの挨拶、シーアゲンもいわない。笑顔一つだけのほうが、私たちの関係には印象深いことを知っている。

私は白石との関係を美しいと思っている。ルールと節度を共有し、誤魔化すことなくお互いの欲望を解放する。そのためには、相手に気を遣い、高みを目指すことを助け合い認め合う。結果、可能な限りの快楽を獲得できることに満足し、それを美しいと感じている。この成り行きは、純粋な恋愛と比肩できる行為だと思っている。契約された快楽でも、快楽に差別はない。満足に違いはない。事後、お互いに再《ま》た会いたいと願う心を抱いて、明日へと向かえる。

白石が出た後、私はシャワーを浴びて、白石の残したサンドイッチを食べながら、スマホのメールを確認する。竹村からは「メール確認」の一文だけ、橋本スミからライブへの誘いが来ていた。彼女は高校時代の同級生で、いまは下町の中学校で音楽教師をしながらガールズバンドで歌っている。音楽と映画の趣味が合ったので、ずっと付き合ってきた。高校時代は受験と部活で忙しく、なかなか新しい友人をつくる時間は少なかった。遊びは、ほとんど部活の仲間でつるんでいたが、橋本とだけは一年の夏休みに渋谷のタワーレコードで偶然に出会って以来、好きなライブや映画を紹介し、誘い合っていた。とくにウェブや雑誌で評価の低いレアな映画やライブの面白いものを見つけてきては、自慢することでお互い競い合っていた。橋本はホラー映画好きだったので、かなりのゲテモノを観せられた。とくに「むかで人間」シリーズには、本気で気分が悪くなった。橋本は青ざめる私を腹の底から笑って、気分が悪くなること自体がホラー映画に対する絶賛に等しいといった。橋本には遠慮という言葉の持ち合わせはなかった。つねにずかずかと、相手の気持ちへ踏み込んでいく。私の周囲にはそんな奴はいなかったが、かえってそれが気持ち良かった。だから、男女でありながら今日まで付き合いが続いたのだろう。メールでは、来月に野音でロックフェスがあるので聴きに来いという。チケットは受付に預けておくと付け加えてあった。白石に教えてもらったインド関係の仕事と重ならなければ良いが、と思った。

院ではマルクスの貨幣論について論文を書き始めたところだ。マルクスがいう商品から金への「命がけの飛躍」を中心に考察している。価値の多様化・情報化がめだつ今日、命がけの飛躍を前にして戸惑い佇む私たち世代の傾向を重ねてみた。商品が抽象化され個別化がすすむと、飛躍の意味が変化しているはずだ。売り手から貨幣への飛躍、買い手から貨幣への飛躍がこれまでの論議の中心を占めてきたが、飛躍そのものが生み出す現象の変化を洗い出してみた。コンピュータによって大半の市場が数値化、可視化され、ＡＩやビッグデータなるものが取り入れられ、予測そのものにリスクが減少していき、さらには未来においてデータ分析が極限まですすむとなれば、果たして命がけの飛躍は存在するのか。すべての価値がある範囲で数値化されていくとしたら飛躍はもはや命がけではなくなるのではないか。確率計算が飛躍するべき溝を埋めてしまう。とくに量子コンピュータが進化すれば、市場といわず世の中全体が可視化してしまうのではないか。そうなると、人間はいま一度、本能回帰するような気がする。

論文のための資料を読むためにスタジオを出た。青梅街道を新宿駅方面に歩く。西口高層ビル街に入ると地下へ降りた。カフェを求めて三井ビルの一階テラスに向かう。ＩＤカードを首から下げた一群のビジネスマンたちとすれ違った。彼らは私と同世代だと思うがずいぶんと距離を感じる。学部を卒業して四年しか経ってはいないが、彼らとは別方向に歩んできたことでこれほど違和感を抱くものかと驚いた。もはや学生の頃にすべての同世代に感じた仲間意識はない。当たり前かとも思うが、やはり社会環境がこれほど人を左右するかとあらためて思い知る。いったん社会に出て、社会からレッテルを貼られたらそれをはがすのは並大抵ではないだろう。さらには、社会に出たものの未だレッテルを貼られていない人間は、それを獲得することも大変だ。そんな違和感や疎外感をＳＮＳで埋めることはできるのか。そんなことを考えながら、カフェに入りラテのビッグサイズを注文し席に着いた。電源が備わったカウンター席の端が運よく空いていた。スマホを充電しながら、さらにアイデンティティについて考えた。アイデンティティとは社会的役割と個人的役割を統合する「自己統一性」のことだと解釈している。例えば、銀行マンであり、市民であり、夫であり、父であり、息子でもある一個人が、それぞれの立場＝レッテルに折り合いをつけて生きていくには様々な障害に出会うことだろう。そのレッテルの一つが崩れたとき、例えば企業からはじき出されたときなどは、一つのレッテルの崩壊が他のレッテルにも連鎖していくのではないか。自己など実に曖昧なものだ。アイデンティティとはあたかも自己があるように見せかける幻想でしかないかもしれない。必死にまとめ繕っている細い糸でしかないのかもしれない。

通時的に考えて、私という自己を一つの連続として考えにくい。小学校三年生の私の延長に高校時代の私があり、その延長として現在の私があるとは断言できない。それは記憶の断片化ということだけではなく、私の中のあるきっかけによって突然変異のような変化が生まれてきたのは確かだ。突然変異というと大袈裟かもしれないが、ある知識を得ること、ある体験をすること、ある人に出会うことで、大きく思考や生活の方法が変質したことがある。肉体の細胞がある周期によって入れ替わるように、自己だって環境に従い、時間に従い、まちがいなく変化している。成長なる変態。寄生する環境という宿主の変化。少なくとも精神は環境に擬態をする。自己のビフォーアフターを一連の成長や継続だと認めることは困難であるような気がする。ただ単に、その人の役割の一部を世間が自分たちの都合で認めているだけではないか。その人物の役が持続することを求められているだけではないか。だがいずれ、自己の実体の変化に一個人として世間が認めた幻想が追いつかなくなっていく。それをアイデンティティの崩壊などと呼ぶことはまちがっている。

デイパックからマックノートを取り出し、電源を入れる。メモリースティックを差し込み、指導教授から参考にと渡された資料を点検した。五時間あれば読める量だ。ここで大雑把にでも目を通しておこうと姿勢を正したときだった。右隣の女客がメモを寄越した。畳んだ小さな紙片を左手の指先で私の前に差し出してきた。メモを取る前に顔を確かめる。肩までの髪と丸い眼鏡が十代のようにも見えたが、リクルートスーツを着けているから四年生なのだろう。縮こまった姿勢は、主人の機嫌ばかり気にしている小型犬を想わせた。顔を俯けているので表情は読み取れない。メモには小さな文字で「スマホのバッテリーが切れたので充電コードを貸していただけませんか」とあった。少し腹が立った。

「かまわないけど、モノを頼むときには相手の目を見て言葉で依頼するのが礼儀の基本だろう。メモなんて失礼だし面倒くさいでしょ」といった。以前は、他人にマナーのことで叱ることなどしなかった。このような不躾な女子大生を前にするとつい攻撃的になってしまう自分に驚く。竹村と仕事を始めて、私の裡で何かが変わっていた。変わるということに馴れていないせいか、自分でも戸惑っていると感じる。

女学生は私の口調に気圧されたのか「すみません」と何度も頭を下げた。叱られるという経験が少ないのだろう。あまりに萎縮した様子だったので可哀想になり「いい過ぎたかな」とコードをさしだす。再びすみませんを繰り返し「五分だけお願いします」というなり、スマホを黒いビジネスバッグから取り出し、手際よく充電コードを差した。彼女の極端な無遠慮と取って付けたような遠慮の揺れにとまどう。

何となく資料を読む気が失せてしまい、充電する間、女子大生と話すことにした。あらためて顔を眺めると厚い唇、豊かな頬、ふっくらとした涙袋など、肉感的な顔立ちをしていた。大学名を尋ねると目白にある女子大だった。就活のまっ最中で、英語が得意なので商社やマスコミ、旅行代理店などをめざしているという。女子大生お決まりの就職先だ。意地悪な気持ちが起こり「何が得意よりも、何がしたいかのほうを優先すべきだろう」というと、案の定「何をしたいか判らない」と答えた。「それを見つけるための大学でもあるのだけどね」と返すと「ええ」と頷く。その素直さに苛立つ。「見つけてから社会へ出たらどうだろう。社会へ出てからの軌道修正は難しい」と付け加えた。「四年もの間あれこれ考えたのですが、けっきょく見つからなかった。だから、これから先も見つからないと思うのです。やりたいことがない。とりあえず、就職をしてその職を好きになるように努力します」といった。面接をしているような型通りの返事だった。彼女の本意が見えない。価値観が違うと、こうも伝わってくるものが何もないのだろうか。彼女が複雑なのではなく、余りに正直だけなのだろうとも思う。私の周囲を見渡しても、大半の大学生が自分の進む方向が見えないという彼女と同様な状況にあるのも確かだ。苛立つ私のほうが間違っているのかもしれない。

私にだって人生の目標なんぞはない。ただ、すべきことがある。考えることがある。感じる手応えがある。ボールがバットの芯に当たる手応えから、白石の皮膚の冷たさ、マイルスの音、ホックニーの絵画、何冊かの古典と並べればきりないが、その一つ一つが私に少なからず何かを与えることで変化をもたらした。ささやかだが、生きていることのリアリティを感じさせてくれる。

彼女に対して質問したが、彼女から質問をすることはなかった。私への遠慮なのだろうか。それとも、単に無関心であるだけなのか。彼らの世代を見ていると他者との関わりかたの相違をつくづくと思い知らされる。彼らは必要以上に相手に近づくことを避ける。それは、他者の自分への接近を拒むことと重なっているはずだ。いつでも逃げる、避けるができるように適当な距離を置く。ネットは世の中を変えたが、それ以上に人間関係を確実に劣化させてしまった。

私は、竹村、桃太郎や橋本の能力を認めている。彼らの生き方さえ認めているといって良い。だから、付き合う。そんな私という状況のありかた、そのちっぽけなリアリティと肯定が、その私を支えてくれている。リアリティを広げる必要はない。認めた人間もあえて増やすこともない。現代で、自らのリアリティを維持し、他者のリアリティを捉えながら生きていくことは稀少だし、困難だと思う。
隣の女子大生は、充電を終えたコードをウエットティッシュで丁寧に拭いて「助かりました」といって返してくれた。決して埋まらない溝が見えた気がする。命懸けの飛躍、と思い浮かべる。

さて名誉ある死者の群への祈りをすませたなら、牡の羊と黒い牝羊を一頭ずつ、その顔を闇の世界へ、あなたご自身は頭を後ろへそらし、河の方へ顔を向けるのです。すると死者たちが群を成して集ってくるであろうから、その時は部下たちを促し、皮を剝いだ羊たちを焼き、偉大なる冥王ハデスに攫われたペルセポネイアに捧げよと命じなさい。

冥界が亡者の世界なら、人類誕生から増え続け、膨大な人口となっているのではと考えた。年毎にネズミ算式に増えていくわけだから、人口密度は凄まじい数字になるのではないか。だから、古代の人間は、転生というシステムを思いついたのかもしれない。その思い付きに一人でほくそ笑んでいたら、手を上げている客を見つけた。深夜帯の新宿は、タクシーにとって格好の餌場になっている。客の向こうに人だかりがあった。こんな時間になんだろう?

ゼウスの末裔にしてラエルテスが子、ユリシーズよ、生きながらハデスの館に帰ったとは、なんとも不敵な方々じゃ。ほかの人間なら一度しか死なぬものを、お主たちは二度も死ぬことになるとは。さあ、今宵は腹を満たし美酒を楽しんでお過しなされ。そして曙の女神が現れたら、直ぐに船を出すじゃ。海路も教えよう。他の必要なこともすべて教えてさしあげる。海であれ陸であれ、この先、お主たちが奸計にかからぬように。

午前二時、いつものように留美はパン屋のシャッターを上げた。先月、正社員となって仕込みの準備をまかされている。店の灯りが点くのを待っていたように、黒犬が闇から現れた。「おおっ驚くやんか。どないしたん？ こんな早く、ちゃうか、こんな遅くかもしれへんけどな」と自分でボケる。「パンがほしいんか？ ほなら、ちょっと待ってんか」と奥に入って売れ残った菓子パンを持ってきた。店では接客もあって標準語を喋るようにしている。久しぶりに関西弁を使った。相手が犬でも少し気持ちが浮き立った。チーズパンをちぎって、手のひらに乗せると、黒犬はちょっと匂いを嗅いで食べ始めた。「おお、くすぐったあ」と犬の舌が手のひらに当たるたびに小さく叫んだ。手のひらを差し出しながら、片方の手で「ほんま、まっ黒やな」と毛並みを撫でた。「うわあ、ケモノや」と驚きとも感想ともつかない声を発した。

□オルペウス

妻エウリュディケを取り戻すために冥府に入る。ハデスは連れ戻すことを許すが「冥界では決して背後に従った妻を振り返ってはならない」という条件を付けたが、冥界からの出口あたりで、不安にかられ振り向いてしまい、妻を失う。絶望したオルペウスは一切女性との愛を絶つのだが、狂乱した女たちに八つ裂きにされる。

人声に混じって広東語らしき怒号が聞こえ、微かだが八角の匂いもした。ここは楓林会館あたりだろうか。火鍋屋があったのを思い出す。それともさくら通りの中華料理店近くかもしれない。足下の感触と両の手が触れるもの、そして音と匂いが頼りだった。深夜にかかわらずアスファルトから昼の熱気は消えていない。わたしには、頭部全体にピエロのゴムマスクを被されている。耳と鼻に詰め物をしているように聴覚嗅覚までもが不明瞭に遠くなっている。ゴムマスクの目は塞がれているので、視覚はおぼろげな明暗しか感じない。不自由な分だけ夜の闇に全身が敏感になっていた。

ピエロのマスクは深夜の街で否応なしに目立っているはずだ。すれ違う者には気味悪がられるか笑われるかのどちらかだろう。そんな人たちの反応を気配で感じる。避けていく者が大半だろうが何度も通行人とぶつかる。女の悲鳴がきこえる。嬌声のような笑い声も混じってくる。男に罵倒される。誰かに後ろから突き飛ばされた。つんのめり転倒し両手を舗道につく。薄い手袋越しに手のひらが切れたのが判った。身につけた燕尾服の膝が破れた。空気を切るような笑い声が頭の上を通り過ぎた。躰が反発力を失っている。恐怖さえ覚える。時計がないので時間の感覚も失くしていた。まだ一時間は歩いていないだろう。視覚を奪われた状態で時間を過ごすと疲労が急速に溜っていく。不思議だけど塞がれた視覚がいちばん疲れたと主張する。疲れたと思ったとたん急激な眠気に襲われた。数分だけ眠ろうか。僅かな時間の睡眠が元気を取り戻すと聞いたことがある。道端に座り込み目を閉じた。

犬の吠え声で目が覚めた。耳元で吠える犬がいた。手を伸ばすと指先を舐められた。


地下の賭場で、張は「目隠しをしたまま歌舞伎町から脱け出せたなら由利を返してやる」といった。ルーレットが回転する重い音と白いボールが跳ねる軽い音が気持ちを急かせる。「こんな私でも地獄に堕ちるのはご免だから、たまには徳を積まなくてはね」と笑った。北は職安通り、南は靖国通り、東は明治通り、西は西武新宿線に囲まれたこの一角から一歩でも外へ脱出できたら由利を返してやろう。ただし、目隠しを外したら永遠に彼女がお前に戻ることはない。制限時間は午前零時から夜明けの五時までの五時間。誰かに喋りかけたり助けを求めてもゲームオーバーだ。部下が由利をつれてお前の後を追う。歌舞伎町を出たところですぐさまお前に由利を引き渡してやる。黒いジャージを身に着けた張はそう約束した。体育の老教師のような風貌だが唇から右耳にかけて傷跡が私を威圧する。張はいった。このゲームを賭けの対象として客たちに参加を求める。賭けた客が由利とともにお前の後を追って賭けを楽しむことになる。その上がりがあれば由利の借金くらいは返済できる。お前がゲームに成功しようがしまいが損はしない。

脱出はそれほど難しくないと思った。歌舞伎町の道路や路地は、ほぼ碁盤の目をしている。だから、東西南北どちらかの方向へまっすぐ進めばよい。いくらかの高低も道標となるはずだ。方角が判らなくとも、迷うことはまずないだろう。目隠しをされたとしても普通に歩いて行くかぎり誰も気にしない。

邪魔をする者もいない。単なるパーティーの余興くらいにしか見えないはずだ。歌舞伎町はそんな街だと思う。

張はいった。自分の組の者はお前を追って見張るだけで決してお前には手を出さない。しかし、他の人間から何かをされたとしても一切関与はしない。もちろん助けることなどはない。目隠しとしてピエロのマスクを被ってもらう。格好は燕尾服だ。そんな面してよたよた歩いている人間に対して優しい者はこの界隈には少なかろうと脅された。

「過去にこのゲームに挑んだ者はいるのか」と訊いた。

「いた」と張は答えた。

「そいつは成功したのか」

「ノーコメントだ」

ゲームは一週間後、出発点は目隠しをして私をとあるビルの一室に移すという。最初の難関はそのビルから脱け出ることだ。

ビルから脱け出ることは上手く出来た。時間は充分にあるはずだから一つ一つ慎重に行動した。壁を伝い部屋を出て、エレベーターを手探りで探した。階段しかないビルだと厄介だと危惧したが助かった。ボタンを押してエレベーターを待つ。やがてモーター音が聞こえドアが開く音がした。少しだけ目の前が明るくなった。エレベーターに乗り込み、すべてのボタンを押す。ビル内での行動はすべて監視カメラで見張っているといっていた。エレベーターは下降して、階ごとに開いた空間の音に耳を澄ませた。どれも同じ空調らしき機械音しかしない。たぶん最下層と思われる階まで降りてドアが開いた。かすかだが雑踏らしき音が聞こえた。ゴムのマスクを通しても前方の明るさが他の階とは違っていた。ここだと思った。

重いドアを開けるとマスクの隙間から入り込んでくる外気を冷たく感じた。空気の流れは様々な情報をもたらしてくれる。息を止める。人の気配はなかった。しかし、このゲームに賭けた人間たちが何処からか私を見つめているはずだ。手出しはしないといったが、張は何かを仕掛けているに違いない。素直にこのまま脱出できるとは思っていなかった。それでは賭けとして面白みがない。

道の広さを知るために反対の端まで歩いてみた。四歩もかからなかった。この狭さは路地だろう。近くに聞こえる音はこもった人声と空調の機械音だけだった。何台かのファンが回転する音が混ざっている。排気のせいか肌に湿気を感じ生乾きの雑巾のような匂いがした。浴室かサウナがあるとしたら職安通り近くのホテル街なのだろうか。ともかく広い通りに出て決めた方向へまっすぐ歩かなければならない。足下を何かがかすめたような気がした。猫かもしれない。こちらと決めた方角へ歩き出した。すぐに何かにぶつかる。手探りするとバンの後部ドアらしい。道幅いっぱいに止めてあり、それ以上は前に進めない。あるいは、ガレージに入り込んでしまったのか。反対側の方向へ引き返す。十メートルほど歩いたろうか広い道に出たように感じた。人声がする。どこからか音楽が聞こえたがすぐに止んだ。手探りで角に立っている道標らしい柱を曲がり再び歩き始めた。

突然「驚いたあ」と前方で甲高い女の声がした。夜の闇の中からピエロのマスクをして燕尾服を着けた私が現れたのなら驚くのは無理ない。一息ついて「何かの宣伝なの」と訊いてくる。何も答えることができないルールのため急ぎ足で歩き去る。「なんだよっ」と捨て台詞が追いかけてきた。出来るだけ道路右端を進むことにする。ときどき自動扉のセンサーにひっかかったらしくドアが開く音がした。両手を少しだけ前に出して歩く。「ああああ」という男の声がする。「しゅーる」といっている。しゅーるとはシュルレアリズムのシュールのことかと考える。視覚を奪われているので連想が次々と思い浮かぶ。小さな段差に思わずよろめく。後ろからクラクションが響く。

どれほど歩いただろうか。視覚の喪失は時間の感覚を奪うようだ。疲れたと思ったとたん急激な眠気に襲われた。数分だけ眠ろう。僅かな時間の午睡が元気を取り戻すというじゃないか。道端に座り込み目を閉じた。

最初に張と会った際も同様の手順を指示された。指定された五反田駅前で車に拾われ目隠しをされて賭場へ連れて行かれた。帰りも賭場から目隠しをされて五反田駅前に戻る。張と会った賭場が東京の何処にあったのかは見当がつかない。車に乗っていた時間は三、四十分ほどだったが同じ道をぐるぐると回って時間と方向を困惑させたのかもしれない。ただ私を拾った車は黒いレクサスのワゴンで練馬ナンバーだった。同乗した張の手下は三人。運転手と私の両脇に二人。リクルートスーツのような地味な背広に黒いネクタイを締めていた。今回も同じ場所で同じ車に拾われ同程度の時間を車に乗って目隠しのままゲームの出発点であるビルの一室に放り込まれたのだ。目隠しされていたので実際ここが歌舞伎町であるかどうかも確証は持てない。賭けの参加者を募ったのだから歌舞伎町でなければならないはずだとも考えた。いや実際に賭けが本当に行われているかさえも判らないなど疑えば疑うほどに怪しくなる。虚と実が曖昧になってくる。それも張の狙いだろうか。ともかくもゲームはスタートして時間は刻まれている。私はこのゲームをやり遂げて由利をとり戻さなければならない。それだけははっきりしている。私を追って由利がいるはずで賭けの参加者が経緯を見守っていると信じるしかない。私が転んだり迷っている度に一喜一憂していると思うしかない。

歌舞伎町は夜と死と性が交配して生まれた。闇の血管で繋がり夜と死と性の三位一体が至る所に息づいている。ここで人は自らのアイデンティティを散逸させて誰にでもなれる。あるいは誰にでもなれない。匿名氏たちがあたかも命あるが如きに振舞う。昼の自我は剥ぎ取られ快楽に我を忘れそれぞれの性に惑溺する。剥き出しの欲望が我が物顔に徘徊する。贋物の空間、贋物の時間、贋物の夢。そうして禊《みそぎ》のように贋物の死を体験し夜が明けると誰もが日常の生に戻っていく。人はそんな小さな死の疑似体験を何度も重ねて、いつしか本物の死に至るのだろう。贋物と本物の混濁。本物の死は死という完全な忘却であり消滅であるゆえに体験とは呼べないのかもしれない。本物を味わうことができないからこそ人は贋物を欲しがるのだろうか。

私たちはあの神々の時代からあまりにも遠くへ離れてしまった。贋物の神々が跋扈するこの現代であらたな神話が創られるとしたらこの街しかないのも事実だ。

「ごせんえんだけだよ」と話しかけてきた奴がいる。腐肉のような口臭とココナツオイルのような甘い香りがまとわりつく。「いい娘いるよ」と誘ってくる。「ロシアンいるよ」「フィリピーナいるよ」と耳元で囁く。アフリカ系の外人だろうか。酔客相手にカードを盗むなどの犯罪をナイジェリア人が起こしているとの報道を読んだことがある。こんな格好をしている私に取り付くその無神経さに腹が立つ。「ノー」と強く拒否する。「なんでだよ」と私の腕をとり離れない。「ノー」とそいつを突き放すようにして拒む。拒んだ右手が巨人を押しているような感覚に捉われた。三メートル近くもある黒人を想い描いてしまう。私の中で巨人となった奴は「しゃちょう、ともだちだろ」と食い下がる。私の拒否などまるで聞く耳を持たない風だ。「邪魔なんだよ」ときつく返す。声はくぐもったままマスクの中で響く。不意だった。後頭部を殴られ腹に膝が食い込んだ。意識が遠のく。他人事のように感じている私がいた。異国の言葉が飛び交っていた。両腕をとられ階段を引きずられるように下りて行く。再び側頭部を殴られた。混乱する意識の中で燕尾服の胸と尻ポケットを探られていることを微かだが感じた。霞む意識のなか、ここで気を失うことは由利を失うことと同じだと思った。

「おまわりさーん」と叫ぶ声がした。逃げ去る足音。意識が戻ったのか。躰の節々が痛む。頭部の痛みが酷く大きく腫れたように重い。顔を上げると視界はぼんやりと明るい薄暗がり。これが無明の闇かと思う。そうだピエロのマスクをしていたのだと気づく。口の中に血の味がする。痛いだけで怪我はしていないようだ。意識が戻ると痛みを脇腹と太腿にも感じた。蹴られたのだろう。はっと気づいて胸ポケットを探る。もともと何も入っていないことを思い出す。ここは何処だろうか。階段を引きずられて下りた記憶がある。いや階段を上ったのかもしれない。地下だろうか。どのくらいの時間が経ったのだろうか。先ほど叫んだ声の主はそばにいるのだろうか。尋ねたところでゲームオーバーだ。誰かが見ている気配は感じる。私が殴られ蹴られる場を眺めながら、賭けた者たちは昂奮していたのだろう。時間を無駄にしたのだから早く移動しなければという焦りが湧いてきた。膝をつき立ち上がってみる。筋肉という筋肉が悲鳴を上げる。思わず呻く。再び倒れ込む。誰かに肩をゆすられ「大丈夫なの」と声がかかる。女の声の方向へ大丈夫だと指で丸をつくって返事した。痛みが筋肉を固くして動きが鈍い。それでも立ち上がり、出口らしき方向へ進むと「そっちは出口じゃないわ」と女が教えてくれた。感謝の印に手を上げて反対方向へと引き返す。少し行ったところで再び声をかけてくれるが、マスクで音がこもって聞きとれなかった。女の声は辺りの静けさを際立たせた。誰も見ていないのかと思った。観客はいないのか。賭けのことさえ嘘かもしれないとの疑いがよぎる。ただし由利が張の店で働いているのは事実なのだ。何かにつまずく。倒れると思うと同時に、両手を前に出すと重いドアに触れた。

マスターに氷を買って来てくれと頼まれたので、近くのコンビニへ出かけた。ビルの底で声がした。半地下のテラスで誰かが殴られていた。思わず「おまわりさーん」と叫ぶ。あっという間に暴力を振るっていた巨漢の男は逃げ去る。暗闇に、ピエロの格好をした誰かが倒れていた。下りていって肩をゆすった。大丈夫そうだ。何とか立ち上がったから安心した。救急車を呼ぶとなると拘束されてやっかいだ。「大丈夫なの」と声をかけたら、ピエロは立ち上がりふらふらと奥の階段を上がっていく。そっちだとビルに入ってしまう。違うよと叫んでも、声は届かなかったようだ。ま、いいかと思った。こんなこと、良く考えれば異常だと思うが、何とも感じなくなってる。ああ、新宿に慣れ過ぎたのかもしれない。福島へ帰ろうかとふと思った。

重いドアを体ごと押して何とか入ると階段に突き当たった。手摺を探って階段を上り踊り場のような平場に出た。左手に空間が広がっているらしく階下よりも暗い。ここがロビー階だとしたら暗すぎる。階段はそこで突き当たっているので左手の空間に入るしかなかった。僅かな光も感じない。目を閉じても同じだ。闇がさらに深くなった。入ったそこは部屋のコーナーに位置しているようで壁に沿って進むとしたら左手か前方か選択しなくてはならない。左手に歩いていく。なにもない壁が湾曲しているのが判る。しかも緩やかな上り坂になっている。螺旋状のスロープになっているようだ。ある程度進んだところで出発点であるコーナーに戻って今度は前方へ歩いてみた。反対側の壁にはおよそ六歩の距離で行き着いた。今歩いたこの壁面がスロープの最も下の部分になるのだろう。反対側の壁では窓状のものに触れた。部屋が並んでいるようだった。こちら側に抜け道かエントランスの類いがあるだろうとスロープを上ることにした。こちらの側面には一定の間隔で部屋が続いているようでそれぞれにシャッターが設けられている。どのシャッターも鍵がかかり開くことはない。雑居ビルと思い込んでいたがどうにも違うようだ。およそ一周したくらいの段階で出口は発見できなかった。このフロアの見取り図を思い描いてみた。真ん中の大きな柱があり向かい合うように緩やかなスロープに沿って幾つもの部屋が並んでいる。中央の大きな柱の中には階段が設けられており下の階に続いているのだろう。ときどき部屋のある側から円柱の側に移動して出口や階段口のようなものはないか確かめたが見つけることはできなかった。この設計は事務所ではなくショッピングモールのようなつくりになっている。果たして歌舞伎町にこんなビルがあったのだろうか。このまま螺旋状のスロープを上り続けると何処へ出るのだろうか。一部屋ごとにシャッターを確かめてみた。ドアが開くことはなかった。何番目の部屋のシャッターか何かに触れた時だった。静電気に打たれたような衝撃が指先を襲った。思わず手を引いた。二の腕を重いと感じた。衝撃に促されたのか、フラッシュバックのように記憶が蘇る。視覚の遮断が記憶領域を強く刺激することは間違いない。

由利だ。得意先の店舗で美容指導をしていた彼女と出会った想い出。ワインレッドの制服に水色のスカーフを結んでいる。チークブラシを使いながら座った中年女性と話をしていた。私に気づき微笑みながら小さく会釈した。数ヶ月前に彼女を得意先のオーナーから紹介されたことがあった。名刺を見ながら私のことは人づてに聞いているといっていた。悪い噂ですかと訊ねたら「たいへん良い噂です」と笑った。彼女から麝香の香りがしたことを憶えている。胸の奥が疼いた。それは不幸と幸福の出発点であり接点だった。あの瞬間《とき》、結果としてこうなることは決まっていたような気がする。いや、この記憶の連鎖さえ仕組まれていたかのように思えた。それとも、勝手に運命だと決めてかかっているだけか。そうとでも考えないと前に一歩も進めないからか。

由利は欲のない女だった。言葉数も少なかった。お喋りするよりも相手の話を聞いている方が好きだといった。そんな彼女にもう少し自分の意志を主張した方が良いと叱ったことがある。自分には好き嫌いはあるが意思というものはないと返事された。嫌いなものはなるべく避ける。避けられないことは我慢をすればいい。我慢をして目の前のものに対処するだけだといった。それで、相手が喜べば嬉しい。我慢って意思じゃないでしょとも訊いてきた。今の美容の仕事は好きだ。だから一つ一つこなしていくことは楽しいという。自分から積極的に会話をしないが客の要望をしっかり聞き出し把握することが由利にはできた。与えられた仕事を誰よりも丁寧に仕上げることで職場の評価は高かった。由利の唯一の趣味は音楽でとくにピアノの音色が好きだった。ピアノ曲であればジャズでもクラシックでもジャンルを選ぶことはなかった。導入部のタッチを聴くことでほとんどのピアニストを当てられた。掃除の時も料理や片付けの際にも旧いiPodを離すことはなかった。イヤホンで音楽を聴きながらゆっくりと包丁を動かし大根を桂剥きする姿は美しかった。由利は本を読むことも新聞を読むこともネットやメールさえしなかった。料理はテレビで憶え、音楽はラジオで知ったそうだ。

彼女と出会い半年後のことだった。自分が多額の借財を負っていると告白した。亡くなった父親の連帯保証を引き受けていたためだった。借用書を読むことなく捺印していた。返済が終わるまで張が経営する風俗店で週三日数時間ずつ働いているという。驚いた。その借金は一緒に返そうといった。自己破産という選択もあるし数年頑張るなら返済できる額だった。私の提案を彼女は決して受け入れることはなかった。私たちは夫婦でもない。借金は私の責任であり私の運命だ。自分一人で返済すべきものだといった。「これって私の初めての意思かもしれない」と笑った。そして、或る日、彼女は失踪するように私の前から消えた。

興信所が張の名を頼りに由利が働く店を見つけることは難しくなかった。その店の事務所は鴬谷言問通り沿いの雑居ビルに入っていた。玄関に小さな机を置いて受付としていた。予約をしていたタナカだと名乗った。由利について訊ねる必要もなかった。店員は本日の出勤者というアルバムを開きながらおすすめですよと彼女の写真を見せた。源氏名はナツとなっていた。

ホテルの部屋に私が待っていたことに由利は驚かなかった。見慣れたワンピースを身に着けて諦めたような表情をしていた。その表情は私が来たゆえなのか仕事のせいなのかは判らなかった。いずれ私が現れるだろうと思っていたといった。きみを連れ戻すために来たと告げる。由利は、それは無理なことだし、わたしに戻るつもりはないと返事した。この仕事は美容部員ほどに楽しくはないが我慢できる範囲だ。同僚も良くしてくれる。完済するまであと一年は頑張るといった。思った以上に普通のお仕事なのというと「さあシャワーを浴びましょう」と仕事を始めようとした。止めてくれと怒った。由利は立ち上がった私を見つめた。どんな表情も見せることなく「戻ることはもう出来ないの」と繰り返した。由利が変わったのか変わっていないのかさえ判断できなかった。二人の関係について私と由利の間にこれほどの温度差があったのかと恐怖さえ憶えた。由利の頑さに説得をすることを諦めた。

しかし由利をこのままにしては置けなかった。張に直接談判しようと決心した。

歌舞伎町の地下はドブネズミが支配し、地上はクマネズミの縄張りとなっている。競い合えば身体的に有利なドブネズミが優勢なのだが、ドブネズミは地上には行かない。ネズミの視力は弱く、色の識別はほとんどできない。彼らは白黒・明暗の世界に住んでいるといって良い。その代わり、聴覚、嗅覚、味覚は人間よりもはるかに優れており、暗闇での生存に適している。暗闇が多く、餌にこと欠かない新宿は、ネズミのための都市ともいえる。新宿に棲む人間がネズミに似てくることは進化上、理にかなっている。

スロープを上る。それぞれのシャッターを確かめ、ドアノブを回す。そしてドアらしきものを押してみる。同じ作業を何度繰り返したことか、次第にその記憶さえ曖昧になる。そのノブには無意識に手が伸びていた。小さな潜戸のようなドアだった。ドアノブは毎日たくさんの人間に触れられたのだろう、表面がつるつるに磨かれているように感じた。「開いた」と思わず叫んでいた。外気が入り込み、騒音に包まれる。

「どこへ行こうとしているの？」「何もないわよ」と、微かだがあの女の声が背後から聞こえた。いや、気のせいかもしれない。でも、何もないとはどういう意味だ。行っても無駄だということなのか。何しろ人通りのある広い道を探し当てたい。これはゲームなのだとあらためて思い起こす。彼女も、あの異国人の殴打も、事前に仕掛けられていたことなのか。疑えば切りがない。いま必要なことは歩き続けることだけだ。張は私に決して手を出さないと断言した。そして、何の根拠もないのだが、由利が必ず後をついて来ていることを信じる。
どれほど進んだろうか。私は何処かの道に出た。車の走行音がする。この道をまっすぐ行けば良い。まだ、夜は深い。

どんな物語にも発酵の時間は必須だ。無駄な空間と時間と言葉が削ぎ落とされ、残された物語が姿形を現わすまで待つ。物語には時間が必要であることは神話が証明している。落ち着き、坐りが良くなるまで、ゆっくりと待っていればいいのだ。そのためには、出来れば、何度も、幾人にも語り継がれることが必要なのだ。ただ、最初からほぼ完璧なカタチをした物語も存在する。
物語は交換される。相手の物語を鵜呑みにしたり、無理やり押し付けられることも多々ある。例えば、一目惚れとは、相手の物語をそのまま受け入れ、期待した完璧な物語だと早合点する作用だと考えてみる。そう、人はどうしても、与えられた物語を、自分が読みたい物語へと勝手に変質させてしまいがちなのだ。そうして物語は発酵する。

地下鉄の階段を上りきったときに、背後でざわめきが起こった。振り返ると中年の男が倒れていた。階段から落ちたのだろう、口から血を流していた。折れた歯が何本か、吐き出した血のなかに混じっていた。男は酔っていた。多分痛さはそう感じてないはずだ。しかし、突然の事故が信じられないのか、衆人のなかの己の醜態を恥じたのか、それとも溢れてくる血にどう対処して良いのか判らないのか、薄笑いを浮かべ、目だけをきょろきょろとさせていた。その薄笑いが、私の表情に伝わった。伝わったというよりも、私の表情の記憶の底にぴたりと収まったように感じた。いつしか、思いもかけぬとき、私はこの薄笑いを浮かべることがあるに違いない。そんな薄笑いだった。

私の表情の大部分は、誰かの表情の模倣から生まれたのだと思う。しかし、この薄笑いは、別種のものだった。人間が本能的に持っている、しかし大半の人間は忘れているだろう潜在的な表情だと思った。誰に向けるでもなく、自分自身へ向けた、薄笑い。ニンゲンという皮を剥がされた素の笑い。いや、決して抵抗できないものへの怯えに近い。

この薄笑いで思い出したことがある。

以前、入院を頑固に拒んでいた叔母が、容態が悪化したのを契機に、予定してあった病院へ半強制的に入院させられたことがあった。都心から電車を乗り次いで二時間もかかるようなところに病院はあった。それだけに、森に囲まれた施設は美しく、見舞いに訪れる誰もが、別荘気分で養生できますねと言ったという。

学生だから暇だろうと、叔母の好物である桃を持参しての見舞いを言いつかった。ホテルを想わせるような病室で、家族の近況を一通り話し終えると、会話は跡絶えがちになった。ぼんやりと外を眺めている時間のほうが多かった。遠くの森の中に、研究所らしき白い建物があった。昼時になると屋上に白衣をつけた男女がくつろいでいるのが見えるという。そこから九時と五時に流れてくる時報が、唯一の社会とのつながりだと叔母は言った。早く帰りたい、そうお母さんに告げてくれと何度も懇願された。叔母は呟いては外を眺め、そう、この薄笑いを浮かべていたものだ。桃を入れた箱は、開かれることもなく、テーブルの上に手付かずにあったので、帰り際に冷蔵庫にしまった。

叔母は、それから半月もたたずに亡くなった。訃報を聞いたとき、あの桃はどうしたのだろうと思った。

死の影に寄りそられたとき、人はこんな薄笑いを浮かべるのだろうか。死とか、運命とか、忘れかけたような言葉が、突然目の前に立ちはだかったときに、こんな薄笑いを浮かべるのだろうか。

地下鉄の階段を上りきり、スマホを改札口にかざすと、二枚の黒いベロのような扉が開いた。

株は売り時が最も難しいとは十分に理解していたつもりだった。しかし、あの時は、次々と落ちていく株価を呆然と眺めているだけで、何もできなかった。怯え、凍りついた自分をただ眺めるだけだった。何の根拠もなく、何処かで跳ね上がると期待していたのか。

私は自分の判断や能力を信じていた。自分は決して間違わないと信じていた。だから、この失策は自分自身への裏切りのように思われた。私の才能はたんに時代の好調や偶然に支えられていただけだったのだろうか。

間違えた自分を直視できなかった。そのためか、裏切った自分を出来るだけ遠ざけりたいと試みた。

遠くから眺めて、他者のように自分を分析し、変えたいと願った。それが自分への罪滅ぼしのような気持ちであった。だが、変えようとする自分も私なのである。間違ってしまった私なのである。果たして、間違った私が、新しい私へと変えることが出来るのだろうか。

私を変えるとはどのようなことなのだろうか。私を変えるためには、基準となる絶対的な他者がないかぎり無理なのだろうかとも考えた。絶対的他者、つまり神の存在を信じないかぎり、自身を変えることは出来ないのだろうか。先日、ある宗教に入信した知人のことを思った。

肉体を変化させたり、日常を変えることで、自分なんかすぐに変わってしまうとその知人が言っていたことも思い出す。では、肉体を変化させる、日常を変化させるとは、どの程度まで可能なのか。確かに、盲目や難聴など肉体のハンディキャップが手術などで除かれたときには、自分自身の変化を実感できるだろう。新しい自分になりたいと空手やボランティア活動を始めた知人もいた。そんなことで変化する自分とは、その程度のものなのかもしれない。

かつて蒸発という言葉が流行ったことがあった。蒸発とは自分を変えることを望む者の最終形態なのだろうか。職場や家族から逃げ出すことは、誰もが持っている願望だ。しかし、逃げ出したからといって自分が変わるものなのだろうか。

人間だれしも、つねに何かしらの役割を演技している。つまり、その役割が変われば演技も変化もする。役割は、役者にある一定の条件を押しつける。その条件放棄のことを蒸発と呼ぶのだろう。そんなことは、大なり小なりみんな経験があることだ。

私の少年時代は父親の仕事の関係で引っ越しばかりしていた。そのせいか、新しい場所で、始めからやり直しができるような生活を送ることに慣れ過ぎていたのだろう。だから、どこかで、自分なんてすぐに変えられると思っていた。そんな自分が裏切られた。仮面を脱いだら違う仮面が現れただけだったのかもしれないが。そうだよ、それも自分がたちまち変わったということの証拠じゃないのか。

変態する蝉の最終の体躯は、鳴くためにつくられているといって良いだろう。オスがメスを誘うために鳴くし、敵に襲われ死に瀕した時にも鳴く。蝉は、結局は、生きるために鳴き、死ぬために鳴く。そうか、人間だって、生きるために泣いて、死ぬために泣いている。

□ゼウス
宇宙を支配し、人類と神々を守護する。オリュンポス十二神をはじめとする神々の王。宇宙を破壊できる強力な雷を武器とし、多神教の中にあっても唯一神的な性格を帯びるほどに絶対的な力を持つ。

奈津子の部屋から出たところで、何かを忘れてきたような気がした。エレベーターを待つ間に胸ポケットを押さえてみたが、あるべきものはある。奈津子に言い忘れたことがあったような気もするが思い出せない。頼まれごともなかったはずだ。何だったのだろう。喉につかえたようで気持ち悪い。いつもの癖で、ぼんやりと両の手のひらを広げて見た。裏返してみる。つるりとして六十歳の手ではないと思う。親指の付け根に洗い残した絵の具がついていた。思い出さない。

最近、こんなことがよくある。年齢のせいだろうか。認知症の初期症状だろうかとつまらぬ不安もよぎる。忘却は記憶することと裏腹だと聞いている。年齢を重ねるごとに忘れることが増えていくのは仕方ない。コップから溢れてくる砂粒を想い描く。しかし、こんな記憶の空白だけを示されるようなモノ忘れは願い下げだ。塗り忘れた余白への不安。

エレベーターは一階で停止したまま昇ってこない。荷物でも運び込んでいるのか。振り返ると十二階の開放廊下に夕陽が差し込んでいた。雨上がりの地平線にそって滲むように広がる茜が美しい。濡れた廊下の床面にも茜がうっすらとこぼれていた。近くの部屋のドアノブにはビニール傘がかかっており、石突きからはまだ雫が滴っている。その水滴にも茜は宿っているはずだった。

私は風景画を描いたことがない。とうてい描ききれない自然の美しさを対象には選べないし、風景は描くよりも眺めたほうが良いに決まっている。取り組むならセザンヌのサント・ヴィクトワール山のように一生の仕事となるだろうが、つねに手法を変化させてきた私にそれはできない。しかし、それもていの良い言い訳だ。なぜ描かないのか、描けないのか、本当のところは自分でもわからない。

あの濡れたビニール傘は描きたいと思うモチーフだ。所有者の空間と時間を想像させる。雨粒が複雑な模様を描く半透明のビニール、細く頼りない骨、擦り切れたような握りと少しばかり開いた状態からは使った人間の有様が浮かんでくる。描きたいと思う。風景はいうなれば神の所有物で傘は人間のそれだからか。傘からは物語を読み取れるが、風景から物語を引き出すのは難しい。まあ、それも理屈でしかないといえばそうなのだろうが。

エレベーターはまだ来ない。何を忘れたのか、奈津子の部屋に入る数時間前から自分の行為を少しずつ時間をずらして点検するように思い起こしてみる。奈津子の部屋に入ると、小机の上に黒檀の一枚板をくりぬいた大皿がある。そこが、私の小物入れになっていた。部屋に入ると、ポケットにあるものをすべてそこに置く。帰る時には、そこの小物を再びポケットに入れる。何もない木皿の手触りと湾曲が記憶にはっきりとあった。奈津子の部屋での記憶のすべてを裏返してみたが、思い当たるものは見つからなかった。そもそも忘れたものはなかったのだろうか。ならば、この欠落感は何なのか。記憶の凹みだけが目立ち、妙な気持ちの腫れぼったさがひっかかる。忘れ物があったとしても、こうして思い出せないのだからたいしたことがない事柄だったのだろう、と思うことにする。それにしても身体に空隙ができたようで心地悪い。

日々、忘れてしまうことは覚えていくことよりも多いのか。少ないのか。この年齢になると、記憶が蓄積されていく感覚はない。記憶の欠落感は、覚えておかねばという強迫観念だけが残ったからなのだろう。だから、覚えておこうと思った際の手がかりのようなものを探ってみるが、その糸口さえ見つからない。

エレベーターが動き出した。エレベータードアの脇にある赤い点で示された数字が一つ一つ増えていく。空白のボックスが足元から昇ってきた。チンと鳴ってドアが開く。落ち着かない気持ちを引きずったままエレベーターに乗りロビー階のボタンを押した。ドアが閉まり再び動き始める。六階で停止して耳の大きな小型犬を抱えた女が乗ってきた。エレベーターが遅くなったことを私の所為であるように睨みつけられた。視線を返したらすっと背を向けてしまった。女の肉付きの良い肩越しに抱かれた犬が私を見つめる。肉色の舌が別の生き物のように蠢いた。

ロビー階に着くと、犬と女を先に出す。掃除機を片手に持った管理人が挨拶をしてきた。雨は上がりましたよという。ありがとうと返事をしながら、エントランスを出て夕暮れた幹線道路まで歩きタクシーを拾った。

シートに座り込むなり、白髪の運転手からサービスなのか冷たいお絞りを手渡され、行き先を訊ねられた。少し東北の訛りがあった。お絞りを返すついでに出身は福島かと訊いた。釜石だという。地震は大変だったねというと、訛りに気づかれたのが恥ずかしかったのか、ええと答えたまま、もう一度行き先を訊ねられた。カーラジオからくぐもった笑い声が響く。

奈津子の家から直接帰宅したくなかったので、とっさに五反田といった。「目黒川沿いの飲み屋街」と告げる。「レダ」というバーを思い起こしていた。そうか、忘れ物がそこにあるのかもしれない。

モノ忘れとは逆に、最近、脈略もなく突然蘇った記憶に困惑することが多い。若気の至りとすまされる程度のものから思わず叫びだしたいほど恥ずかしい記憶もあった。ほとんどが思い出しても楽しく、有り難い記憶ではなかった。思いもかけない記憶が突然に蘇る。しかもボリュームをひねり間違えたように、より鮮明になっている。それは呆けた老人が若年の記憶だけは正確に覚えていることに近いのか。以前だったら考えられないことだが、自省することも頻繁になった。これも年齢のせいなのだろうか。枝葉が除かれくっきりと姿を表す記憶もあったし、かつては見えなかったものが見えてくることもある。同時に、かえって混沌となる事柄も少なからずあった。繰り返し思い起こす度に、その時々の環境や感情による想念が少しずつ加わり変質していくのか。風化する記憶と増殖する記憶。それは現在との結びつきの強弱、その加減のせいなのか。記憶の遠近法が狂ったり、記憶の順序がシャッフルされたようにいつの間にか入れ替わってくる。先ほどから気になっているモノ忘れもその作用の一部なのか。シャッフルしたことで、こぼれた一枚のカードなのか。

「レダ」に行かなくなって三十年近くも経っていた。ママの志津は五十をとうに越えている計算になる。今日は土曜日なので店を閉じているかもしれないし、店自体がなくなっている可能性の方が大きい。たとえ店が存続しており、かつ開いていたとしても、いまさら志津に会うべきなのだろうか。別れて以来、気にはなっていたのは確かだ。納得のいく別れ方をしなかったので、思い出すたびに整理し忘れたアルバムを見るように落ち着かなかったことを覚えている。彼女の側から一方的に別れを告げてきたのだから、志津が今更の決着を望んでいるとは思えない。別離以後、一切音沙汰はなかったので、彼女にとってはすべて済んだとしているのだろう。私は持ち出された別れに納得いかないままだった。だが、そんな志津に対して腹を立てたこともあって、こちらからも連絡しなかった。私だけが胸につかえたまま生きてきたのかもしれない。志津との記憶は薄れたが小さな違和感だけが歯に挟まったように残った。

ともあれ、いつかは別れの理由を明確にしたかったことは事実だ。今だったらお互いに話せることもあるのかもしれない、そんなことを考えながら「レダ」に行こうと思った。店が見つからないなら、休みで閉まっているなら、それでいい。

陽が落ちると、目黒川沿いの古い神社の祠から蝙蝠が数匹飛び立った。彼らに眼はあるものの視力はほとんどない。街灯に集まる羽虫を求めて夜空をバタバタと飛び廻る。五本の指でできた翼を懸命に羽ばたかせながら、声帯を動かして鼻や口から短い破裂音を発する。そして、跳ね返ってくる音を耳で聞きとり餌や障害物を判断するのだ。これはエコーロケーション・反響定位と呼ばれている。跳ね返ってくる音の周波数の変化から獲物の動きを、反射する音波の強さから獲物の大きさを判断できる。蝙蝠の飛翔は不器用で忙《せわ》しないが、羽虫を捕えるには小回りが効くこの方法が最適なようだ。もともと蝙蝠は昼間に活動したらしいが、鳥に狙われたので夜行性になったとされる。深海魚が良い例だが、光を浴びない生物は醜い。醜いとはあくまで人間の勝手な形容でしかない。蝙蝠は哺乳類でありながら飛翔を可能にした。なぜ飛ぶのか、その要因はわからない。羽を得たことで活動の自由を広げたとは考えられない。いうなれば進化の遊びとしか考えられない。進化の遊びとは生命の多様化を意味している。しかし、果たしてこれほど多種類の生物が地上には必要だったのか。いずれ滅びる種を考慮して種を増やしたのか。宇宙そのものが消滅するのに、なぜ、とつい考えてしまう。

川端の飲み屋街は様子を一変させていた。長屋のように軒を連ねた小さな店の集落はビルとなっていた。かつての路地は広げられ、そのぶん街の温もりを失ってしまったようだった。土曜日の夜という時間もあってか、いつもは近隣の勤め人たちで賑わっているこの界隈も、人影がなく店のネオンも大半が消えていた。

タクシーを降りて、見当をつけたあたりまで歩き「レダ」を探してみた。積み木のように重なった雑居ビルの看板は、土曜日で時間も早いために大半が灯を落としていた。老いた目に店名が読み取りにくく、あきらめて帰ろうかと思った。再度タクシーを拾おうと踵を返したとき、突然に灯りが漏れて一軒の店から客が出てきた。開いたドアから中を覗くことができた。モノトーンでまとまった調度品とマホガニーのカウンターに見覚えがあった。しかし、店名は「レダ」ではなく「レイ」となっていた。客を見送った女が、私に気づき会釈した。

「ここは昔レダという店ではありませんでしたか？」

「はい、一昨年まではそうでした。ママの志津さんが引退したので、あたしが引き継ぎました」

志津は店を彼女に譲り信州の実家に戻ったという。今では健康のためもあって地元の仲間と小さな有機農法の畑を開墾しており、この店で出す野菜は志津が送ってくれたものだそうだ。百姓仕事のおかげですっかり元気になったと、ついこの間も手紙で知らせてくれたと女はいった。

「ふだん土曜日はお休みしていますが、今日は午後から予約が入ったので開けました。これもご縁でしょうからお立ち寄りください。志津さんの送ってくれた野菜もあるし」と女が誘った。

じゃあ、とドアをくぐった。店の隅々に沁み入った甘くコニャックを垂らしたような香りに包まれると、時間の井戸をゆっくりと落ちる感覚に襲われた。久しぶりに昔の愛読書を開いたような懐かしさ、温もり、そしていくばくかのほろ苦さが蘇る。内装は時間を経ているだけでほとんど変わっていない。調度の一品ずつが無沙汰の挨拶を返してくるようだった。

女はカウンターに入りながら、七人の予約だったが一人の欠席があり、客全員が高齢だったので、ただでさえ余り気味のつまみが残ってしまったといった。だからたくさん食べてくださいねと、いろいろな酒肴を皿に盛り込んで出してくれた。飲み物はビールの小瓶があるというのでそれを頼んだ。つまんだ料理のほとんどが彼女の手作りだという。温野菜に山椒が利いた味噌を添えたものが美味しく、山椒の実を噛むと舌先が痺れた。これらはすべて志津が送ってきた野菜だそうだ。

実家に戻ったという志津のことを想う。別れて以来、ときに私のことを思い出すことはあったのか、そう考えること自体が不遜なのだろうか。時間の隔たりは、そんな疑念さえも曖昧にしてしまう。

女は怜奈と名乗った。店の名前は、子供時分から妹の優奈と区別するため怜ちゃんと呼ばれていたので、レイとしたそうだ。名前どおりレナにしようかとも考えたが、以前のレダと発音が似すぎているから止めたともいった。レダの店名はママの名前の礼田からとって私が名づけたものだった。ゼウスに誘惑されたレダのイメージを重ねて、ロゴタイプや看板、名刺のタイポグラフィもこさえてあげた。そのことは怜奈にはいわなかった。

怜奈はとくに美人ではなかったが、理知的な広い額と鼻筋の通った明るい表情をしていた。年齢は四十に届いているかどうか。手足が長いせいか動作が大きく演技をしているように見えた。化粧はほとんど感じない。ジーンズに男物のシャツを上手に着こなしている。髪を短くしているので、パリならレズと間違えられそうなファッションだった。一昨年まで大手印刷会社の意匠課に勤めていたという。志津と同じ美大出身ということもあって彼女に気に入られ、店の客として通っていた。接客は嫌いではなかったので、頼まれて志津と一緒にカウンターに入ったこともあった。休日にはよく志津のアトリエを訪ねたという。志津から引退したいという意向を聞いたので、印刷会社を辞めて「レダ」を引き継ぐことにした。職場での管理職という立場が肌に合わなかったこと、会社社会でこの年齢まで独身でいることの居心地悪さも辞めた一因だといった。

ビールが空になったので、予約の客が持参し開けたばかりのワインを飲んだ。ほどよくデカンタージュされており楽しめた。料理を褒めると、怜奈は「お歳を召されたお客様が多いので、薬膳料理のレシピを志津さんから受け継いでお出ししています」といった。「そういえば志津さんはいろんなアレルギーを持っていたな」と思い出した。「そうそう、金属アレルギー、卵アレルギー、花粉症、それから男性アレルギー」と笑った。怜奈は頷いて「志津さんに言い寄る男たちはたくさんいたけれど、誰も相手にしなかった。息子一筋だったから」という。

志津に子供がいたことに驚いた。

「息子さんがいたとは知らなかったな」

「自慢の息子さんで、今はボストンの大学にいらっしゃるの」

「その息子さんって幾つくらい？」

「今年で二十七、八あたりかしら」

「名前はなんというの」

「隼の人と書いてハヤトくん」

私の子供だ、と直感した。子供の年齢は別れた翌年に生まれた計算になる。エジプト神話太陽神ラーは当時の私のテーマであり、ギリシャ神話との関係などを志津に語ったものだった。ラーの子供は隼の神ホルス。太陽神は昼の間、隼に姿を変えて天空を舞うとされていた。ラーも、ホルスも、頭部は隼の形をしている。隼人という名はそこからとったのだろうか。

私がエジプト神話を題にとって、日本画の材料で描いたシリーズは海外で高い評価を得た。隼の頭部を綿密に描写して表情をつけた。先達たちが日本神話に題をとった傑作を範とした。海外での評価を得てヨーロッパの都市で個展が開催され、そのことが日本での地位を築いてくれた。

隼人という名の息子が生きている。隼の頭部を持つ神たちの姿、さらには志津の豊かな乳房を連想した。私の中で古い一巻の絵巻物が解かれるように記憶が広がり、謎を明かして一つの物語となった。

あの時、志津は子供ができたことを私には知らせず、自分一人で産むため私との別れを演出したのだ。「レダ」を開店させて一年目あたりだった。志津からは別れの理由を「あなたの妻に知られたから」といわれた。同時期に、姉たちからも志津との関係を切るよう忠告された。なぜ、妻や姉たちが志津との関係を知ったのかは教えてもくれず、わからずじまいだった。

私は結婚しても他の女たちとの恋愛関係を休むことはなかった。そのため、別れ話を持ち出されたときには今更という気持ちが強かった。妻や姉たちに知られたから別れるという選択肢はありえなかった。だから、志津から別れを告げられた時には、何故にそこまでして別れなければならないのかという疑念だけが残った。

思えば、私との関係を絶つために志津が妻に故意に知らせたのではないだろうか。

あの当時、志津には、妻に知られたところで別れの理由にはならないといった。姉たちの非難も不可解だった。おまけに、追い討ちをかけるように、画廊の社長からも、芸大教師として教授昇進の障害となるから噂が立つ前に別れるように忠告されたし、ヨーロッパへの国費留学の話も持ち上がっていた。新進画家としても大切な時期であったのは事実だ。そんな幾つかの事情が重なったうえ、志津からは、お互いのためだからもう会わないほうがよい、店には来ないでほしいとはっきり宣言もされた。私としては訳のわからない力に引き離されたような後味の悪さだったが、その後、留学が決まり、パリ、ウィーンと旅するうちに忘れていった。相変わらず続いていた女たちとの関係の中で志津との記憶は次第に薄れていった。そう考えると、あの留学も志津の出産を前提に計画されたものだったのかもしれない。

志津に私の子供が出来ていたのだ。そのことを私に告げると、必ず堕ろせというに決まっていた。常日頃、私は自分に子供は必要ないと公言していたからだ。そのような推測を辿ると、いろいろなことの辻褄が合ってくる。納得がいった。出産のために別れを持ち出したのだ。あの画廊の社長も、姉たちも、ひょっとすると妻までが、志津の子供のことを知っていたとも考えられる。志津をはじめ、姉や妻までが画策に加わっていたのか。とくに姉たちは世継ぎとしての子供を欲しがっていたことは事実だ。妻は自分では出産、育児をしたくないといっていたが、なぜか私の子供は欲しがっていた。私の遺伝子は残すべきだと思っていたようだ。だから、姉たちも妻も、志津に子供ができたなら出産を望んだに違いない。私はなんとも思わないが、女たちの方が、ＤＮＡが途絶えることに敏感なのかもしれない。

そう考えてみると、これまでに別れた女性たち、その中でも数人の女性を思い出すが、彼女たちにも私の子供ができた可能性が考えられる。突然に、私の前から姿を消すように去った女たちがいた。私の何人もの子供が、いまこの時点で生きている、どこかで生活をしている、と想像してみる。姉たちにあてがわれた女性の中にも、妊娠し、出産した女性がいたとも考えられる。しかし、私には、たとえ彼らが存在していたとしても、そんな子供たちのことを他人事のように感じてしまう。

芳醇なコートドローヌをビールのように飲むうちに、このような推測も、確信も、酔いの中に揺らいでいった。曖昧な推測は酒の肴としては面白いが、実際にはどうでも良いことだと思いはじめる。私には家族という感覚が欠落している。その欠落は、絵を描くうえで、事業を成功させるうえで、長所にはなったが欠点にはならなかったと思う。これまで私の子供だと名乗り出た者もいなかったし、志津の息子とて私の早合点で、息子と決まったわけではない。二十年の空白はあまりに遠くなり過ぎていたし、もしその子供が私の実子であっても、私にとって血のつながりは何の意味も持たなかった。

そんな風に思考はとりとめなく連なり、グラスのワインのように酔いの中で揺れた。

私には赤子を抱いた記憶がない。教え子のなかには、同窓会で産まれた我が子を抱いてもらおうと、差し出した女性はいたが、すべて断った。甘い、乳の匂いが嫌だった。

幼少の頃から私は父の生まれ変わりだといわれてきた。父は一代で事業を成功させたが、会社の内紛で退陣を余儀なくされ自殺した。その二週間後に私が生まれた。翌年、母は父を追うように他界してしまった。わが家には歳の離れた姉が三人いて、生活を支えるとともに、私の母代わりとなり暮らしに不自由はなかった。遺産は土地家屋以外ほとんどなかったが、多額の保険金だけは残してくれた。保険金は姉の事業資金や私の養育費となった。

姉三人は私に期待をかけてすべての面で応援してくれた。とくに美容室を開いていた長姉は家族全員を経済面で支えた。私には教育面ではもちろん、ピアノの練習、水泳教室などの稽古事、身につけるものから女性の手ほどきまでをも伝授してくれた。中学三年生になり、夢精で汚した下着を見つかった時、受験勉強に支障がないようにと姉たちは相談し、最初の女性として美容室で働いていた離婚経験のある典子さんと交際するように紹介された。典子さんは私たちと同居して、初夜からの経緯を逐一姉たちに報告するよういいつかったという。典子さんとはひと回り年齢が違ったが、私はもう一人の姉のように、自然な関係を結んだ。当時流行ったキャンディーズの蘭ちゃんカットの髪型をしており顔かたちも似ていた。ファッションイラストが得意で、私も彼女の真似をして彼女の横で何枚も描いた。何枚も描くうちに線描写のダイナミズムと彩色の不思議に触れた。円を描くことで、円の中の空間はもとより円を囲む空間をも表現できる。それは私にとって、無を有に変える面白みだった。その方法と楽しさを典子さんに教わった。それまで自分は理系の人間だと思っていた。一つの答えを求める数学や物理の論理性を好んだ。しかし、絵を描く奥深さにはそれ以上のものがあった。これだと思った。それが、美術の世界に入る契機ともなった。

私が、性に対して恥ずかしさを覚えずにきたのは、典子さんと姉たちの影響だと思う。両親がいなかったせいもあるが、三人の姉は、それぞれに恋人を持ち、隠すこともなく自分たちの部屋で抱き合っていた。そんなこともあって、典子さんにも、女性全般に対しても、余計な幻想を抱くことなく、つまらぬ気取りもなく付き合えた。裸婦デッサンの最初のモデルは典子さんだった。姉たちも喜んでモデルになってくれた。姉たちとは、音楽、文学、美術についても年齢を越えて話すことができた。絵描きをめざした後も、作品について忌憚のない批評が貰えた。

私も姉たちも一つのことに夢中になると周囲が見えなくなる。そんな性格はともに父から受け継いだようだった。必然的に、姉も、私も、周囲への細かな配慮には欠けていた。傍若無人、我儘勝手と非難もされた。敵を多くつくっていたが、気に留めることはなかった。好きな科目やスポーツは熱心に学び練習したので成績では誰にも負けたことがなかった。だから、私たちの自由奔放は許されたのだろう。

私は、姉たちから、つねにおまえは特別な人間だといわれてきた。肉体も能力も一回り大きくできているといわれた。それを生かすためには、人一倍の努力が必要だ。大きなエンジンを動かすには、それだけのエネルギーがなくてはならない。その言葉を疑うことなく学び成長した。いずれ私が父の事業を再興する、と周囲から期待されつづけてきた。

姉たちからは自分たちが好む趣味や興味をその都度あてがわれた。だが、絵を描くことだけは自分で選んだ。不思議なことに絵画に興味を持つ肉親はいなかった。

高校生の間、塾の合間に美術予備校に通ってデッサンを勉強した。それまで勉強も、ピアノも、水泳も、誰にも負けたことはなかったが、デッサンだけは小林という先輩に敵わなかった。予備校生の間で、彼の描くトルソーも、風景も、静物画も抜きん出ていた。無造作に引かれた木炭の線を彼が手のひらでこするだけで、生命が吹き込まれたように変化した。その技術を倣おうとしたが、どうしても出来なかった。小林は芸大を受験して三浪していた。実技は申し分なかったが学科をパスできなかった。小林に出会って、私も芸大を受験することに決めた。当然のことのように姉たちは反対した。父親の事業を再興するために美術は最も遠く異質の選択だった。芸大受験は初年度の一回だけでよい。受からなかったら諦める。もし合格したら許してくれといった。募集人数の少ない芸大にストレートで入るとは誰も思っていなかった。美容室を成功させていた長姉でさえ、自分の美術の才能には自信を持てなかった。美容室が成功したのは、父から譲り受けた経営感覚に恵まれていたからだといっていた。姉たちは家系という大きなシステムの中で、それぞれに自らの果たすべき役割が与えられており、それを担っていると信じていた。長姉は美容室を経営し、次姉は法律家になった。末姉は、ワインの輸入業を成功させた。それも、すべて父から受け継いできた遺産だと確信していた。なかでも私は父の事業を継承すべく未来が決められていた。

私は、高校最後の夏休みから冬休みまでの半年間、小林に自分を重ねるようにして、デッサンに励んだ。彼のデッサンを分析し、技術を必死に身につけた。科目には自信があったので、実技だけに集中した。小林の学科をみてあげる代わりに、実技の欠点を指摘してもらった。結果、小林と私は、その年の春、合格した。小林は今も芸大に教授となって残っている。

私は自分が天才でないことを知っている。ピカソと比べて、早くから、その違いを納得していた。能力と体力、そして吸収力が人よりも少しだけ優れているだけだ。現代では、その僅かな差がモノをいう。そのことを知っているだけに、何をすべきかを間違わなかった。自らに幻想は抱かなかった。余計な寄り道はしなかった。幾つかの賞を取り、絵描きとなった。絵は評価され、画廊がついて、それなりに売れた。売れる絵の描き方はわかっていたので市場の受けは良かった。推薦を受け大学の教師となった時には、マスコミにも様々なカタチで露出した。売名が画家には不可欠だと思っていた。売れずに死んでいったゴッホやゴーガンのようにはなりたくなかった。私は絵描きだが芸術家ではない。生涯いつでも絵を描くことを楽しみたいと思っている。描くことを楽しむことができるような芸術家は、それ自体が自己矛盾だとも思う。五十歳を過ぎた頃、後援者を見つけて美術の専門学校を立ち上げた。その成功に、姉たちは、安堵したように、やはりお父さんの血だねといった。

これまで、暗に、父と同じ運命になることを避けてきた。多分、絵描きとなったこともその一つだったと思う。だから、自らの成功を姉たちと違って、心から喜ぶことはできなかった。確かに、成功するための遺伝子は父から受け継いだのかもしれない。だが、もし、私に子供が出来たなら、父のような、私のような人間が生まれることになる。それだけは、避けたかった。嫌だった。父からいくつもの恩恵を受けてはいたが、そんな遺伝子を認めることはできなかった。母を無視するように生きて、家庭に近づこうともせず、勝手に死んでいった父を憎んでいた。

わが子を望まない一因として、絵描きとして世に出た頃だったか、長姉から「おまえと関わる女性は幸せにはなれない」といわれたことにあった。だから、恋愛はしても構わないが、結婚はしないほうがよい。たとえば、私の最初の女性である典子さんは姉の美容室のスタッフだったが、現在は結婚をせず川崎の郊外で小さな美容室を開いているという。あの時、私は十五歳で、典子さんを続けて抱いた。ほぼ毎夜だった。日中、典子さんは姉のもとで働いていたが、惚けたようになってしまい仕事にならなかったという。彼女の惚けた状態が一年続いたので、姉たちは私から引き剥がすようにして職場へ戻した。それが原因だったのか、彼女は半年後に美容室を辞めた。私の欲望は留まることを知らずに膨れていった。長姉は、あらためてスタッフや友人から相手を選んだ。彼女たちは喜んで相手をしてくれた。

姉は私にいった。

「典子、その次の早紀、松乃、ひびき、安奈、おまえと交わった女たちは、すべて身を崩すように生活している。結婚して幸せに暮らしている者は一人としていない。身を落として風俗に勤めている者さえいる。私は彼女たちには責任を感じていたので、経済的に後々まで面倒を見るように努めた。ただし、不思議なことに、誰もがおまえと過ごした時間を後悔していないという。それ以上に、おまえと過ごした時間を大切に抱えて、残り人生を過ごしていけるといっていた」

私は女性たちの我を忘れた恍惚の表情を愛する。快楽と苦痛が一つになった瞬間、視線は私を見ているが何も見ていない。頂に到達した喜びと下降と忘却しか待っていない怯え。全身の緊張と痙攣と弛緩を美しいと思う。相反するものが一つとなり、まさに美を形成する瞬間なのだ。掴もうとしてもあっという間に逃げていくものとしての美。だから、私は永遠に女性を愛するだろう。不思議だが、女性の恍惚は、言葉を持った人間だけのものだと思う。他の生物にはない。何故だろうと、疑う。記憶と関係あるとは思うのだが、わからない。苦痛を知るから快楽が深くなるのか、とも考えるがそれも明確ではない。

姉たちは全員、独身のままでいる。おまえも、彼女たちへの罪滅ぼしの意味でも、一人身のままで生涯過ごすべきだといわれた。自分たちの家族構成に他人を入れたくはなかったのだろう。それを知っていたことと、多分に姉たちと家系への反発もあって、私にとって世間体として結婚は必要だといった。画家として、教師として、日々の糧を得るための演出としても結婚は不可欠だといった。この思いに嘘はなかった。

大学院を卒業後、歳下の後輩である日本画家と結婚した。彼女の描いた源氏物語絵巻が話題となっていた。日本画の技法で、写実と抽象を融合させながら背丈ほどの高さの屏風絵六曲一隻に源氏物語を題材にとって次々と描いていた。関西の少女歌劇団のトップスターが、その作品を気に入り「末摘花」の帖を購入したことがニュースとなった。私の個展に訪ねてきた友人に彼女を紹介された。少し話しただけで、お互いに求めているものが共通していることがわかった。

女流画家との結婚が、世間でいうところの結婚の体をなさないだろうことは承知の上だった。作品を通しての尊敬の念だけで結ばれた夫婦だった。夫婦としての共同生活は必要だったが、二人とも住居の他に別々のアトリエを持ち、そこへ通った。不和になったわけではないが、一年ほどで二人とも大半をアトリエで暮らすようになり、住居はパーティーや来客に用いるだけのものとなった。お互いに子供は不要だと感じていたので、触れ合うことも少なかった。彼女には同性のアシスタント兼の恋人がいた。絵描き仲間はそれを知っており、何年か経ったのちに姉たちもそのことを知り、皮肉な成り行きだったが私たち夫婦を認めた。相手の作品と技術は認め合っていたので、お互いのアトリエにお互いの作品が飾ってあった。それもあってか、二人の別居を噂するものはなかった。

光、風、水、そして大地は、人の代謝作用のように変化を続ける。正確にいえば、光、風、水らの変化と人の代謝は同じ太陽のエネルギーを源としている。

この星の自転と公転、地軸の傾きと月の影響、なによりも太陽からのエネルギーの照射量の変化で、雨が降り、風が吹き、海流が生まれ、四季が巡り、すべての生命は持続できている。人間の欲情も愛情も科学も哲学でさえこの原理原則からは逃れられない。それをエントロピーと呼んでもいいが、それはあくまで人間という視点からの観測であって、この地球の、月の、ましてや太陽系惑星のあずかり知らぬことである。何のための変化であり、どのような結果が待ち受けているか、説明できるものはいない。それを誕生と消滅の終わりなき連鎖と呼ぶしかないのだろうが、誕生も消滅も人間の勝手な概念でしかなく、余りに曖昧だ。わたしたちの理解の限界でもある。


「レダにはよくいらしたのですか?」と訊かれた。

「開店の頃、知り合いに案内されて、よく通った」と返事した。嘘ではなかった。

志津とは銀座の画廊で知り合った。私を見つめて話す目の印象が強烈で、あなたを描かしてくれと頼んだ。細面で髪が長く、モディリアーニが描いたジャンヌ・エビュテルヌに似ていたからかもしれない。彼女は美大生で、夜は画廊の社長が贔屓にしていたバーを手伝っていたので、昼間なら時間があるといった。自分の作品も持って行くがいいかと聞くので、もちろんと答えた。

翌日、志津は私のアトリエに現れた。彼女をデッサンしたのち、作品数点を見せられた。描写技術は優れていたが何を描きたいのか伝わってこなかった。その点を指摘すると判っていたのか、自分のテーマが見つからないという。生きることへの拘りのようなものがないのだといった。あなたの年齢でテーマだの、拘りだのというのは早すぎる。そのようなものは描きながら見つけていくものだと告げた。必要なのはテーマではないと思う。「では何でしょうか?」と志津に問われた時に、私は黙ってしまった。

「考えておく」と言い残したことが、彼女との縁の始まりだった。

三度目にアトリエに来たときに志津と関係を持った。その後、彼女は頻繁に私のアトリエに通うようになり、アトリエのプレス機を使っての銅版画へ制作の重心を移した。私からメゾチントの技術を習得して細密画の世界に入り込んだ。とくにトルコ細密画を研究して卒業制作とした。何枚もの銅版を重ね刷りして都市空間をアラベスク形式で描いた作品は、彼女独自の世界観を見せはじめていた。美大を卒業すると出版社に就職したが、編集デザインの仕事は時間制約が厳しく、銅版画制作には時間が足らなかった。経済的にも両親から独立したいこともあって、会社勤めを辞め、賃料の安い五反田に自分の店「レダ」を開いた。日中に作品をつくるため、深夜から朝までの営業としたので、彼女が手伝っていた銀座の店の客が流れてくれた。開店にあたり、私は再三援助を申し出たが、その都度断られた。援助は不要だが「レダ」の客として通ってくれれば嬉しいといわれた。それもあって、画廊の社長や友人を呼びだし飲んだ。開店祝いに志津を描いた裸婦デッサンをクリムト風に着色して贈った。金銀を多用したものだったので店を華やかにしてくれたと喜ばれた。ある友人が気に入り同じものを描いてくれといわれたが、その絵は一度きりの遊びだからといって断った。あの時に贈った絵は店内には見当たらず、その額の跡は大きな鏡になっていた。訊ねると、あの油絵だけは志津が持っていったらしい。絵の話になったので簡単に自己紹介をした。怜奈は、私のこと、あの絵のことも知っていた。開店の頃、私が頻繁に通っていたことは志津や客から聞いていた。ただ、玲奈が思い描いていた私のイメージ、画集に載っていた私の写真とずいぶん印象が違っていたので、確信は持てなかったという。客として店に通っていた頃、私について訊ねることは何となくタブーとなっていたらしい。だからか、この店に来なくなった理由を怜奈から詮索されることはなかった。

二人でワインを二本空けた頃だった。転生を信じるかと訊かれた。テンショウって何だと聞き返した。転じる生と書いてテンショウ、といわれた。輪廻転生の転生かと聞いたら、そうだといって、彼女は先日参列した祖母の葬儀での話をした。そこで、原始仏教によれば四十九日に死者の霊が他の生に転生するとされていることを初めて知ったそうだ。生きとし生けるものは、転生して仏に近づく。転生を繰り返して、悟りに至ることができる。どんな人間も転生するから、本来は墓なんて意味がない。四十九日を過ぎたら遺骨はただの抜け殻になると聞いた。

「四十九日を過ぎたお墓にお祖母ちゃんの霊がないのだと思ったら、なんだかお墓参りに気持ちが入らなくなっちゃった」といい、「転生を信じますか?」とあらためて訊ねられたので、神も仏も信じていないし、霊の存在だって同じ、だから転生なんて私にとってはありえない、といった。

「あたしは、なんだか信じていいと思いました」

なぜと訊くと「デャジャビュっていうのか、既視感というのかしら、あれがあたしにはすごく多い」という。

「この間も、千葉にゴルフへ行って、初めての場所だったけど、道すがらここって何度も来たことがあるような感覚に襲われました。そのゴルフ場だって初めてだし、そんな千葉の房総あたりなんてぜったいに行ったことがない」という。車を走らせていたら、あの角を曲がると道が分かれていて、そこを真っ直ぐ行くと小さな橋を渡ることになる。そんなことがすべて鮮明に見えてきたらしい。「あたしは前世に、そこへ行ったことがある。というよりも、そのあたりに住んでいたみたい。そこの景色が懐かしくて涙が出てきそうだった」と続けた。「前世はそこらあたりを飛んでいたトンボだったのかもしれないね」

と混ぜっ返したら、「トンボはイヤだな、忙しないもの、せめて蝶といってほしい」と返事された。

ワカサギの南蛮漬けが出たので、ワインを日本酒に変えた。バカラのウィスキーグラスに志津が送ってくれたという信州の酒を注いでくれた。常温で口に含むと舌先から麹香が一気に広がった。味覚、嗅覚、さらりとした喉越しまでが渾然一体となって鼻腔から抜け体内へ沁みていくようだった。佳い酒だと感心した。口に含みながら、なぜか、ヘラクレイトスの「万物ハ流転ス」という言葉を連想していた。素粒子から宇宙まですべてが運動している。近頃、最も気になっているモチーフだ。私の作品のシリーズタイトルとしてもパンタレイ、万物ハ流転スを使っていた。そのことと転生は繋がるのだろうか。忘れることも流転の一つか。つねに動いているという感覚はアーティストには必須条件だと思う。流れているという時間感覚があってこそ、それを静止させるような絵が描ける。作品には動と静が表裏になっていなければならない。

怜奈は「デジャビュを体験する度に、自分に前世があることを感じていた」という。

「転生がこの世の善行を促す戒めだとしたら、蝶から人へと転生できたきみはどんな徳を積んできたのか」といってみた。笑いながら「虫や草に徳や善行なんてあるのかしら」と玲奈が返事する。

「転生によって、すべてのものに生まれ変わることができるのなら、命あるものはすべからく一体であるという教えなのかな。それとも、死の恐怖を軽減するための方便なのか」

怜奈は少し考えて「あたしにとって、死そのものよりも死を待つことのほうが怖いわ」といった。自分の死を看取ってくれる人がいないことも怖いことの一つ。そんなことを志津さんにいったことがある、という。「彼女は息子さんをつくったけど、今では離れ離れに暮らしているし、結局は独りきりで死ぬしかない」と諦めていたらしい。会話は、酔いに紛れて取り留めなく心地よく続いた。思い出話に終始しないことを、怜奈に感謝した。それは、接客業で身につけた技なのか、天性のものなのか、とも考えた。

怜奈は煙草を一本とると、ドアそばの換気扇の下に置いてある椅子に移動した。左手で背中のスイッチを入れると小さなファンが勢い良く廻り始めた。カウンターの上に煙草を取り出したポシェットが残されている。がまぐち状の金具に着物の古生地でつくった袋がついている品物だった。かつて私が制作し志津に贈ったものに間違いない。がまぐちの金属はヴァギナを模して、アールデコ風に造形した。ふっくらとした曲線とぬめっとした質感に拘った。満足のいく仕上がりだった。贈ったときに、志津は私の意図に気づいてくれて面白がったのを憶えている。怜奈は知っているのだろうか。がまぐちは所々に錆が浮き出していたし、古生地にかつての艶やかさは喪われていた。老いはそこにも顔を出していた。時間は確実に流れている。生の象徴のようながまぐちを玲奈に譲り、志津は一人きり死を待つために東京を離れたのか。それにしては、早すぎないだろうか。

「転生が信じられないことは、私がこの年齢になっても自分の死の実感がわかないからかもしれない。それは人として成熟していない結果だと考えると恥ずかしい。情けないのだが、自らの死ということが実感できないし、想像できない。子供のときから肉親の死はたくさん見てきた。けれど、自分はいずれ死ぬということを事実として受け止めることができないでいる。私は歳を取ること、老いることは認識できるが、死を見つめることを避けてきた。むしろ、どこかで自分のことを不死だと信じようとしている。そう、頭の中では地動説を理解しているけれども、実際の生活は天動説によって動かされている人間と同じだ。私も大地は不動だと思っている。大地が不動であると信じなければ絵は描けない」

「ある意味、それは誰もが持っている実感なのでしょうね。その実感に従うことが、まさに地に足をつけて日常を生きるということ。理論や真理では生活できないもの。それは、不幸や不安にならない方便ともいえるわ。死を想いながら生きるって、決して楽しくないし、自由でもない」

「私にとっての死への恐れをあげるなら、唯一、死によって描き続けていた筆を有無を言わせず取り上げられること。そんなことが私には想像できないし、想像したくもない」

「生という水槽の中で暮らしている限り、水槽の外の世界を知ること、無の世界、死の世界を知ることはできない。想像するしかない。死は死ななければ体験できないことだし、死んでしまっては理解できないもの。ただ、死ぬという過程を思い描くしかないの」

転生は死であり誕生であり、一種の不死の観念に違いない。それは死への恐怖、無への拒絶から思い描かれた結果なのだろう。忘却が一種の死であるとしたら、死はそれほど怖くはないはずだ。小さな死は至るところで我々を待ち受けている。小さな死、忘却を抱えたまま、忘却したことさえ忘れて生きている方が辛い。

生は決して連続している線ではない。数珠のような非連続の集合でしかない、と思う。その意味では、私たちは転生しながら生きているともいえる。

「悟って仏陀になったときに、輪廻転生から抜け出せるというでしょ。時々思うの、仏陀になっても楽しいかしら。決してそうじゃないと思うわ」

「そうだな、だったら悟りたくないね。このままずっと転生していたい。罪深く、欲深く、転生を続けるしかない」

「生まれ変わったとしても、何かが繋がっているからあたしがあるわけでしょ。前世の記憶や痕跡まで何らかのカタチであたしのなかに残っている。そう考えると記憶って不思議よね。眠っている記憶を掘り起こせば、前世のあたしだったり、幾世代前のあたしだったり、そんな古いあたしが出てくるかもしれない」と怜奈はいった。確かに、何世紀前の人物の記憶を持った少年の話を読んだことがある。記憶はどこかで、他者と繋がっているのかもしれない。かつて姉たちの占いを見ていたら、そんなことを考えたことを思い出した。

「最近、霊視する子供たちが多く報告されているらしいけど、死んでも生にしがみつこうとする霊の存在はあると思うの」

「死にきれない霊の存在をあえて否定はできないな。3.11以後の霊視体験の報告は誰も無視できないだろう。とくに、自我が形成されていない子供に霊が寄生することは考えられる。人体が質量のない素粒子とエネルギーで出来ているのなら、霊と呼ばれるエネルギーが肉体でないものに寄生することだってありうる。それを転生というなら認めても良いのかもしれない」

「少なくとも、肉体を仮の姿とする霊の転生は成り立つように思うわ」

「前世があるかはともかく、人間は連綿と継続変化してきた生命系の結果だという。本当にそうなのか？　個人といってもそこには個別的で新しい独自のものがどれほど含まれているのか、良くわからんしね」

「一人一人の人格といっても、それが本人のものか、他人に倣ったものかは本人にさえ確認できない」

　確かに、私が私と思っているこの人格なんて存在自体が危ういものだ。人はすべからく、生きている間に知らず知らず何度も転生しているのかもしれない。

「毎日つねに同じ自分じゃないことは確かだな。同じだと思っているほうが安心だから同一人物だと信じている。肉体は一つだからそう信じるしかない。でも、精神も意識も不連続だ。古い自分を乗り超えようと新しい自分が生まれる。それを成長と呼んでいるのだろう」

「そうね、毎日が生まれ変わりの連続なのかもしれない。だとしたら、昨日の自分に責任を持たなくていいと考えると、実にラクに生きられるわね。昨日までの自分をちょっと突き放して見るだけで、新しい自分になった気持ちになれる」

「肉体は変化するし、記憶なんてじつに怪しいものだ。つねに更新するし、変化している。そんな記憶の総体としての私なんて実に曖昧な存在だと思う。私という個人を認めているのは他人だろう。私の作品と作家名は動かないものだから、私は私でいられるような気がする。だから、絵を描いているのかな。私という肉体はふらふらとたゆたっているが、描いた作品は不動であり、私の手出しを許さないほど絶対だ。そう信じたいだけなのかもしれないが」

「あたしには、その絶対がない」と怜奈は遠くを見つめるようにいった。さらに、「ほんらい女性はその絶対を自分の子に求めるのだと思う。子供という存在が永遠につながっているから。子を産まない女は、男と同じ」

「たゆたう女か」

「そう」と怜奈は頷き、コニャックを一口呑んだ。

かすかだが熟れた果実と枯れた松葉の匂いがした。

私は、怜奈の中を晩秋のイメージが通り過ぎ、琥珀の液体が彼女の肉色の口腔から食道を通り暗い胃へと落ちていくことを想った。液体はエネルギーに変化して何かを生み出す。人間という媒体は何のために存在するのか。グラスに残ったコニャックにどこからか光が射して、黄昏時の忘れ物のように、小さく茜色に輝いた。

忘れ物のことを忘れていたと、想い出した。

空気を入れ替えましょうといって、玲奈が店のドアを開けた。ドアの外には早朝の陽射しがあふれていた。


運転手は車を大崎の営業所に返すと、運動を兼ねて目黒川に沿って五反田まで歩いてきた。夜が明けたすぐの時間、かつてこのあたりは大きな印刷工場や電気工場から帰宅する夜勤明けの人間で賑わったと聞いたが、いまでは人通りも少なく寂しい。たまに散歩する年寄りに出会うだけだった。立ち止まりスニーカーの靴紐を結び直した。屈みながら、川岸に設けた塀の隙間から、目黒川の暗い川面を見つめていると、ふうっと眠気に襲われた。運転中にも一瞬の眠気に襲われることが多くなったような気がする。そうであれば、タクシー運転手という職業を続けるわけにはいかない。川面を見つめる目に釜石の暗い海が重なった。立ち上がり、幻を打ち消すように、さんさ時雨を口ずさんだ。津波の記憶は遠ざかるが、老いは確実に迫ってきている。

あなたと私の時間は違う。それは、地球の時間と火星の時間が違うようにだ。人間一人一人、みな独自の時間を持っているといって良い。わたしたちが共有しているのは、時間ではなく、時間という概念、時間なる言葉だけだと断言できる。ただ、あなたと誰かが抱き合った時、同じ時間が二人に流れるといっても間違いではない。「二人が同じ記憶を抱くことと同じ夢を見ることは、どう違うのか」。そんな歌詞のジャズナンバーがあったことを思い出した。

□アルテミス
ゼウスとレトの間に生まれた双子。オリンポス十二神の一人。月と狩猟、出産と純潔の女神。アルテミスに従っていたニュムペーのカリストーがゼウスの子を身ごもったことを怒り雌熊に変えてしまう。しかし、カリストーとはアルテミス本人であったという説もある。

新宿駅西口、高層ビル群の陰に隠れているかのようなスモーキングスペース。透明なシートで組まれたテントづくりになっており、中に入ると、その狭いスペースの中で数名の男女が自分だけの視界を守るように、それぞれの方向を見つめながら紫煙をくゆらしていた。小さなＬＥＤが何灯か点いているが薄暗く、会話するものはいない。中央に空調付きの灰皿がしつらえてあり、老女がハミングしているような鼻音を響かせていた。

入り口そばにスペースを見つけて、新しい煙草を取り出し、封を切り、一本目に火をつけたところだった。女性が一人逃げ込むように入ってきた。私と同じ四十代の女性で、指先には煙草がすでに挟まれている。近くにいた同性の私を見つけるや既知の間柄のように、指先の煙草で自分の背後を示し「そこで大きな黒犬に遭遇したの。驚いたわよ」と声をかけてきた。その唐突さに戸惑っていると、煙草の火を貸してくれと手で示してくる。ライターを出すのも面倒なので、吸っていた煙草を差し出した。感謝のつもりか片手を軽く上げて、長い指を持て余すように私の煙草を受け取り、咥えた煙草の火口に付け、一口大きく吸い込んだ。「こんな都心だと人間じゃない生き物に出会うだけで驚くわ」といい、煙草を返して寄こした。彼女の長い指に遠く想い出すものがあった。何だったろうか。そうだ、絵本で見た白雪姫に毒林檎を渡す継母の指先だ。

彼女は再びゆっくりと煙を吐き出し、目だけで笑いながら、同意を求めるように指に挟んだ煙草を揺らし「止められないわね、これ」という。悪さをした悪童同士のようなもの言いだった。嫌な感じはなかったので「体にいけないと思うからこそ美味しいのよ、こうして喫煙場所まで制限されるとなおさら」と返すと、「そうそう、ただ良いだけのものなんて信じられないわよね。善悪両面きちんと揃っていないとホンモノじゃないわ」といってきた。大柄で外国の血が入っているような美人だった。見知った香水をつけていたが名前が出てこない。このように親しく話しかけられたのは、同世代の気安さ、それとも単にファッションの趣味が似ていたからかもしれない。吸っている煙草の銘柄も同じだった。

彼女は煙を吐き出しながら、さらに言葉を継ぐようにいう。

「快楽と悪徳は裏腹だし、こんな時代、精神安定にはこれくらいの毒がないと役に立たないわ」

「毒になるくらいの薬じゃないと効かないのという意味かしらね」と訊ねると、

「何かを殺すくらいの効果がなければ薬じゃないのよ」と返事をしてきた。彼女の遠慮のない態度のせいか、二人の間の何かが外れたような気がした。少なくともお互いに同質のもの、どちらかというと悪徳とされる資質を共通点として感じとったのは事実だ。彼女はふっと黙ると、煙草の火を見つめていた。どんな火でも見つめていると気持ちが落ち着いてくるものだ。それは、つねに荒立っている心を抱いている者同士の習癖であることを、私は知っている。何かを鎮め落ち着かせる時に、彼女のような視線を放つ。その視線に近しさを感じた。

会話を広げたかったので、遠慮を外して、探るように言葉をつないだ。

「いけないとは思いつつ不良な男に惹かれる。それと同じことかしらね」というと、あら貴女も、という視線が戻ってきて「男の不良な部分ばかり見ていると、そいつの少しばかりの優しさが堪らなくいとおしくなってくるのよ」と答えた。行きずりの気やすさからか「これまであたしがただ一人、狂ったように好きになった男は猟師みたいな乱暴な奴だった」と、さら煙草の煙《けむ》に巻くように告白した。

「リョウシって魚のほう?」と訊ねると「いえ、獣のほう。いつも血の臭いがするような男だった」と答えた。

「それっていつ頃の話なの?」と訊くと、「二十年以上も前のこと。うちの家族の猛反対にあって、中でも、わたしの実の弟にしつこく邪魔されて別れてしまった。弟は奴の粗野な部分を毛嫌いしていた。まあ、酷い男だったことは間違いなかったけれどね」と物語を聞かせるように答えてくれた。そのような話をしていても彼女の表情は変化しない。他人事のように話してくる。ただ、このテントに漂う煙りのせいかもしれないが、目を細め、話す時に私から視線を外すことはなかった。彼女の高い鼻梁の先が少し割れていた。視線は揺れなかったが、小鼻は話すたびに微妙に膨らんで閉じた。何故か、それは私に彼女のセックスを想像させた。猟師のような男との獣のようなセックスを思い描いていた。

「よく別れることができたわね」と訊ねると「死んじゃったから」といった。思わず、えっという顔をしたのだろう、言い訳のように「交通事故でね」と説明してくれた。「デュークエリントンを大音量でかけてガードレールに突っ込んだの。雨の日だった。助手席に乗っていた女が奇跡的に助かって、そう教えてくれた。奴がジャズを好きだったこと、それまで知らなかった」

そんなシーンを映画のエンディングで観たことがある。だが、その映画の主人公のように彼の死が自殺だったかどうかを訊ねる気持ちにはなれなかった。ただはっきりしているのは、そんなに重い男女の間柄はいずれ壊れる。質量の大きな星同士が引かれ合い、ぶつかるようなものだ。引力が大きければ大きいほど、破壊力は増す。男女の間柄では、引かれ合う力が、当人たちの身の丈以上の力に膨れ上がることがある。そのことは決して幸福な終焉を迎えることにはならない。その力に圧し潰されることになるからだ。

「最期まで乱暴で勝手な奴だった。あたしが殺したみたいなものだけど」

彼女はそういうと、もう一本煙草を抜き取り、短くなった煙草から火を移した。パラパラとテントにあたる雨粒の音が高くなった。気がつくと、スモーキングスペースには私たち二人だけが残っていた。

「彼奴《あいつ》をあれだけ好きになったのは、あたしの内に、そんな野蛮を求める遺伝子が書きこまれていたとしか思えない。それって怖いわよ」と彼女はいった。遺伝子という言葉に違和感を覚えた。彼女のような大柄な女性に潜んだ本能の激しさの方が、その理由にふさわしいと思った。ロゼティが描く赤毛の女の妖しさが彼女には漂っていた。「女って性は一匹の獣を飼っているみたいなものね」。

獣かあ、良くわかると思った。今度は私の番だなと、話しだした。

「私は懲りることなく、何度も悪い男に騙されてきた。一生懸命に働き、料理をつくり、嘘だとわかっていても金を無心されれば貢いでしまった。最初は拒んでも、気落ちしている男の背中を見ると許してしまう。あれって何だったのだろ。この歳になって、やっと目覚めた。何億円も横領して男に貢ぐ女が何人も捕まっているけど、彼女たちと私は紙一重だったと思う」

そう私がいうと、「毒を食らわば皿までなのよ、そこまでいかないと毒も薬にならない」といってくれた。

「あたしは運命なんて信じないの。でもね、女は自分の意志に反して勝手に肉体が行動することがある。

逃げていく男だけを追いかける女って、沢山いるの。ときどき、自分の力が及ばない何かに操られているような気がする」と彼女はいった。

その時に、何かは女のどこを操るのか、肉体なのか、精神なのか。わからないから、女なのだろうか。それを男は決して理解できない。

彼女の青いバーキンの中で着信音がくぐもるように鳴った。指先の短くなった煙草を唇に戻して、震えるアイフォンを探しだした。見つけると、画面を見る間もなく切ってしまった。

突然、「あたしは、こう見えても保育士なの」と彼女はいった。こう見えてもとは、煙草を吸っているからという意味なのか、それとも容貌のことなのかと迷っていたら、横浜で保育園を経営しているという。さすがに職場では吸えないので外出時の一服が楽しみになっているといった。アイフォンを戻したバーキンから名刺入れを取り出して、一枚くれた。理事長という肩書きになっている。

「私は保険の外交員をまとめています。本当は外に出てお客と話している方が得意なんだけど、歳だからって管理職を押し付けられてしまった」と自己紹介し、私も名刺を渡した。

私の名刺を眺めながら、思いついたように「あなた、もてるでしょ。美しいもの」という。とんでもないと否定すると、「その美しさは営業の大いなる助けになったはずだわ。あたしも自分の美しさを活用したくち。保育園経営ってけっこうタイヘンなのよ。少なくとも体力と美人であることは武器になったわ」といって煙草を持った手で腕を叩いた。

「あいつが亡くなって以来、恋愛よりもビジネスの方が面白くなったの。人間の欲望が露骨に出ている世界はビジネスの他にないわ。欲望が正当化されて、モラルなんて面倒なものは通用しない。答えも明快だし、すべてが数字、それ以外は無視して生きていける。そこが気に入ったの」

「わかるわ、保険も数字で成り立っている。保険も宝くじも確率で成り立っているでしょ。誰もが、ほんとうに小さな確率に大きな期待をかける。ひょっとしたら、という不安と期待。私たちはその不安と期待を増幅しさえすれば良いの」

「そうね、ビジネスに遠慮は必要ない。何だって武器、それが成功の秘訣だと思う。セックスの快感にいちばん近いのはビジネスでの達成感だわ。歓びの次には必ず渇望が来て、また達成感が欲しくなる。だから何軒も保育園をつくったの」

　彼女の恋人を連想した。ベッドの上で彼女にのしかかる肉体。シャーロット・ランプリングだったろうか、巨漢の亭主が死んだ後、夜の床で自分にかかってきた「亭主の重さ」を忘れられないと告白する映画を思い起こした。

「達成感と渇望の繰り返しに、疲れることとはないの？」

「あるわよ、でもね、あの快感は忘れられないわ。麻薬ね」

「肉体はいつしかおとろえて快感を味わえなくなるかもしれないけど、飢餓感だけは残っていくかもしれない。その怖さはあるわ」

「確かに、そうかもしれない。考えたくないわね」といいながら、「死ぬときは枯れ果てて死にたくはないの」と続けた。「どういうこと？」と訊くと「ちゃんと欲を持って女としてサヨナラをしたい」といった。「充分に女として楽しませてもらったから、最期まで女でいたいのよ」という。

私たちって、人間よりも先に「女」なのかもしれない。そんな彼女の言葉は間違ってはいないと思う。男は違う。男たちは、ある程度歳を重ねると、男性よりも先に人間でありたいと願うに相違ないもの。そして、男は渇望を同質の満足や達成感でしか満たされないけれど、女の渇望は異質のもので満足出来る。男は仕事の不満は仕事でしか解決できないと思っている。でも女は、どんなものでも満たされるという意識があれば満足なのだ。例えば、セックスの渇望は仕事の満足で代替えできる。心の渇望は買い物の満足でまかなえる。でしょ、そう思わない。

「わかるわ」、私たちって、ほんとおに似ていると思った。

一人の男が走っている。雨脚が激しくなったので、雨宿りのつもりでスモーキングエリアをめざした。テントに入ると先客が一人いた。中央の大きな灰皿に向かって、小太りの中年女性が煙草を吸いながら、ぶつぶつと独りごとをいっている。男物のシャツのうえに赤いカーディガンを羽織っていた。ぼんやりと視線を中空に漂わせ、ながながと独白している。よく聞くと独白というよりも会話に近い。うっすら煙が漂う空間に相手が見えているような話し方だった。一人芝居を演じているのか。ときに笑声さえ聞こえてきた。男は、そんな女と空間を共有することに恐怖を覚えた。すぐさま再び傘を広げて、テントを出た。

□アキレウス

プティーア王ペーレウスと海の女神テティスとの間に生まれた半神半人。トロイ戦争に五十隻の船と共に参加し、たった一人で形勢を逆転させ、敵の名将を悉く討ち取るなど、無双の力を誇った。だが、戦争に勝利する前に弱点の踵を射られて命を落とす。足が速く「駿足のアキレウス」と形容される。

バンド仲間の浅井から、自分の代わりにある女性と付き合ってみないかともちかけられたとき、彼のからかいの気分もわからず、気軽にオーケーを出したのは酔いのせいだけではなかった。当時、郊外のライブハウスでロックバンドを組んでいた浅井には、熱狂的なファンが付いていた。その一人である女性から毎日のようにファンレターが届いた。あなたと私の出会いは前世ですでに決まっているという意味のことを面々と綴った内容であった。浅井は気味悪く思った反面、興味も抱いた。そこで、メイクをしてサングラスをかければ、浅井と見分けがつかないと言われた俺におはちが回ってきたというわけだった。ギターのテクだって、曲づくりだって俺のほうが上だと思っていたが、人気はかなわなかった。彼に対しての感情に、嫉妬と優越感が絡み合い共存していた。その話に乗ったのは、どちらの感情のせいだったのか判らなかった。

長髪に派手な化粧をしていた彼の素顔を、その女は知らないはずだという。同席していた男たちも、面白半分に協力させてくれと申し出た。浅井は適当に遊んでふってしまえばいいと笑った。俺のことをあきらめさせてもらえれば助かると言った。同封されていた写真を見ると、けっこう美人だった。

翌日、俺は浅井としてメールを送り、会う約束を取り付けた。

待ち合わせ場所である駅前のファミレスは、遅い時間のせいか閑散としていた。それだけに彼女は目立った。フリルとフレアを多用したPというアパレルメーカーの服は、少なくとも俺達を取り巻く女のスタイルではなかった。どこか気恥ずかしかったが、少し心が浮き立つような気もした。彼女も、長髪を後ろで束ねたサングラスの俺をすぐに判ったらしい。いや、浅井に成り済ました俺を浅井だと、たちまち思い込んだ。顔がぱっと明るくなるのが見て取れた。すっと立ち上がり、こくんとお辞儀をした。

「浅井です」

「広田洋子です。有り難うございます。うれしいです」

彼女の口調にロックファン特有の投げやりな雰囲気を感じなかった。代わりに、最近人気が出てきたテレビタレントの甘えるようなアクセントがあった。最初はメールを貰ったことへの感謝と、なんとなく浅井さんから連絡があるだろうと予感していたことなど、少々畏まった会話が続いた。しかし、音楽の話題になると、急に親しさが深まったように、うちとけた口調になった。あなたの音楽を誰よりも理解していると断言した。俺といえば、日頃は女の子とうまく会話が出来ずに仲間から馬鹿にされていたが、俺は浅井なんだと思うと言葉がラクに出てくるのが不思議だった。近くの居酒屋に誘って、少しばかりアルコールが入ると、なおさら滑らかな口調で周囲のロックバンドを批判さえできた。

居酒屋には、打合せ通りに、バンド仲間が呑んでおり、偶然出会った体で、俺を浅井さんと呼び、浅井のように持ち上げた。洋子は完全に俺を浅井だと信じていた。ほとんど酒を呑めないと言っていたが、勧めるとグラスに口をつけた。ビール二杯ほどで既に首筋はまっ赤になっていた。居酒屋を出たときには、深夜を回っていた。すっかり酔った洋子から、彼女のアパートの住所を聞き出し、送り届けることは予定通りだった。

洋子の部屋は、自分で撮ったと思われる浅井のステージ写真で埋め尽くされていた。無抵抗ではあるが、極度に緊張し固くなった洋子の体を抱いたとき、壁の無数の浅井の目に見つめられていると感じた。最後の行為まで行けなかったのは、写真のせいか、酔いのせいか、判らなかった。裸の洋子を抱いたまま、朝まで眠り込んでしまった。

目が覚めたときには、既に洋子は朝食の用意を済ませていた。小さなテーブルでフランスパンとオムレツという絵に描いたような朝食を済ませると、リハーサルがあるからと、洋子のアパートを出た。洋子はリハを見たいと言ったが、スタジオの狭さを理由に断わった。

浅井になりすますことがこんなにも自分を明るくするとは思わなかった。浅井という役を演技することとも違っていた。自分の過去を捨てられた気楽さなのだろうか。私という責任を逃れた解放感なのだろうか。

洋子の部屋からの帰りに浅井たちが集まっているスタジオに顔を出して、洋子との経緯を報告した。浅井は面白がって、もう少し俺の代役でいてくれと頼まれた。嫌になったら適当に振ってくれればいい、すべては俺が責任を持つと言った。自分が二人いることに奇妙な楽しさを味わっていると言った。今度、洋子の前で俺の代わりに演奏してみないかとさえ言った。

彼に頼まれるまでもなく、このままの状態をもう少し楽しんでみたかった。多分、今夜は洋子の部屋に戻ると思っていた。それがいちばん自然であるように感じられた。

あたしは待っていた。待っていれば必ずアサイさんが、あたしのところへ辿り着くのだと信じていた。あたしは運命を信じる。信じるからこそアサイさんがあたしを求め、一つになれたのは当然の結果なのだ。あたしはつねに彼の音楽から、あたしへのメッセージを受け取っていた。彼の歌うラブソングはすべて、あたしへの想いであることを知っている。彼の曲を１００％理解できるのは、あたししかいない。アサイさんは、今はまだ無名だけど、いずれ彼の曲は誰もが理解し、愛するようになる。そのために、あたしが必要なのだ。アサイさんがそのことを判るまでには、いくつもの障害があるだろう。その障害を一つ一つクリアしていくことがあたしの務めだと思う。それが愛情だと信じている。アサイさんは、昨夜あたしを抱いた。障害は一つ取り除かれた。

あたしの生理は、満月の時に来る。あたしの身体は月の満ち欠けに、正確に反応する。あたしの中に満ちて引いていく海がある。地球から見て、月と太陽が重なった新月の時に、あたしはアサイさんの子を身ごもるだろう。新月まで、あと一日だ。

生命が必要とするエネルギーを酸素から作り出せるのはミトコンドリアの働きによるもので、わたしたちはミトコンドリアなしに生存できない。卵子細胞に約25万個存在するミトコンドリア。ミトコンドリアの生成するエネルギーによって卵子は受精から、胚発育、着床というように成長する。精子にもわずかに存在するが受精前後に何らかの形で排除されるため、卵子のミトコンドリアのみが引き継がれ、ミトコンドリアDNAは常に母性遺伝すると考えられる。それを理由に人類の起源を辿れるとして、アフリカのある女性が、人類すべてのミトコンドリアにおける「母親」であるとの仮説が発表された。だから、その母親にすべての人間が繋がっている、と考えたい。

□メルポメネー
「悲劇」「挽歌」を司るムーサ。楽器リラの女神でもあり、仮面・葡萄の冠・靴などを持ち、絵画などでは有翼の女性として表される場合もある。

その時は、誰の子でもいいと思った。あたしが産むのだから、あたしの子であることに間違いはない。だから、父親は誰でもいい。誰でもかまわないと思った。妊娠三ヵ月目を越えたあたりだったかな、同僚のトシコと母親だけには子供ができたことを告げた。トシコからは、父親をはっきりさせないとのちのち面倒だと忠告された。非嫡出子という言葉を初めて知った。法律的には父親が空欄のまま出生届を出せば済むが、子供が成長したときに、父親が誰かと訊かれるに決まってる。小さい時はごまかせても、大きくなったら判らないでは通りっこない、という。そうだよね、どうしようかと考えていたら、母親に告げたときにも父親のことは訊かれたので、何となく用意していた嘘をついた。嘘というよりも、あたしの願望だったのかもしれない。

「この子の父親とは病院で知り合った。入院患者さんだったの。音大の生徒だった。半年つき合って、この子ができた。彼からは、音楽で子供は養えない、結婚の意志はないとはっきり告げられた。だから堕ろせといわれたけど、あたしは産みたいといった。彼は父親にはなりたくないと、逃げるように音楽の勉強をしにロンドンへ行っちゃった。親権はぜったい主張しないと約束してくれた。そんな頼りにできない父親なら、初めからいないほうがマシだと思う」

いやあ、いかにも作り物めいた嘘だけど、両親は信じたみたい。いや、信じるしかなかったのかな。産まれてくる子供にも、いずれそう告げようと思った。嘘をつき続ければ、いずれは真実になる。

妊娠がわかった時、あたしはどうしても産みたかった。この機を逃すと一生子供を持たずに終わっちゃう気がした。こんな不安、母親はわかってくれた。あんなに好きだったエッチも、子供ができたと判って以来すっかり冷めてしまった。男たちとの関係をいっさい解消した。妊娠して、ホルモンのバランスが違ってきたからだろうか。あたしは、母になると決めた。

将来、子供に「父親がいないのになぜ産んだのか」と訊かれたら、お腹の中のあんたに会いたかった、ぜったいに会おうと思ったから、というつもり。これは嘘じゃない。

看護師という仕事をがんばって、あたし一人で養っていく自信はある。そういい切って、両親の前で少しばかり大きくなったお腹を叩いた。

四ヵ月目に、女の子だと医者が告げてくれた。念願の女の子でほっとした。あたしの想いが通じたのか、この時期に性別がはっきりすることは珍しいという。女の子だったら、この子はあたしの産みたいという思い、そして父親なんてどうでもいいという気持ちなんかを、いつかわかってくれるだろうと思った。男の子じゃわかんないだろうな。根拠はないけど、あたしの子供だったら、女の子であれば理解してくれるはず、と不思議に自信があった。だから、結局、父親をつきとめることはしなかった。シングルマザーで産む決心をした。

考えたくはないけど、父親はたぶんタケシだ。ユージの可能性もあるけど、タケシだと思う。妊娠がわかった時、タケシに「できたよ」といってみたらソク「おろせ」と返された。そういうに違いないとはわかっていたけど、いちおう訊いてみた。「親になる気はねえ」といった。顔が引きつっていた。こんなやつに、この子の父親にはなってほしくない。あたしは産むよ、といってやった。驚いた顔してたけど、勝手にしろといわれた。たぶんユージだって同じことをいうに違いない。ほんとうは、父親がはっきりしないのではなく、はっきりさせたくなかった。ユージでも、タケシでも、どちらでも父親として認めたくなかった。あたしだけの子供にしたいという独占欲だったからかもしれない。あいまいなままにしておきたかった理由はそこにあった。

そもそも、あたしには男運がない。男を見る目がなかった。つきあう男のほとんどが、女友だちからよせといわれるヤツばかり。トシコなんて、タケシもユージもいつも早く別れろばっかりいっていた。結婚したらぜったい苦労するといわれた。あたしだって、こいつらクズ男だとわかっている。でも、好きになってしまうのだから仕方がない。どうしようもない男をみると、ついかまいたくなってしまう。これって、母性本能が人一倍強いからかな。そんな意味でも、子供が欲しかった。子供ができれば、ダメな男たちへの関心が薄まると思った。ふらふらと男で迷っているあたしに重しが付くような気がした。

母親になるのだから、生活を変えるために地元を離れようと思い、勤務地を川崎の病院に移した。職場でお腹の子を誰の子供かと詮索されるのもイヤだった。移った先の婦長に事情を話したら、産まなくて後悔するより、産んで後悔した方がずっとマシと応援してくれた。とりあえず北品川の実家から川崎の病院までは電車一本で行ける。

出産予定日のひと月前まで働いた。お腹は目立たなかった。あたしが妊娠していることを知らなかった患者さんがいたくらいだ。出産にあたっては、最初に診てもらった地元の病院に入院した。婦長はいまの勤め先のほうがいいんじゃないかと勧めてくれたけど、最初から診てもらった地元の病院にした。やっぱ職場での分娩は躊躇があるし、育休中は実家に世話になるつもりだったこともあった。

産むと決心してから出産や育児の相談は、ほとんどネットで済ませた。時間を見つけてはスマホをいじっていた。こまめに探すと、シングルマザーのコミュニティが幾つか見つかった。あたしみたいに看護師をやってる女性は多かった。そんな彼女たちにいろんなことを相談できた。親よりもずっと役に立った。

オフ会も盛んだった。優子さんと出会ったのも、その一つだった。優子さんは、あたしとは一歳違いの赤ちゃんを持つ看護師で、いまの病院の沿線に住んでいた。病院帰りに、しょっちゅう優子さんの部屋に押しかけて相談に乗ってもらっていた。そんな時、運良く彼女の隣部屋が空いたので、すぐには引っ越しできないが、前もって契約しておいた。生まれた奈菜と移ってからは、彼女の息子である優斗くんと同じ保育園に入れた。非認可の保育園だったけど、ゼロ歳児を受け入れてくれたし、何より送り迎えを優子さんと交代にできるのは助かった。自転車の前後に子供用のバスケットを付けて通った。ペダルをこぎながら三人で保育園で習った歌を唄った。前後から歌にならないような子供の声を聞いて走った。そんな時は、あたしはこの時のために生まれてきたんだと思った。初めて、何も怖くはないと思えた。ほんと、母はツヨシだ。

お互いの非番をずらして、子供を預かったり預けたりもした。ミルクや離乳食、紙おむつなんかも、ネットで二人分まとめ買いした。食事はしょっちゅう一緒だった。二人分も四人分も労力は同じだし、奈菜も優斗くんと一つのベビーベッドにいたほうが楽しそうだった。冗談だったけど、男は捨てられるけど、優子さんとは別れられないといったら、優子からも、あなたとは夫婦でやっていけるといわれた。年齢は優子さんのほうが七こ上だったけど、どちらかというと、あたしが夫だって。それって逆なんじゃない、おかしくないと笑った。優子さんは、あたしといればラクだと喜んでいた。彼女って、何でもすぐ迷っちゃう、なかなか決められない選べないタイプだという。優子の優は、優柔不断の優なのといっていた。あたしは、服選ぶのも食事のメニューも迷ったことがない。優子さんの別れたダンナも、決められないタイプだったんだって。大きくは、それが別れた原因だといった。わたしたち性格の一致で別れたの、と笑っていた。

でもね、あたしが優子さんに感心するのは、あたしたちとの距離のとり方。ときどき、ふっと遠ざかることがある。大人だな、どこかできちんと区切りをつけている。適当に自分に閉じこもっているか、謎の部分を持っている。そんなところ、あたしにはない。あたしって、見たまんま、このまんまだし。思ったこと、ぜんぶ口に出しちゃうし、行動にしちゃう。考えることと行動することが同じ、というか、行動する分しか考えていないんだと思う。おバカキャラでやってきたんだけど、優子さんと出会って初めて相手のことをきちんと考えるようになった。あたしがこうすると、優子さんはこう感じるだろう。だったら、こうしたほうがもっといいんじゃないか。ふつうの人だったら、これって当たり前のことかもしんないけど、少なくともあたしはそう考えたことはなかった。進歩だよね。これも、子供が出来たおかげかな。

奈菜を産んではじめてわかったのだけど、子供といると毎日が新鮮に感じる。確かに、あたしの中のどこかの部分が、奈菜と重なってきているのだろう。時々、子供の視線になって世界を見ているような気がする。子供と一緒に成長しているなあって思うことがある。それって、優子さんは自分にはない感覚だといっていた。驚いた、母親になるって、みんな同じ気持ちになるのだと思っていた。優子さんとは、子供に男女の違いがある。つまりね、奈菜とは同じ女だから一緒の視点を持てるのかなって。

そういえば、優子さんから「あなたはすべてに自信があって羨ましい」とよくいわれる。自分では自信を持って生活しているなんてこれっぽっちも思っていない。逆に、最近、不安になるときのほうが多い。たとえば、子供の寝顔を眺めていて、この子はあたしみたいな女を母に持って幸せなのだろうか、と思っちゃう。あたしだって、子供の頃、他人の家庭やお母さんを羨んだことはある。そのとき考えたのが、あたしの母親が違っていれば、このあたしはいない、別のあたしだったろうから、そんなことを羨んでもしょうがないということ。どっかで、このあたしでいくしかないという諦めというよりも見切りをつけたのかな。あたしがこうだから、奈菜も同じようなこと考えて大きくなるのだろう。そんなとこが、自信があるように見えるのかもしれない。

優子さんの元の旦那である佐藤さんが月一くらいで通ってくる。子供に会いに来るのだけど、あたしが移ってからは、二人きりの時間を持ちたいのか、その日は優斗くんを預けに来るようになった。優斗くんを抱っこしながら、しっかり楽しんでといってあげると、恥ずかしそうにする。あたしのほうは、今のところ男は要らない。その時は奈菜を預かると優子さんはいうけど、当分は必要ないだろう。不思議だけど、奈菜ができてからは、男が欲しいと思ったことはない。正直、仕事と子供でそれどころじゃない。それにしても、優子さんに佐藤さんとヨリ戻したらというと、それだけはできないときっぱり否定された。何があったのだろうか、なかなか話してくれない。

ビールを飲みながら、優子さんから、わたしと優斗は、これからずっとあなたたちと一緒に暮らすの、と宣言された。子供たちが小学校に上がったら、あなたと二人でこの近くに小さな一軒家を買って、みんなで一つの家族として暮らしたい。それが、最近の彼女の口癖だった。駅前の不動産屋の物件を熱心に見ていた。六千万くらいの物件を狙っていた。頭金を二人で六百万つくろうといっていた。あたしも賛成だった。奈菜にとっても、あたしとだけではなく、もう一人優子さんという母親を持つことはいいことだ。そのことを遊びにきたトシコに教えたら、あたしも仲間に入れてといった。昔から大家族に憧れていたという。テレビの大家族の番組が大好きだけど、わたしは子供を産めないから、優子さんとあたしの家族に加わりたいという。トシコはレズビアンで三年以上つきあっている花さんという恋人がいる。花さんと一緒に暮らしたいけど、花さんがいやというならトシコだけでもあたしたちの大家族に参加したいという。トシコは一軒家を買ったら、庭に大きな物干しを立てて、三家族分の洗濯を引き受けるといった。優子さんはいいわよとトシコを受け入れてくれた。人数が増えるほうが楽しいもの。その分、大きな家に住めるし、と喜んでいた。

優子さんとつきあってから、いろんな夢が増えた。あたしって毎日が楽しくて満たされていれば、それでいいと思っている人だから、夢や目標なんて考えてこなかった。でも、子供ができて、優子さんと暮らして、これからのことをいろいろ考えるようになった。

奈菜に会いたくて訪ねてくる両親から、あんたは変わったといわれた。看護師も一年も持たないと思ったけど、続いている。おまけに、ちゃんと一人前の母親になったといわれた。両親にまともに褒められたことがなかったから、うれしかった。

台風は大陸から張り出した高気圧におされて小笠原諸島付近で熱帯低気圧に変わった。海底では太平洋プレートが北米プレートに潜り込もうとする動きを止めることはない。しばしば海底の隆起した地盤が弾けエネルギーを発散して地震を起こす。その揺れは音波を伴い、黒潮に乗って北上している三頭のザトウクジラにわずかだが伝わった。地の底からの音波に応えるように、先頭の一頭が海上に躍り上がり歌い始めると、二頭のザトウクジラも先頭に倣った。偏西風は黒潮とクジラに方向を示し勢いをつけた。

奈菜の一歳の誕生日が近づいた頃の木曜日だった。優子さんが自転車で保育園に迎えにいったのは、ちょうど午後六時あたりだったろう。夜勤が入っていたので、あたしは病院にいた。七時頃、保育園から電話があった。優子さんが保育園の前で交通事故にあったという。少し離れた市民病院に運び込まれたそうだ。園長先生が付き添っていったとのこと。重態だから早く来てくれといわれた。

急いで駆けつけたときには、もう優子さんの息はなかった。いったい何が起こったのか。事実を受け止めることができなかった。ＩＣＵに眠ったように横たわる優子さんを呆然と眺めるだけだった。声もかけられなかった。胸の動悸が聞こえるくらいに激しく打っていた。

園長先生が手を握ってくれた。硬く握ったあたしの拳をほぐすようにして、握ってくれた。少し落ち着いた。トシコに電話して事情を話し、奈菜と優斗くんを引き取ってもらった。電話しながらも、三歳になったばかりの優斗くんにどう説明したらよいのか、それよりも優子さんが突然いなくなったことを、あたし自身にどう納得させるかがわからなかった。トシコはただウンウンと返事を返すだけだった。

保育園に着いた優子さんは、インターホンで名前を告げ、鉄門が開錠されるのを待っていた。そこへ、居眠り運転のトラックが突っ込んできてはねられた。優子さん一人が犠牲になった。優子さんが子供たちを引き取った後で事故にあったとしたら、子供たちが巻き込まれていたら、そんなことを想像すると震えがくると園長先生はいった。あたしにはその区別がわからなかった。

事故を起こした運転手の父親と保険会社の社員が病院に訪ねてきた。何度も何度も頭を下げていた。園長先生が相手をしてくれていた。すべてが遠い風景のように感じた。

葬儀屋から死去を知らせるべき人たちをリストアップしてくれといわれた。自転車の籠に入っていた優子さんの携帯を借りて、アドレス帳からあたしが知っている人たちの電話番号に連絡した。そのたびに、待ち受けになっている優子さんと優斗くんの写真を見ることがつらかった。深夜になって、元夫の佐藤さんも病院にきた。その後の葬儀などの手続きは彼が済ませてくれた。遺体は一日後の土曜日に荼毘に付されることとなった。

通夜、告別式とまたたくまに過ぎていった。あたしは思考を停止したまま、指示されたとおりのことしかできなかった。奈菜と優斗くんは実家の母が面倒をみてくれた。二人ともに身体を寄せ合い不安そうな表情をしていた。

告別式の翌々日には職場に復帰した。忙しく仕事、家事、育児に追われることが唯一の救いだった。優子さんの部屋の整理と優斗くんの世話のため、トシコと花さんが来てくれた。一週間ほど優子さんの部屋に泊まってくれた。

優子さんは一冊のノートに家計簿と簡単な日記をつけていた。そのノートと一緒にあたしへの伝言がみつかった。小さな封筒にあたしの名前が記され、「万一の時に開封されたし」と書き添えてあった。トシコたちと読んだ。

「私に何かがあった場合、優斗が一人きりになってしまうので、以下のことをお願いします。

六千万円の生命保険に入っています。そのうち四千万円を私の身の回りの整理など諸々の費用、および優斗の成人までの養育費として使ってください。残りを優斗が社会に出た時に渡してください。

優斗を奈菜ちゃんと一緒に育ててほしい。佐藤には優斗を渡さないでください。佐藤には別の家族があります。たぶん引き取りたいとはいわないはずです。

葬儀、墓、戒名は不要です。骨は散骨してください」

トシコと花さんは、読みながらずっと泣いていた。

読み終えると、突然泣き止んだ花さんが「小さな一軒家を買って、そこで優斗くんと奈菜を育てほしい」と、優子さんがいっていると呟いた。花さんは霊媒体質で、優子さんが亡くなって以来、この部屋で何度か優子さんの姿を見たし、声を聞いたという。「事故の賠償金が入るから、それでみんなの家を買って」と聞こえた、といった。普段なら、霊とか神秘現象とか信じないのだけど、その時だけは優子さんの言葉を素直に信じることができた。

花さんの言葉通り、多額の賠償金が優斗くんに支払われた。その一部を頭金として、アパートの近くに小さな土地を購入して、一軒家を建てた。残金はあたしとトシコと花さんが毎月払っていく。この家で、トシコと花さんとあたしで二人の子供を育てていくことにした。花さんを通じて優子さんの言葉を優斗くんに伝えていく。優子さんも、新しいわが家にみんなと一緒に暮らしている。そう考えると、一区切りついたように思えた。

「わたしたちって、優子さんに守られて生きている」と花さんはいう。

優子さんが亡くなって、あたしは今までのように決断できなくなってしまっていた。あの頃、優子さんのためらいや優柔不断があったから、あたしの決断や自信が発揮できたのだと思う。そうできなくなったのは、あたしの中に優子さんが住みはじめたからだ。

新居への引っ越しのとき、庭にふらりと黒いレトリバーが紛れ込んできた。優斗くんと奈菜が大はしゃぎして喜んだ。女所帯だから番犬にいいね、とトシコが引っ越しで余ったダンボールで犬小屋をこさえた。しかし、三日もしない内にレトリバーは逃げてしまった。その時あたりから、花さんには優子さんの声が聞こえなくなった。優斗くんの新居を見届けたので、この世に未練はなくなったのかもしれないといった。でもね、と花さんはいう。

「子供たちには優子さんが見えていると思う。寝言を聞いていると、優子さんと会話しているように聞こえる」

優子さんは、あたしの中にはいる。そのことは誰にもいわない。いってしまうと優子さんが消えそうなので黙っておく。こんなふうに優子さんがいるあたしこそ、本当のあたしなんだと思う。優子さんの物語とあたしの物語はこれからも続いていく。

庭から風が入ってきた。三段の高い物干竿に、二人の子供と三人の女の洗濯物が、たっぷりの陽射しを浴びてそれぞれ思い思いに揺れていた。
洗濯物のはるか上空には、何本もの筋雲が流れていた。

赤道付近の熱された大気と極地付近の冷やされた大気の間に対流が発生する。その対流に地球の自転エネルギーが加わり、地球上に複雑な風の流れを形成する。とくに地上十キロ以上あたりに蛇行して流れる西風、ジェットストリームは秒速百メートルを超す気流で、晴天の日に見えるジェットストリームがつくる筋状の雲は神が描いたデッサンのように美しい。

風が強くなったので、窓を閉めた。カーテンを引いて薄暗くなったアトリエに灯りをつけた。シンジからの催促のメールには、来るなと断った。しかし、気持ちのどこかで彼を求めている自分に気付いて、返信した後も落ち着かなかった。シンジと知り合う以前の生活に戻ろうと、キャンバスの前に座った。とりあえず持った筆は、なかなか動かなかった。
今度のグループ展のテーマが水だと聞いたときに、ビル・エバンスの古いレコード「アンダーカレント」のジャケット写真を思い出した。水面に顔だけを出したドレス姿の女性を、水中から撮影したものだ。だから表情は見えない。川の流れに漂う肉体が、水面からの月明かりにうっすらと浮かびあがっていた。

そのイメージは、「オフェーリア入水」と題された古典派のタブロウを連想させた。祈るように胸の前で腕を組み、小川に沈むオフェーリアの死体。私はこれまで自殺をしようと思ったことがない。

高校時代に、男子校の演劇部から誘われてオフェーリアを演じたことがあった。その時に演出をしていた大学生は、神が死んだとき悲劇も死んだといっていた。悲劇が死んだ現在、ハムレットを演じる意味などと訳のわからない言葉で喋っていた。誰も理解していなかったと思う。彼はあなたのことが好きなんだと、舞台監督をしていた男の子が、後ろから囁いた。いつもはあんなに張り切らないものな、と誰かが呟いたのを覚えている。今ではオフェーリアの台詞は一言も覚えていない。

キャンバスの前に座っていると、自分の感受性が、年齢とともに薄らいできているのが判る。私にとって、感覚以上に私の存在を証してくれるものはないのだから、感受性の衰えは私の衰えに等しい。シンジとの関係も、そんな焦りから続いているのだろう。フランス語で小さな死とは、セックスがもたらす快楽の頂点をいう。つまり、セックスは死の存在証明なのだ。シンジとのセックスは死を求める代償行為なのか。毎日、滅びていく私の細胞は、滅びていく記憶であり、滅びていく感覚であるのかもしれない。

キャンバスは、相変わらず白いままだ。ユリシーズは、まだ帰ってこない。

北極周辺で海水が凍ると、氷に塩分は取り込まれないため周囲の海水の塩分が濃くなっていく。あわせて水は冷却すると収縮して密度が高まる性質を持つ。凍ることで塩分濃度が高くなり、冷やされることで密度を増した海水は、重くなり海底へと沈んでいく。沈んだ海水は海底を這うように移動し始める。こうして深海では深層水の大循環が生まれる。具体的には、北大西洋で冷やされた水は海底に沈み、南下して、南大西洋を越えて喜望峰をインド洋、太平洋へと抜ける。太平洋に入ると混ざり合い海面へ上昇を始める。この塩分濃度が濃い海水は魚の餌となるミネラルを蓄えているので豊かな漁場をつくる。赤道を越えて海面に昇った水はさらに北上し、オホーツク海あたりで折り返し、再び潜り込むと南下しながら、西へと移動する。さらには喜望峰を越えて北大西洋へと戻る。こうした深層水の大循環は二千年ほどをかけて一巡する。

□ニュンペー
下級の女神。山、川、森などの守護神。多くは、歌と踊りを好む若い女性の姿をしている。守護している自然が枯れると同様に死ぬという。旅人に取り憑き、惑わせたり、正気を失わせたりもする。

新宿通りを御苑側に渡った二丁目の路地裏にそのクラブはあった。路地に並ぶ大半の飲食店はすでに灯を落とし大きなゴミ袋をドアの前に積み上げている。この界隈は周辺に比べて新陳代謝が遅くとり残されたような古い店が多いなか、場違いな地下のクラブは一軒だけ遠慮がちに小さなネオンをつけていた。
狭い階段を降りて厚い二重ドアを開けると鼓膜を圧倒する音のうねりに不意打ちをくらう。何度来ても思わず身を引くように驚いてしまう。ＬＥＤライトが点滅する空間に入り込むと、インド系のゴアトランスを中心とした音楽がループしながら舞い上がっていた。外耳、内耳、鼓膜から三半規管でも痺れたようになり軽い眩暈に襲われる。シタールの響き、ベースの重低音、タブラの軽い突き上げ、さらに電子音のリズムがそれらを切り刻む。時空が歪むほどの大音量の音楽に、悲鳴のような笑いと誰にも伝わらない会話が加わり、伽羅に似せた香を焚いた甘い匂い、タバコの煙と色彩の錯乱が仕上げる。土曜の深夜を過ぎたクラブの体温は下がることはない。小瓶のビールやモヒート一本で夜を明かす男と女たちで溢れていた。

マコとユウはいつもの非常口あたりにいた。ＤＪブースからは遠いが換気口に近く、そこだけ空気が透明度を増している。壁にスポット照明があたりＡＥＤの文字が大きく目立って主張しているが、あのオレンジ色した実体を見たものは誰もいない。二人はお互いを支えあうように抱き合い踊っていた。踊るというよりも音が頭上から足元へ体を突き抜けていく感覚をともに楽しんでいるように見えた。ユウの長い髪が二人をくるむようにまとわりついている。二つの肉体はお互いの動きに合わせるようにゆるやかにウェイブしている。音楽の効果もありインドのカジュラーホーで見た交合像を連想させた。私は目と耳が音と光になれるまで待って、二人の名を呼び「出るぞ」と声をかけた。

ユウが私に気づきマコの背に回した手をあげ了解の返事をくれた。何かいっているようだが聞こえやしない。私は聞き取ることは諦めて二人を待たずに外へ出る。薄暗い灯火のもと舗装の禿げた路地で待つ。視界の端で黒い影が動いた。目をこらすと一匹の黒いレトリバーが閉まったバーの玄関マットに蹲っていた。どこから来たのだろうか。近づいて耳の間を掻いてあげた。気持ちよさそうに私を見上げると再び揃えた前脚の間に頭を置いた。犬の目は深く思考するように夜の闇の奥を探っていた。

二人が階段を上がってきたのは、それから三十分も過ぎた頃だった。先ほどとは二人の様子が違う。女のユウが男のマコを背負うように上がってくる。十字架を背中にゴルゴダの丘をのぼるキリストのようだった。ユウを見ていると宗教的なものを連想するのは何故だろう。ユウもマコも、ともにTシャツにジーンズ、ビーチサンダルという軽装だった。比べるとマコのほうが頭一つ分だけの上背があるので男性だとわかるが、二人ともに髪を伸ばし痩せて手足の長い体つきは双子のように似ていた。マコがかなり酔っていることがわかったので、急いで二人に近づいた。

ユウに「マコはドラッグをやってるのか」と訊くと「わからない。あたしが店に入った時はもうこんなだった。だからハルさんにメールしたの」と答えた。私はマコをユウから剥がすようにして引き受け、彼の腕を私の肩に回して歩きはじめる。マコの耳元で大丈夫かと問いかけるが生返事しか返ってこない。店にいた時よりも酔いは一層深くなっているようだ。マコを担いで六丁目の部屋まではとても歩けないので新宿通りに出てタクシーを拾うことにした。だが私の肩にもたれたマコを見てかタクシーは止まらない。空車の赤いランプが片手を上げる私たちの前を何台も通り過ぎた。「あたしが拾う」と、ユウは私たちから少し離れた場所に移動して手を上げた。

私は新宿六丁目の抜弁天近くに部屋を借りていた。古いマンションだがリノベーションが施されリビングとダイニングキッチンが一体となり、三十畳近くのフローリングを気に入っていた。ユウとマコがこの部屋に転がり込んできて一緒に住みだしたのは一年ほど前だ。三人の共同生活が始まった時、学生時代から使っていたシングルベッドを廃棄してキングサイズのダブルベッドを購入した。出来合いだと大きすぎて玄関を通せないので、組み立て方式の輸入品を買った。半日をかけて三人で組み立てた。ベッドは部屋の主のように大きく三人の時間の中心を占めた。ダブルサイズのマットも玄関に入らないので細めのものを二枚購入して並べた。私が中央、左サイドにユウ、右にマコが寝るように決めた。すると、ベッドのまん中に二枚のマットの境が来てしまう。私が横になると背中に不快感を覚えた。そのために、私はユウの側か、マコの側のどちらかに寄って寝るようになった。ユウの側に寝る時はユウを抱いた。マコの側に寝る時はマコを抱いた。ユウを抱いているとマコが私の背中に体を押し付けてくる。マコを抱いているとユウが体を押し付けてきた。私が仕事で留守をしている間はマコがユウを抱いていた。

私たち三人は一緒に暮らすことに決めた時点で、仕事と生活費の分担など幾つかの約束事をした。三人ともに崩れかけたような家庭で育ったから、初めて持ち得たこの理想家族を決して手放したくなかった。理想ではなく幻想だってもいい、お互いに認め合った関係の中で一緒に生活できることはまたとない偶然の賜物だと思う。ユウは一生一度の神様の贈り物だといった。そんな想いは、三人ともに共通していた。誰か一人が揺らいだらこの結束は崩れる。それはお互いの不安であり、それを崩すのが他の二人ではなく、この自分ではないかという不安をそれぞれに強く抱いていた。

タクシーを降りて部屋までマコを運んだ。マコは朦朧として半覚醒のままだったが、肩を支えてあげると一人でなんとか歩けるくらいまでには醒めてきた。マコはダンサーだけあって、どんな時も体重を感じさせることはなかった。ユウが開けたドアを通り、サンダルを脱がして部屋に連れて入れると、私とユウの二人掛かりでマコのジーンズを剥がしてベッドへ寝かせた。マコは体を縮めるように膝を抱えて眠った。ユウはしばらくマコの寝姿を眺めていたが、珍しく疲れた様子を見せシャワーを浴びるといってバスルームへ向かった。それを機に、私はスーツとワイシャツを脱ぐとTシャツを取り出し首を通し、パジャマのズボンに履き替え、冷蔵庫から缶ビールを取り出してベランダに置いたキャンバスチェアに座った。キャンバス地は少し夜露に湿っていた。月も星も見えなかったが、東新宿の新しいビル群が星座以上の灯りを瞬かせていた。下の通りを行く男女の声がビルの壁面で拡声されるのか、はっきりと聞こえた。風の音に混じって、女が泣いているようにも笑っているようにも聞こえた。

ビールが半分ほどなくなった頃、ユウが髪をタオルで拭きながらベランダに出てきた。細身のカラダに小さなスキャンティだけを着け、手のひらに収まるほどの二つの乳房がつんと上を向いていた。両腕を頭にあげているので、脇腹の細い骨格が透けて見えた。薄い肌が夜の闇に淡く青く発光しているようだった。

ユウが髪を拭き終えたタオルを胸に巻きベランダの桟に凭れるように立つと、リンスの香りが夜の闇に溶け込んだ。

「マコは大丈夫かな」とユウに尋ねた。ドラッグにしろ、アルコールにしろ、あれほど酩酊した彼を見たことはなかった。マコは母親と母親の男たちのせいで酒呑みを酷く嫌悪していた。アルコールで記憶をなくすこと、自失することを過度に怖がっていた。酒はほとんど飲まなかったし、ましてハメをはずすということは決してなかった。そんなマコがどうして、という気持ちだった。

「ボナン座で嫌なことがあったみたい」とユウがいった。ボナン座とはユウがダンサーをしているゲイのショウパブだった。本当は慕男座と記すが若い世代は誰もそのことを知らない。ましてや、スペイン語で大当たりという意味を持ち、オーナーがかつて好きだったテレビの西部劇タイトルからとったとわかるものは、ほんの少しだろう。

酔客を嫌うマコがボナン座に通うこと自体に無理があったのかもしれない。ゲイたちの嫉妬はときに異常なほど暴走する場合があり、恋人のこと、客のことなど、幾度となくマコも悩まされてきた。極く狭隘な世界だからこそ、自分の欲望に忠実になろうと誰もが必死になってしまう。二丁目でゲイたちの壮絶な喧嘩を何度も見たことがある。だから私は二丁目には行かなくなった。

ユウは私からビールをとると、一口飲んで夜の闇に小さなゲップをした。それはマコの真似だった。
「マコは自分のセクシャリティに自信をなくしている。ハルさんのことは大好きだし、ボナン座のヒデさんのこともリスペクトしている。あたしのことも愛してくれている。みんなのことが好きだっていうこと、それっておかしいんじゃないかっていうの。でき過ぎているっていうの。本来は、好きがあったら嫌いがある。だから、愛している意味がわからなくなったといってた。とくに誰かから好きだといわれた時、どう対処していいかわからなくなるみたい。きみのことは好きだけど、みんなのことも好きなんだ。そんな自分が時々すっごく不安になるんだって」
「わたしもマコと同じセクシャリティだからその怖さはわかっているつもりだ。セクシャリティはある程度その人の生き方を決定するからね。女は作られるというけど、男だって、パンだって作られるものなんだ。パンであることは、ヘテロやゲイの人間よりも広範囲な選択肢を持っている。よくパンの人は同性と異性の二倍楽しめるよねといわれるけど、それは違う。パンはセクシャリティよりも前に相手の人間性への好き嫌いが重きを占めるんだ。だからセクシャリティは二の次になってしまう。その分、性的な快楽は薄いと思う。たぶんマコは自分のセクシャリティに悩んでいる以前に、自分の生き方、在り方に悩んでいるのだと思うよ」

「そっかあ」とユウはいうと長い髪を巻き上げてまとめ、胸から外したタオルで上手に包んだ。女の子は何故こんなに上手に髪をまとめることができるのだろう、といつも感心する。ユウは私をみつめ「生き方は自分で見つけるしかないよね」と自分に納得させるように呟いた。

「そうだね」と同意する私に、はにかんだように「ハルさん、今夜はあたしを抱いて」といった。今夜、マコは勝手に酩酊し遠くへ行ってしまった。その空白を私に埋めて欲しいと思ったのだろう。私はユウの気持ちをそう推察した。

私は立ち上がり、空になったビール缶を片手に、ユウを促してベッドに向かった。空は暗いまま厚い雲に夜の街灯りを映している。明け方の鳥の声を聞きたくてベランダのガラス戸は開けておいた。

マコはベッドの端っこにしがみつくように寝ていた。ユウは首に巻いていたタオルでマコの額の汗を拭いてあげると、振り返り、私に抱きついて唇を合わせた。私は時間をかけてユウを愛撫した。ユウの肉体の隅々までを記憶しておきたいと願うように、耳から首筋、胸から腹、股間、足の指先までゆっくりと唇を這わせた。金色の産毛を持つユウの肌はココナッツミルクの香りがした。

もう一度ユウの唇に戻ると「ハルさん、ありがとう」とユウがいった。

南の島の果実のようなユウの舌先を吸い、小さな種子のような部分を愛撫しながら、背中を向かせ後ろから結ばれた。ユウの呼吸に合わせるように動く。結ばれた部分から肉体が溶け出していくようだった。ユウは膨れあがる快感で泣くような声になり、緩やかに昂まり、そして鎮まった。

私とユウはご飯が炊ける匂いで起きた。白めしが食べたくて、とマコは炊飯器のスイッチを入れ、味噌汁をつくっていた。近くのコンビニから卵と海苔も買って来たらしく厚焼き卵も食卓に上がっていた。ユウが「ニッポンの朝食だねぇ」とうれしそうにいうと、顔も洗わずテーブルに着いた。ユウは沖縄生まれのせいか濃い眉と厚い唇をしており化粧はほとんどしなかった。肌はミルクにコーヒーを一匙だけ入れたようなカフェラテ色をしていた。沖縄に生まれて良かったことは、メイクに手間がかからないこと自慢していた。そんなユウの自慢に対して、マコは対照的に秋田出身で体毛が極端に薄く肌白だった。北国にはアイヌや露西亜の血を引いたように濃い顔の人がいるのに、僕は北欧系の血筋なんだといっていた。そのせいではないのだろうが、スタン・ゲッツの「懐かしのストックホルム」が愛聴曲だった。私も同じゲッツのアルバム「ザ・サウンド」の中の「イエスタデイズ」が好きで、二人でよく聴いた。「ザ・サウンド」って笑っちゃうほどストレートなアルバムタイトルだねと、マコはいっていた。確かに、音に自信がないと付けられないだろう。「じゃあ、ザ・バンドと同じだ」と返したのを覚えている。

羽虫に葉を食べられた柳の木は危険信号を発するという。ある種のてんとう虫はその信号を傍受して、柳の木へ赴き、好物であるその羽虫を捕食する。その連鎖がつくられたので、餌場を得たてんとう虫は生き残り、柳はリスクを回避できる。それは柳とてんとう虫の知恵、ましてや自然に知恵が備わっていた故での結果では決してなく、一つの連鎖の偶然の成果としかいえない。そう、結果があったので連鎖が残ったといったほうが正しい。進化とはそういうことだ。人と人の関係も同じではないか。関係に特別な意味を求める必要はない。たまたまの偶然としかいいようがない関係が、その状況に残っただけなのだ。愛情も然り。だとしたら、愛情を美化する意味は、果たしてあるのだろうか。

マコと出会ったのは、新宿中央通りにある中古レコード屋だった。そのとき彼はまだ高校生でルイ・マルの映画「ルシアンの青春」のサウンドトラック盤を試聴していた。ジャンゴ・ラインハルトのかき鳴らすギターが、映画冒頭のルシアンの自転車で駆け抜けるシーンに重なっていたことを思い出させた。マコは屈むようにして、スピーカーから音をひろっていた。若いのに渋いジャズを聴くんだねと声をかけた。ジャンゴ・ラインハルトは、その名がMJQの曲名になっているので知っていたという。マコは「すごいね、このギター」といった。そこで、ジャンゴがジプシーの芸人一座に生まれたこと、最初はバンジョーを弾いていたこと、一座の小屋が火事になり大火傷を負い指と足に障害ができてギターを弾くのは無理と宣告されたが克服したこと、死ぬまでジプシーの放浪癖が抜けず何度もライブをすっぽかしたり遅刻したりしたこと、そんなことを話してあげた。

マコは目を輝かして私の話を聴いていた。立ち話ではショップに邪魔になると近くの喫茶店に移り、お互いに好きなジャズについて語った。映画「ルシアンの青春」についても話した。レジスタンスに参加を断られたルシアンが、得意の射撃を褒められたのでナチスの親派になってしまう。しかし、ユダヤの女の子を好きになって、ナチスを裏切る。そんな刹那的な生き方が70年代の世相にぴたりと合っていた。ジャズ喫茶全盛の頃の話だ。それでそれで、と話を促しながら、そんな70年代に生まれたかったなとマコはいう。確かに、私もジャズがこんなに下火になるとは思わなかった。マコは、自分が生まれる時代を選べないなんて不公平だといった。

その日から、マコは私のレコードコレクションを聴きに、この部屋に通うようになった。真空管で柔らかく増幅され、古いヤマハのスピーカーから流れてくるジャズナンバーを何時間も楽しんでいた。レコード盤を選び、クリーナーでほこりを拭き取り、針を落とす作業が気に入っていた。アナログ盤の魅力にとり憑かれたといった。ジャケット裏のライナーノーツを隅々まで読んで記憶していた。私が仕事をしている間は、遠慮してかイヤホンを着けた。マコほど存在を消せる人間を私は知らない。仕事を終えてパソコンを切った時、マコが部屋にいたことに気づき驚いたことがあるほどだった。

その頃、私は自宅で仕事をし、自炊もしていたため、マコと一緒に食べる夕食を楽しみ、大切にした。マコの母親は深夜遅くしか帰宅せず、彼の食事はほとんどが既製品だったので、私の料理を喜んで食べた。一緒に料理をつくり、いろんな話題を話した。とくに70年代の新宿の話は何度もさせられた。マコにとって70年代の新宿はこれから到来する未来のように見えていたのかもしれない。「もう一度、歌舞伎町にジャズ喫茶を復活させたい」ということが彼の口癖になった。

マコは私よりも二十ばかり年下だが、私の人生よりも多くのことを経験していた。

彼が生まれた時、すでに父親はいなかった。母親から石油関連の仕事で中東に赴任していると聞かされていたが、一度も会ったことがなかった。父の写真は一枚だけ、母の財布のなかにあった。弘前城の桜の下で、生まれたばかりの赤児を抱えた男が写っているものだった。ピントが甘く表情がはっきりしなかった。この人がパパで、この赤ちゃんがマコだと説明された。マコはその赤児が自分だとは思えなかったが、そのことを母に問いただすことはしなかった。疑念は曖昧な根拠に基づくものだし、母親の返事は自明だったので追及はしなかった。ただ、そのことは自分という存在自体を曖昧なままにしてしまったのではないか。そんなことをマコは私に話したことがある。

母親は秋田駅前でバーを経営しており、つねに恋人がいた。小学校から帰宅すると、母親と恋人がいることが多かった。恋人の前で母親は女になっていた。そんな母親には会いたくなかった。だから、放課後は学童クラブかバレー教室で過ごした。小学一年生の頃から、秋田市内のバレー教室に通っていた。当時、秋田でバレーを踊る男の子は数人しかいなかった。マコが通いはじめたきっかけは、近所に男子を受け入れる数少ないバレー教室があったこと、母が幼い頃にバレーを習っていたことも一因だった。しかし、母親が恋人をつくり、逢瀬を楽しむためにマコをバレー教室に預けたという理由が最も正しいだろう。少なくともマコはそう思っていた。

当初は女子ばかりの環境やタイツ姿になることに抵抗があったが、家に居ないですむので毎日のレッスンには通った。マコは幼児の頃から関節と筋肉が柔らかく保育士が驚くような柔軟性を示していた。跳躍点も高く、適性は生徒の中でも群を抜いていた。踊っているとみんなが見つめてくれる。褒めてくれる。初めて夢中になれるものを見つけたと思った。マコのアラベスクのポーズは小学生ながら優雅で気品があり誰もが感嘆した。主宰者である緑川玲子は母親に英国のロイヤルバレースクールへの留学を考えるように告げていた。

中学二年生の時だった。突然、何の理由からか、母はマコを連れて秋田から逃げるように上京した。学校のクラスやバレー教室に別れを告げることさえもできなかった。それよりも、大切にしていた漫画本をすべて置いていかざるを得なかったことのほうが心残りだった。羽田飛行場からリムジンバスで新宿に着くと、西口の停留所に黒いポロシャツを着た若い男が待っていた。男は二人の荷物を持つと、タクシーで新宿富久町の古い木造のアパートへ案内した。そこが、これからの住まいになるとはマコは思えなかった。秋田の部屋と比べるとあまりに狭くみすぼらしく思えたからだ。五年後、母親はそこで息を引き取ることになるのだが。今も誰を頼りに、何のために東京へ出てきたのかわからない。

母親は新宿一丁目の青果店に職を得たが早朝の出勤がきつかったのか半年も続かず、結局は四谷荒木町のバーに勤めるようになった。マコは母親のことを嘘つきだといった。彼女のいうこと為すこと、何が本当か何が嘘か判断がつかない。そうではなくて、きみの母親にとって嘘も含めすべてが真実だったのではないか。真実だと思わないと自分が崩れてしまうからじゃないか。そう私がいうと「かもしれない」とマコは考え込んだ。

東京に移ってからバレーは辞めた。マコはバレーに未練はなかった。学童や近くのスタジオでダンスは続けていたので、それで十分だと思っていた。そこで、いろんな音楽を知った。ジャズに夢中になって、古い音楽を探しに新宿西口を巡り歩いた（私と知り合ったのはその頃だ）。勉強は嫌いだった。高校卒業までにはダンサーとして食べていける道筋を見つけておきたかった。高校生になると、ダンスのオーディションを幾つも受けて次第に名前を知られるようになった。それでもプロとして自活するには遠い道のりが待っていた。

高校時代にマコはシルクドソレイユを見て感動した。感動というよりも驚愕に近いものだったらしい。なかでも天井から垂れた一枚の布に体を巻きつけ自由自在に操るパフォーマンスに夢中になった。空中に舞う女性の美しさは雷に打たれたような衝撃だった。スタジオで真似て練習をした。布が手に入らなかったので学校の体育館から盗んできたロープで代用した。そのスタジオでボナン座のヒデさんと出会った。マコの才能を見抜いたヒデさんにスカウトされた。その頃、母親はアルコール依存症で入院していた。当座の入院資金が必要だったのでボナン座の出演を決めた。ボナン座のスペースでは布のパフォーマンスは無理だった。天井高が足りなかった。ヒデさんのアドバイスでポールダンスを踊ることに決めた。専門家にひと月ほど習うだけで、マコは重力を忘れてきたように楽々とパフォーマンスを演じることができた。通常は一本のポールで動きを見せるのだが、マコは数本のポールを使った。

私はボナン座に行ったことがないので、マコのパフォーマンスをユウが撮った動画で観た。体操選手が鉄棒を自由に操るように華麗に回転をしながらポールを移動していく。それは、花から花へまとわりつく蝶のように見えた。マコはいずれポールをロープに替えるといっていた。十数本のロープを垂らし、それを利用して踊りたいといった。ロープは動くので、もっとダイナミックな踊りになるだろうという。「ターザンみたいにロープからロープに移っていくの」とユウが付け加えた。マコのパフォーマンスが脳裏に浮かぶ。何本かのロープに絡まれたマコのイメージ。それは聖セバスチャンの殉教図を連想させた。

マコは「流れ」という言葉を好んで使った。なんでダンスを始めたか、なんでユウと出会ったか。すべて、流れだという。運命なんて重いものではなく、流れ。マコにとって流れは肌で感じとれるものだった。流れに乗るか乗らないかの選択は、その時その時でつねに与えられている。流れに乗りながら、その時の景色、その時の果実をきちんと享受する。それが大切なんだといった。呉越同舟って言葉、敵味方が同じ船に乗り合わせたから仲良くなるって意味でなく、同じ川の流れに乗って、同じ景色を見て、同じ方向に進むことが人を結びつけるという意味だと思うといった。私とマコが結びついたのも、流れ、なのだろう。

月は地球の四分の一ほどあり、これほど大きな惑星を持った星は太陽系にはない。それ故に、地球の自転軸が安定し、気候が安定している。だが、地球の自転は月が引き起こす干潮満潮の運動のせいで地球の自転は年々遅くなっているらしい。そのために、月は毎年三〜四センチほど地球から離れていっており、遠い未来、月が遠去かってしまった地球は自転の速度を早めて一日が八時間ほどに縮まってしまうという。果たして、八時間の一日に人間は対応できるのだろうか。

マコが高校を卒業するかしない頃だった。私のいない部屋を訪れイヤホンを着けたままベッドでうたた寝をしていたことがあった。私が戻ったときには、陽が落ち空気が冷えていたので、マコの肩を揺らして声をかけた。マコは返事したが、半分夢の中にいるらしく私に抱きついてきた。誰かと間違えているかもしれないと疑いながらも、その時に初めてマコを抱いた。痩せたマコの肉体は私の腕の中で砂糖菓子のように溶けていった。私は遠慮がちに唇を重ねた。マコはあらかじめ教えられたように、自然に、私のものを含んだ。それが彼との初めての関係だった。迂闊にも、それまでマコが私と同じセクシャリティを持っていたことを知らなかった。

「ユウなれば、あたしは、マコのおこげ」と自己紹介して、ユウは笑った。マコが初めてユウを私の部屋に連れて来た時だった。ユウは、マコが踊るポールダンスに魅せられたといった。マコがポールと戯れる美しさは神、だそうだ。マコは昼の間、千駄ヶ谷にあるビルの地下でダンス教室の手伝いをしていた。ユウはそこでマコと知り合った。彼女はアルバイトを辞めたばかりで貯金も底を尽いており、マコのダンスを観るためにボナン座には通えなかった。だから、時間だけはあったので朝早くマコの出待ちをしていた。おかまバーの出待ちなんて珍しい、とヒデさんがキッチンのバイトをくれた。そのうち、マコと一緒に私の部屋に住み込むようになり、二人はボナン座に自転車を使って通うようになった。マコはイエロー、ユウはオレンジの小さな折りたたみ自転車だった。「ハルさんも買いなよ、ハルさんはグリーン。そしたら信号の三色が揃う」といって笑った。ユウはよく笑った。お笑い番組をスマホに落としていつも観ていた。スマホを片手に床に転がりながら笑い続けていた。ユウがいるだけで部屋が明るくなった。千本のバラが咲くよりも明るい、とはマコの感想だった。「そうだよ、だから一緒に住もう」とユウが笑いながら提案して、二人がそれぞれの部屋から移ってきた。そう、それが一年前だ。

ユウは目覚めると私にいった。

「最近よく見る夢なんだ。犬の鳴き声がずっと聞こえているの。飼い主とじゃれてるような甘い鳴き声。もっと遊ぼうよって誘っている鳴き声。その鳴き声があたしのほうに近づいてくる。でも、待っても待っても犬も飼い主も現れない。声は確かに近づいている。期待しながら裏切られ続けている感じ、相反する感覚に引っぱられているような覚束なさ。なにかに邪魔されている感じがつらいの。そのうち疲れちゃって、犬の鳴き声を聞くことも、犬と飼い主を待ち続けることも止めたくなってくる。でもね、止めたいって気持ちが起こると、逆に期待感をあおってしまう。期待することを鮮明にしてしまっているの。逃げたいけど集中してしまう。集中してしまうことから逃げられないんじゃないかという怖さ。その怖さも火に油で、期待感と裏切りをますます膨らしてしまっていく。そんな夢をしょっちゅう見るようになったの。そして、いちばん怖いのは、その夢って現実だったのかと思ってきたこと。寝汗をかいていることもある。いつか、夢の記憶が根雪のように固まって、その夢を実際にあったことだと思い込んでしまうかもしれない。それって、いちばん怖い」

逃げ出したい、怖い、だけど心のどこかで待ち続けているアンビバレントな感覚。何気ない気持ちの萌芽でしかないものが、意識の裏返しを繰り返し、意識の底なし沼に落ち込んでいく怖さ。氷上の人物が足元を気にするあまり、その関心が熱を帯び氷を溶かしてしまう恐怖。意識が無意識に、無意識が意識に、くるくると変わってしまう螺旋恐怖。それは無間地獄とよばれるものなのだろうか。言葉を持ってしまった人間特有の業なのだろうか。免疫物質が健康を破壊する逆説、生命を維持する恒常性がいつしか生命を危機に落とし込む。それは、日常性の罠であり、至る所で私たちを待ち構えている。

そういえば、無間地獄の四隅には、獰猛な犬が棲むと読んだことがある。頭は怪獣、口は夜叉、目は六十四あって稲妻と雷のような大音響を発する。この最下層の地獄は至る所で待っている。

ユウは、そんな夢を見た朝は、必ず踊った。

ユウは祖母から受け継いだ紅型を持っていた。鮮やかな黄色地に菖蒲と菊の絵柄が染め抜いてある見事な打掛だった。ユウは、朝陽が東新宿のビル群を茜色に染める時に紅型を身につけて踊った。悪夢を振り払うように、私とマコを起こして、二人の前で踊った。それは、神様への祈りでもある。あたしは神様に見守られているの。だから、大好きな二人の前で踊るのだという。あたしの祈りが二人にも届くように。二人にも神の恩恵がありますように。波のように、風のように、指をひらひらと揺らして踊った。部屋に射し込む光にユウの紅型は照応して、さらに紅く紅く燃えていた。その時だけは神の存在を信じることができた。少なくともユウにとっての神が、そこに存在したことに間違いはない。

ユウは沖縄でダンスを学び、ダンススクールの仲間三人でユニットを組んだ。高校を卒業すると一人が東京へ出るというので三人一緒に上京した。ワンルームをシェアして、地下アイドルグループとして秋葉原をはじめとするライブハウスで踊っていたが、他の二人が喧嘩別れしたことをきっかけにユニットは解散した。東京に来てから、ユウは英語が得意だったので入谷にある外人観光客向けの小さなホテルでアルバイトをしていた。時給はそれなりに良かったが、ダンスを続けるためには生活費をかなり切り詰めなければならなかった。入谷は食住環境については安くまかなえた。ユニット解散後、三人で借りた部屋を出て、なんとか生活の見通しを立てることができるまで二年かかった。

ユウが働いていたホテルは山谷の木賃宿を改装したものだった。一人で宿泊するための小さな部屋が並んでいる。ユウはアルバイトを終えると、ダンスのレッスンまでの時間、そんな空いた一人部屋で身体を休めていた。ある時、彼女が寝ていた部屋にホテルのオーナーが入り込みユウに抱きついてきた。オーナーは太ったカワウソのような小さな目をしていた。ユウは男性として意識したことがなかったので、まったく用心をしていなかった。不意だったが、オーナーを突き飛ばし部屋から逃げることは難しくなかった。ホテルからレッスンスタジオまでの道すがら、ユウは涙を流して歩いた。涙は止まることがなかった。ホテルは辞めることにしたが、当面、働くあてがなかった。そんな時にボナン座のヒデさんが仕事をくれ、私の部屋にマコと一緒に転がり込むことになったのだ。

ユウは、神様の存在を信じている。マコと知り合えたのも神の賜物以外の何ものでもないといっていた。だって、ビッグバンから宇宙が誕生してこのかた、地球が生まれ、生命が誕生して、あたしがここにいること自体が奇跡でしょ。ものすごい数の偶然が重なって、あたしがここにいて、マコがここにいて、ハルさんがここにいて、出会えた。それって神様がいなければ叶うことではないと思う、といっていた。私も、ユウのそんな言葉を聞いていると神の存在を信じてもいいような気持ちになった。

シロオビアリヅカコオロギは、アリに忍び寄って、アリの匂い物質をなめとり、自分の全身に塗り付ける。このようにして、アリの巣において、まんまとアリになりすます。騙されたアリは、コオロギに催促されて、口移しで食べ物を分け与え続ける。このコオロギは、もはやこのアシナガキアリからの口移しでしかモノを食べることができなくなってしまう。これは、一方的な共生であるが、ダメ女にたかるクズ男を連想しないだろうか。

崩壊した家庭の記憶しかないマコにとって、子供の頃、帰宅することは忍耐でしかなかったという。母親と顔を会わせることは崩れていく家族の姿を突きつけられることでしかなかった。つねにこの家庭から脱出しなければ自分も押しつぶされてしまうという恐怖につきまとわれた。だからかもしれないが、マコは私に抱かれると「時間よ止まれ」と冗談のようにいっていた。私はいった、不幸があれば必ず幸福がある。だから、子供時代の不幸がいまの幸福をもたらしているのだと。ただ、つねに不安げなマコの表情を見ていると、私は「髪結いの亭主」という映画を想い出した。幸福の絶頂など一瞬にすぎない。だから、幸せの絶頂で死にたいと遺言を残して増水した運河に飛び込む髪結いのマチルド。マチルドは自分には過去がないと告白する。それは、過去を認めたくはないという意味だったのだろう。マチルド亡き後も床屋の椅子に座ってクロスワードを続け彼女を待ち続ける亭主に、私は自分の将来を見ていたように思う。こんな幸せはいつか跡形もなく消えてしまう。消えてしまうからこそ幸福なんだ。否定したいけれど、そんなイメージが蘇った。

自分の幸福を信じることができない不幸。幸福でありながら、それを喪うことの恐れをつねに抱かざるを得ない不幸。それは、私たち三人に共通した感覚だったと思う。だから、一瞬の幸福でいいとマコはいっていた。一瞬を記憶の中に刻むことができたら、それだけで幸せなのだと信じていた。

不幸に耐えることは、いつしか馴れる。だが、幸福を続けることは難しい。

私たちは、この幻を崩さないよう、お互いに気遣った。それは、三人で一本のロープを渡る危うさに似ていた。誰か一人が不安定になり足元が揺れ始めたら、それは全員の落下につながる。三人で見る夢を破るのは一人で十分だった。だが、そんな不安を共有することで一つになれたことも事実だった。

悪い予感ほど現実になるものだ。

梅雨明け宣言が出た日、マコがいなくなった。

クラブで深酔いした日からひと月が経っていた。

ユウは、マコの失踪がボナン座での出来事が原因に違いないとヒデさんに調べてもらった。探ってみると、ヒデさんも知らなかったマコを芯にした噂話の大きな縺れがあったという。その縺れは調べるほど判らなくなる迷宮そのものと、ヒデさんはいっていたそうだ。マコをとりまく恋慕、嫉妬、怨恨が絡まり合った大きな噂の縺れ。結局、それを解きほぐすことはヒデさんにも出来なかった。マコは他人の思いのほとんどを拒んできた。そのことも原因しているらしい。ここは、つるまなくては生き残れない環境だという。憶測が疑念を生み、疑念が再び噂を生む。二丁目という土地柄が噂を街の栄養としていたところがある。噂を寄ってたかって育て上げていく。それを誰もが面白がる。マコはそんな噂の渦に疲れ果てたのかもしれない。私は二丁目から遠ざかっていたのでまったく知らなかったし、マコも一緒にいる時にはそんなことを微塵も感じさせなかった。この間のクラブでの泥酔が初めての兆候だった。

結局、マコの失踪の理由は判らずじまいだった。待つしかない、とユウはいった。それでいいよ、と私は答えた。「いっしょに待とう」といった。ユウは深く頷いた。マコを待つことが、私たちの共通項となった。ある意味で、私たちの間には不在のマコがつねに存在した。いつの間にか、私とユウは相変わらずマコと三人で暮らしているような気持ちになっていた。ユウを抱く時には必ずマコを感じることができた。それについては、ユウも同じ感想を持っていた。「マコはいつもそこにいる」。食い入るようにアナログ盤のライナーノーツを読んでいるマコ。ヨガだと称して倒立瞑想をしているマコ。細い指で丁寧に米を研いでいるマコ。それらの記憶が部屋に染み込んでいた。マコはトイレのドアを開けて用を足していたので、今ではトイレに入る際につねにマコをそこに見ることにもなった。

ユウはマコのために夜明けの踊りを欠かさなかった。まだ暗いうちに起床し、シャワーを浴びて体を清めた。私もユウに倣って起床した。ユウは晴れの日はもちろん、雨の日も曇りの日にも、日昇が見れなくとも国立天文台の日の出時間を調べて、その時刻に踊った。その時々で、風になったり、波になったり、雨になったり、陽射しになったりして踊った。私はユウの踊りを見ながら、私たちの日常のリズムよりも遅く、能の所作に似ている、ゆっくりとした振りの一つ一つを美しく感じた。四肢のたおやかな動き、すべての指先が表現するもの、それは朝日を招くようでもあり、明けていく東新宿の空に向かってマコへ何かを伝えているようでもあった。言葉ではない何か。

ユウが踊ることもあり、部屋は晴天の日にはガラス戸を開放していた。寒暖は着るもので調整した。開け放たれた部屋は、戻ってくる渡り鳥を待っているように見えた。

九月を過ぎようとした頃だった。肌寒日だったにもかかわらず、ユウはサティの音楽に合わせて上半身裸で踊っていた。連続動作を変奏させながら確かめるように踊っていた。私はパソコンに向かって仕事をしていた。先ほどから空腹感を覚えていたので、区切りをつけて食事の支度をしようと考えていた。鶏ガラからスープをとろうと鍋を火にかけていた。仕事の区切りごとにアクをすくっていた。白濁したスープは濃厚な香りを発していた。そのスープで雑炊をつくるつもりだった。青菜をさっと炒めてオイスターソースをかけたものを添える。スープは雑炊にしてもいいかもしれない。今だに、料理は三人前つくってしまう。

その日、海からの強風は高層ビルの壁面に当たり幾つもの上昇気流をつくった。トビかカラスなのか、黒い飛翔体はビル風に乗り、上へ上へと向かう。上空千メートルあたりでは気温は地上と比べおよそ六度下がる。本来、鳥は飛翔によって熱くなった体温を呼吸によって調節しなければならないが、上昇飛行にはその必要がなかった。鳥は、どこまでも飛べるような気がした。上空へ成長を続ける積乱雲の高い壁に光が射して鳥の眼を射た。

□アドニス

美と愛の女神アプロディテに愛された美少年。死と再生の神。アプロディテの嫉妬により父を愛するという悲劇的な生涯を送った王女ミュラーの息子。狩猟を愛し、狩りの途中に命を落とした。

児童館の六階にある学童クラブに迎えに来たのはあい変わらずバアちゃんだった。顔をみせるなり、誰に向かうでもなく腰の痛さを訴える。バアちゃんを見つけると弟のタクが飛んでいき必ず「今晩のおかずはなあに?」ときく。今日も同じ質問をした。バアちゃんは他の人に聞こえないように「トンジル」と答えた。タクは「またトンジルかあ」と大げさに嘆く。わかるよ、このところ三日続きだ。タクは「ねぇ百均でコロッケ買っちゃだめ?」ときく。「うっかりお財布忘れちゃったから」といつもの理由で断られる。それを見た安西さんがタクにうまい棒を一本くれた。タクの機嫌が直ると、バアちゃんは安西さんに何度もおじぎをしながらぼくらを急かせて児童館を出る。うまい棒をかじりながら「今日はねトシくんところはお姉ちゃんの誕生日だから夕飯はケンタのチキンだって」とタクがいう。「ぼくの誕生日もケンタがいいな」というがタクの誕生日は半年先だ。バアちゃんはボタンを何度も押してエレベーターを待つ。子どもはエレベーター禁止なので階段を降りる。二階の踊り場に座り込んで五年生のレンタロウたちがゲームをしている。タクはレンタローからニンテンドーDSをもらったことがある。ダブっていた古いDSをタクに譲ってくれたのだ。それ以来、タクはレンタローにぴったりと付いている。学童に来ても階段でゲームをしているレンタローと一緒に遊ぶ。レンタローも一人っ子なのでタクを弟のように可愛がってくれた。レンタローの親は天ぷら屋をやっていてビルも持っている。だからスゲーお金持ちなのとタクがいっていた。「ゲームのソフトがなんでもある」と羨ましがる。タクが「どおしてうちは貧乏なの?」とママに訊いたことがある。ママは「パパがお金を持って出てっちゃったから」といった。「お金ってたくさん?」とタクが訊くと、ママは「ううんとたくさん」と大きく手を広げてみせた。

すごく不公平だと思う。生まれてきた家で毎日食べるものや着るもの遊ぶものがぜんぜん違ってくる。貧乏なうちに生まれたぼくらはクジにはずれたみたいなものだ。タクがレンタローを羨ましがるのはむりない。ぼくだってレンタローが羨ましい。できればレンタローになりたい。毎晩、トンジルだけの夕食を前にそう思う。バアちゃんにそのことをいうと、贅沢をいったらきりがない、アフリカなんかの子供とくらべたらここはどんなに天国かわからないという。バアちゃんは一日じゅうテレビを見ているのでなんでも知っている。アフリカの子どもは五、六年生くらいになると銃を持たされて戦争に連れて行かれるといっていた。でも、アフリカの子どもと比べるって現実味がない。やっぱ近所の子どもたちと比べてしまう。六年生にもなって学童に通っているのはぼくしかいない。バアちゃんが安西さんに頼んで特別に認めてもらった。そのかわり学童に来るタクたち下級生の面倒をみることを約束させられた。

この間、学童にダンスを教えに来てくれているお兄ちゃんがいっていた。彼の耳と鼻にはピアスが付いていていて腕には天使のタトゥーが彫られているけど、ぼくたちにはきちんと話をしてくれる。世界中で金持ちと貧乏の差がどんどん広がっているそうだ。世界の一％の金持ちが持っている財産は残りの九十九％の人間が持つ財産全部と同じだって。その一％の子供に生まれたらずっとお金持ちでいることは間違いないんでしょ。それってやっぱり不公平だと思う。

バアちゃんが生活保護を受けるために、ママは家を出てしまったことになっている。そのためか、ママは夜遅くしか帰ってこない。今日は一時過ぎだった。バアちゃんとタクはとっくに寝ていてぼくもコタツでうたた寝をしていた。気がつくと、ママはコンビニで買ってきた缶ビールをテレビを見ながら飲んでいた。「おかえり」というとつまんでいた冷凍の枝豆を一つくれた。「早く寝な」といわれたのでタクの布団の脇に入り込んだ。タクは夢の中で笑っていた。

一ヶ月前のことだ。雨が降っていたので児童館は子どもたちで溢れていた。ぼくが一輪車に乗っているユキちゃんの補助をしているとタクが泣いて戻ってきた。理由をきくと中学生のトシオくんにソフトを取られたという。タクが持っているソフトは二本しかない。どれもレンタローに貰ったものだった。その大切な一本を貸してくれといわれて持って行かれたという。レンタローも一緒にいたが何もいえなかった。安西さんが「なんで貸しちゃったの？」と訊ねると「返してくれると思った」と返事した。中学生に頼まれると小学生はイヤとはいえない。安西さんがすぐに下へ降りてトシオくんを探したがもういなかった。トシオくんは以前、学童に通っていた時期もあったから連絡先がわかる。安西さんはすぐに電話してあげるといってくれた。バアちゃんが迎えに来るまでに何度も電話してくれたがずっと留守だった。タクはずっと泣いていた。バアちゃんはゲームくらいで泣くなと叱った。たぶんだけど、タクはバアちゃんが死んでも泣かないと思う。

トシオくんのうちはお父さんしかいない。うちとは反対にトシオくんのママが出ていっちゃったらしい。ぼくらが保育園に通っていた頃、トシオくんはみんなとよく遊んだ。日曜日にはトシオくんのお父さんはいつも公園でタバコを吸っていて、ぼくらが行くと缶けりを教えてくれた。サザエさんというゲームも教えてくれた。新しい遊びを知るたびにすっごく得したと感じた。タクは「パパっていいなあ」っていっていた。最近はそのお父さんを公園では見かけない。

夜になってタクと二人でトシオくんのアパートに行った。雨はまだ降り続けている。二階のトシオくんちの部屋には小さな灯り一つだけついていた。傘を片手にその灯りを見あげていたらドアを叩く勇気がでなくて、何もせずタクの手を引いて帰った。タクには明日中学校へ返してもらいに行くと約束した。タクがいった。「トシオくんちはうちよりか貧乏なのかな？」

翌日の放課後にタクと中学校へ向かった。校門の前でトシオくんを待った。一人で出てきたトシオくんに近づき「タクのゲームを返してよ」といった。不意で驚いたのか「知らねえよ」とトシオくんがとぼける。タクといっしょに「返してよ」を連呼した。近くにいた何人もの中学生がこちらを見る。いたたまれなくなったトシオくんは「うるせえ」といってぼくを突き飛ばした。ぼくは道端の植え込みに転がる。それを見たタクがトシオくんに向かっていった。タクもあっけなく弾き飛ばされる。立ち上がったタクと一緒にもういちどトシオくんに「返してよ」といった。二人とも舗道や木立ちで手のひらを切って血をにじませていた。それを見たトシオくんはもう一度「うるせえ」といったきり走ってどこかへいった。泣きながらタクが「トシオくんなんて死んじゃえ」と叫んだ。そうだトシオくんなんて死んじゃったほうがいい。

それから半月ほどしてトシオくんが神田川に落ちた。トシオくんは自転車に乗って橋の欄干ごしに増水した神田川を覗いていたそうだ。人通りの多い場所で、目撃した人によると、まるで吸い込まれるように暗い神田川に落ちたという。集中豪雨が続き増水した神田川にのみ込まれると誰も助けることができなかった。そのことを安西さんから聞いた。安西さんはタクのゲームのことでトシオくんが通う中学校へ行ってくれた。そこでトシオくんが川に落ちて行方不明だと知らされた。まだ屍体が見つかっていない時だった。お父さんがずっと不在で連絡がつかないといっていた。あの時あのアパートにトシオくんは一人でいたのだろうか。ご飯はどうしたのだろう。どんどん暗くなっていく気持ちとひきかえに神田川の深い暗渠が浮かびあがってきた。そして、やっぱり不公平だと感じた。

結局、ゲームは返ってこなかった。タクはそのことをまだ悔やむ。
ぼくはトシオくんが死んだことを聞いて怖くなった。ぼくとタクとでトシオくんが死んじゃえと願ったことが原因かもしれないと思ったからだ。ずっと前だけどパパがママを殴ったことがあった。その時もパパのことを死んじゃえと思った。タクはパパに猛然とくってかかった。パパは泣き叫んでいるタクを何もせず眺めていた。それから一ヶ月後にパパはいなくなった。ぼくが、ぼくとタクが死んじゃえと思うとその人は本当に死んじゃうかもしれない。そんなチカラがぼくらにはあるかもしれない。だからバアちゃんやママのことを恨んだりするのはよそうと思う。でも、ぼくはこのチカラを何時か誰かに再び使うのだろうか。

鶴は高度一万メートルの上空を飛び、ヒマラヤの山々を越えていく。美しいV字の編隊を組んで、アフリカを目指すという。なぜ、そこまで高く、そこまで遠くへと飛行するのか誰も知らない。もちろん鶴たちにもわかっていない。その季節に数日しか吹かない上昇気流を待って、羽についた水分がすべて凍りつくような高い空を翔んでいく鶴に、何故と問いかけること自体が不遜なのかもしれない。

ダンスインストラクターのお兄ちゃんは中学校にも教えに行っているのでトシオくんが死んだことを知っていた。
「あいつ、一人ぽっちで貧乏や大人たちと戦ってた」とお兄ちゃんはいった。トシオくんはコンビニで万引きして何度も捕まっていたそうだ。父親がいないからお兄ちゃんが引き取りに行ったこともあるという。金がなかったらいえとトシオくんにいったそうだけど、お兄ちゃんは一度も無心されたことはなかった。

ぼくはお兄ちゃんにトシオくんがタクのゲームソフトを取ったことを告げた。トシオくんはゲーム機なんて持っていないからなんでそんなことをしたのかと首をひねっていた。中学生だからブックオフにゲームを売ることもできないしと、お兄ちゃんはいった。

「トシオはいつも負けてばっかだったから、自分より弱いヤツを見つけて勝ってみたかったんだと思う」

「タクみたいなチビに勝ったってナンもならないよ」

「そう、ナンもならないけど負けっぱなしだと生きていけないんだ」

「それって貧乏だから？」

「それも、ある。貧乏で、勉強できなくて、特別な才能もない中学生なんて、生きていてもどうしようもない。ナンもできない。俺がそうだったから良くわかる」

「お兄ちゃんはダンスができるじゃん」

「ナンもないから必死にダンスを練習した」

お兄ちゃんはぼくに世の中の不公平は直らないけどぼくたちが強くなることはできるといった。お兄ちゃんはぼくにダンスを覚えろといった。おまえが必死になれば世界を目指すことができるかもしれないっていう。オリンピックに出てメダルを取ったら、それを見てパパは戻ってくるだろうか。

ぼくには特別なチカラ、恨むチカラが備わっていると思う。じゃなければ、こんなに恨むことはない。ぼくが恨みつづけると相手を殺すことができる。恨むチカラはぼくの最終兵器だ。それから、ぼくにはパチンコがある。パチンコってスリングショットともいう二股の金属にゴムひもを付けた武器だ。いなくなったパパが唯一ぼくに買ってくれたものだった。撃ち方も教えてくれた。

土、日の晴れた日にはタクを連れて雑司が谷の墓地までパチンコの石を拾いに行く。弾として本当は鉛玉が良いらしいのだけどぼくは小石で我慢する。小石のなかでも墓地に敷いてある小さな砂利がいちばん正確に飛ぶことがわかった。墓地の敷石の中で表面がつるつるしている丸に近い石をタクと探す。ドロップの空き缶を持って行って一杯に墓地でタクと練習する。十メートルくらいの距離だったらどんな小さな的も外すことはない。的にしている空き缶はベコベコに凹んでいる。タクはまだ指先のチカラが足りないので狙いがぶれる。

帰り道、鬼子母神の境内でタクが「あの鳩を撃ってみてよ」といったことがある。生き物はダメだと断った。生きているものを殺したくはないと返事したら、でも虫は殺すでしょといわれた。そう虫はへいきで殺す。殺すときには何も感じない。実はタクがいないときに公園でスズメを撃ったことがある。小石は正確にスズメの頭部を直撃した。スズメは射的の的のようにコトンと倒れた。瞬間、ぼくのなかで何かが変わったと感じた。何が変わったのかはわからない。

バアちゃんは毎朝お経をあげている。仏様にみんなが健康で一日無事に過ごせるようにお祈りしている。タクも一緒にお祈りしている。うちがお金持ちになるよう祈っている。バアちゃんに「仏様って何？」と訊いたら神様のことだといった。仏様は天国にいて、そこには死んだジイちゃんがいるらしい。みんな死んだら天国に行くのかって訊くと悪い人は地獄へ行くのという。悪い人って例えば人殺しなんかだという。ぼくはパチンコで鳥を殺した。トシオくんも恨みで殺した。天国には行けないだろう。貧乏で天国に行けない小学生はこれからも命あるものを殺し続けて、地獄に行くしかない。なんて不公平なんだと思う。

赤い南天の実をパチンコ玉にして撃つ面白さを知った。白壁に当たると実が潰れて赤い斑点ができる。それが面白くて南天の実を見つけると白いものを探して撃つようになった。走っている白い車は格好の的だった。誰もいない歩道橋から白い車の屋根を狙った。ぼくの赤い印をつけた車がぼくの知らない街をめざして走り去っていった。

タクと一緒に雑司が谷からの帰りだった。ある寺の境内に南天の大木が季節外れの実をつけていた。本来、秋になるはずの実が夏になってしまったという。そう教えてくれた老婆は、真っ赤な実のついた小枝を仏前に備えるのだと切り取っていた。木の横には、この奇跡の実りは仏の思し召しであると達筆な筆文字で掲示されていた。奇跡なんかでなく異常気象のせいだろうと思った。小学生のぼくにだってわかることだ。

南天の実を撃つ楽しさをタクに教えてあげようと思った。きっと喜ぶはずだ。ぐるりを見回して的となる白いものを探した。見つからないので、実を摘み、ポケットに詰め込んで路地に戻った。ここらは大きな一軒家が多く高い塀ばかりが目立つ。白壁が理想的だが見渡しても白いものが見つからなかった。ポスターさえもない。白い像が庭に置いてあったが枯葉のシミだらけになっていた。しばらく歩くと古いアパートが建っていた。二階のベランダに白いバスタオルが干してある。タクが見つけて教えてくれた。的としては少し遠いがとりあえずはいいだろう。タオルなら汚しても怒られないような気がした。さっそく実を挟んで撃った。タオルの真ん中に命中した。赤いアップリケのような斑点ができた。タクが「スゲー」と喜んで自分もやるというのでパチンコを渡した。パチンコを握るタクの伸ばした左手がわずかに震えている。まだゴムの力に負けている。案の定、南天の実は的をそれて窓に当たった。思いがけなくバンと大きな音がした。急いで電柱の陰に隠れた。窓が開いて女の人が顔を出した。窓に当たった南天の実の跡を眺めている。部屋に引っ込みティッシュを持ってまた現れた。窓から乗り出すようにして実の跡を拭うと、捻った体を戻しぼくらが撃ったあたりを見渡している。パチンコで撃ったとは気がつかないはずだ。実の小ささと軽さを考えるなら投げたとしても路地からは届かないだろう。そもそもそれが南天の実だとわかるのだろうか。電柱の陰から覗くと女の人の横顔が見えた。ママに似ていた。タクにそれをいうと「ほんとそっくり」と同意した。若いときのママってあんなふうだったのだろうか。

タクが、指をさして「あっ」と驚いた。タクの指先を辿ると闇の塊が動いていた。闇だと思ったのは黒い犬だった。路地にうずくまっていたので気がつかなかったのだろう。野良ではなく、飼い犬のような気がする。犬たちにも不公平はあるのかと思った。

それからぼく一人で土日のたびにその古いアパートに行き南天の実を窓をめがけて撃った。女の人が顔を出して欲しかった。女の人が顔を出すときは稀だった。通い始めて何度目かの日曜日。見上げると土曜に撃った赤い実の跡がまだ窓に残っている。たぶん今日もいないのだろう。少しがっかりしながらもその跡をめがけて撃つ。三発だけ撃って帰ろうと思った。最後の南天の実をパチンコに挟んだ時だった。後ろから「捕まえたぞ」と襟首を掴まれた。驚いた。襟を掴まれたまま振り返ると彼女がいた。「きみかあ」と睨まれた。ほんとおにママに似ていると思った。

「どおしてこんなことするの?」ときいてきた。なんでだろう。そんなこと考えたことがなかった。最初のきっかけはタオルという白い標的があったからだ。でもこうして通ってまで撃ったのはお姉さんがママに似ていたからだろうか。それって答えにはならない。ただいえるのは、窓から覗くお姉さんを眺めているると胸のあたりが熱くなってきたこと。こんな気持ちは初めてだった。心臓がばくばく鳴った。お姉さんの顔をまともに見ることができなかった。

「わかんない」とやっといえた。声がかすれていた。

「わかんないで、こんなことされたら堪んないよ」とぼくの顔を覗き込むようにいう。少し上を向いた鼻がママに似ているポイントだと確認しながら「白いタオルがマトみたいにかかっていたから」と付け加えていた。

「そのあとは窓を狙ってたでしょ。今日だってそう。白いタオルがあったのは最初の日だけ」

「やっぱわかんない」

「窓を狙うなら、なんでうちだけを狙ったの？」

「わかんない」

「あたしのことを知ってたの？」

「知らなかった」

「あたしに捕まってびっくりしたでしょ。ということは、知ってたんじゃないの」

「最初の日にお姉さんが顔を出したからおぼえていた」

「じゃあ知ってたんじゃない」

「それだけだよ」

「何がそれだけだか、わけわかんない。とにかく自分がやったことをちゃんと見て覚えておいて」

ぼくは腕をとられたまま彼女に自分のアパートまで連れて行かれた。抵抗はしなかった。できなかった。引っ張られることに恥ずかしいという気持ちがあった。それよりも彼女に会えた興奮のほうが勝っていた。もしかしたら彼女に捕まるために木の実を撃っていたのかもしれない。

背中を押されるように鉄階段を昇り彼女の部屋に入る。階段が二人の重さでぎしぎし揺れた。いちばん端の彼女の部屋に着く。ドアに小さな紙片に丸まった文字で野口と書いてあった。ドアを開けるとそのまま板張りのキッチンとなっており奥が畳の部屋だった。家具といえばベッドと座卓とタンスだけの小さな部屋。極端に飾り気が少なかった。花瓶もポスターもカレンダーさえ貼ってなかった。彼女はぼくを促して窓辺まで行かせた。「見てごらんよ」と窓を指差す。ぼくが撃った何発かの南天の実が窓にはり付いたままにしてあった。果肉が白く乾燥して傷跡のように盛り上がっている。「ねっ、きもち悪いでしょ」とぐっと顔を近づけて訊く。「きもち悪い」と答える。「羽虫が窓にぶつかって潰れたかと思ったわよ」と彼女がいった。確かに木の実とわからなければ潰した虫のようでもある。「特攻隊や9.11のテロみたいに虫が自爆したのかと思ったわよ」と少し笑っていう。トッコー隊はバアちゃんからきいて知ってる。「9.11って何だっけ?」ときいた。「2001年にアメリカで旅客機が二つのビルに突っ込んだテロ、きみはまだ生まれてなかった?」「生まれてなかったけど、思い出した。テレビで見たことがある」。ジェット機が高層ビルに吸い込まれるようにぶつかった。その映像を見てバアちゃんが涙を流していた。バアちゃんはいっていた。考えてごらんよ、飛行機の乗客たちはマンハッタンのビル群に飛行機が降りて行った時にどう感じたか。貿易センターにいた人々は向かってくる飛行機を見てどう思ったか。バアちゃんはうんと小さい頃、戦争の時、市ヶ谷の土手から東京の町が燃えているのを見たことがあるといっていた。すごっくきれいでね、最初は見とれていたそうだ。でもね、あの明かりの下では何人もの人が死んでいったことを知った時、そう思った自分が悲しくなったっていってた。タクはぜったいに飛行機には乗らないとバアちゃんに誓っていた。

「きれーいに掃除して帰りなさい」とティッシュの箱を渡された。窓から身を乗り出して実の跡を拭く。落ちたら危ないのでぼくのズボンを彼女が掴んでいる。昨日の木の実の残骸はすっかり固まってしまっていた。渡された濡れたタオルで拭き取った。何度もこすり取った。全身を大きく使って拭き取ったので息を切らしていた。磨かれた窓から隣の家の緑がゆがんで見えた。お姉さんの顔も映っていた。

窓拭きを終えると「そこに座って」と彼女は座卓を示した。膝を抱えて座った。コップにミルクを入れて持ってきてくれた。よく冷えたグラスに口をつけるとハチミツの香りがした。彼女も座卓に座ると自分のマグカップでお茶を飲みながらいった。

「最初は鳥の糞が落ちてきたと思ったの。木の実を食べた鳥の糞。よくよく見ると糞じゃないわよね。何だろうとずっと考えてた。きみがあんなふうにパチンコで撃っているとは思いもよらなかった。羽虫でもない。人為的なものではないと思ったけど自然現象だったらもっと気持ち悪い。そんな時に通り道で南天を見つけてこれかあと気づいたわ。だったら、やはり鳥かと思った。モズが餌を梢に刺すように南天を窓にぶつけたのかと考えたわ。でも、この現象は土日しか起こらない。それは人為的な要因である証拠でしょ。そこで今日は早朝から窓を眺めていたの。ぜったいつきとめようって。けっか、きみを捕獲できたわけ」

お姉さんはずっとぼくを見つめて話した。少し酔っ払っているのかと思った。マグカップの中はお茶じゃないのかもしれない。ぼくの手の平が少し汗ばんだ。

「ごめんなさい」

「嫌がらせでしたわけじゃないよね」

「違いますか」

げんこで頭をコツンと叩かれた。

「きみの南天パチンコは、あたしを不安にさせ、かなりの時間を浪費させた。でも何だか楽しかったからこのゲンコで勘弁してあげる」といって「あたしはコールセンターってとこで電話をかけてきた客のクレームを聞きとる仕事をしているの。毎日何十人という客の苦情を受けるのだけど一人として顔を見たことがない。会ったこともない。ねちねちと文句をいい続ける奴がいる。とつぜん怒鳴る奴もいる。ときどき電話の向こうからすごい悪意を感じる時があるの。悪意に囲まれて生きているんだなあって思う。窓の木の実の跡を見ているうちに、そんな顔の見えない悪意がカタチになってここにぶつけられたのかって恐ろしくなっちゃった」

お姉さんの顔がすっと曇った。その瞬間、ぼくの胸の奥にも影がさした。お姉さんに悪いことをしたと思った。ぼくのことを正直にいってみよう。

「ほんとにごめんなさい。土日ごとに南天の実を撃ったのは、窓から顔を出すお姉さんを見たかったからかもしれない」

「へえ、なんでだろう？　そうか、あたしが美人だからだあ」と笑った。

「お姉さんがママに似ているから」

「きみのママにあたしが似ているの。ママは生きているんだよね」

「生きている」

「ママが大好きなんだね」

「わかんないよ」

「でも、きみのママに似ているってうれしいな。きみがあたしのそばに近づいた感じがする。あたしって人づき合いが悪いから一人きりが多いの。一人がいちばんと思っているし、他人といると息がつまる時がある。だからかもしれないけど、カレシとは長続きしない。でも別れちゃった時なんか無性に寂しくなることがあってね。底冷えがするような寂しさに襲われる。子どもの時にこんな寂しさは知らなかった。寂しさを知るって大人になることの代償なのかもしれない。誰もいないこの部屋に帰ることが、ときどき心から怖くなる」

　お姉さんがぼくを子ども扱いしていないことがうれしかった。こんなふうに話せる大人って初めてだった。そんなぼくの気持ちを察したかのように「寂しいなんて誰にもいえなかったけど、きみにはいえた。すっきりした」といってくれた。

「きみの南天パチンコを誰かの悪意だと疑った。けどね、良いも悪いも、どこかであたしを見てくれている人がいるってちょっと喜んでいたのも事実。コールセンターの悪意とは違う気がした。だから罪滅ぼしにこれからはちょくちょく遊びに来ること。土日にはあたしがいる合図として白いタオルを出しといてあげる」

　トシオくんのアパートを見上げた記憶が蘇った。トシオくんもあの部屋に一人きりで寂しかったのだろう。タクからゲームソフトをとったのは寂しかったからだろうか。ぼくはこれまで家族以外にあまり相手の立場になって考えたことがなかった。誰かを怒ったり、恨んだり、妬んだりはするけど、こんなふうに相手のことを考えたりすることはなかった。それって寂しさを知らなかったからかもしれない。お姉さんにいわれてはじめて、ぼくがやったことを相手がどう感じたかを知った。想像することもできた。窓にべったりと張り付いた虫のような残骸。バアちゃんが9.11のニュースを見て泣いていたのもそういうことだったのかもしれない。

お姉さんはぼくのパチンコを手に取った。

「あたしも撃ってみたいな」

「いいけど、何を撃つの?」

「何を撃とうかなあ」とお姉さんは部屋を見渡すと「そうだ」と立ち上がった。ベッドの下の小さな箱を引き出す。中から一枚の白いTシャツを引っぱり出した。

「捨てようと思ったけど捨てきれなくて」と独りごちしてTシャツにハンガーを通す。そのハンガーを入り口近くの冷蔵庫に持って行き、引っ掛けた。Tシャツには膝まづいてハートを捧げている男が簡潔な線で描かれている。

お姉さんはTシャツを指さし「このハートが100点、男が10点」と決める。的としてはカンペキだけど汚すのはモッタイない。そういった。

「いいの、元カレのものなんだけど、なんか捨てられなかったからちょうどいい」

なにがちょうどいいのか判らない。お姉さんはぼくの隣に戻るとパチンコを手に持った。ぼくはポケットの南天の実をパチンコに挟んで渡した。お姉さんは「よおし」と受け取ると的を狙ってゴムを引いた。

「左手は動かさないこと。パチンコと正三角形を作るように水平にゴムを引くの」と教える。

「わかった」と指を離した。赤い味はパンと音を立てて、Tシャツの下の冷蔵庫のドアにシミをつけた。

「チェッ、あんがい難しいね」

「ゴムをパチンコと直角に引いていないかった。的とゴムと目が一直線になるように。パチンコを支える腕に力が入りすぎている」

「わかった」と手を出したので、ポケットの実を一つ手のひらに乗せてあげた。

今度は自分で実を挟んでゴムを引き絞った。息を止めて実を放った。膝まづいた男のつま先に当たった。

「やったね10点」と笑顔をぼくに向けた。そういえば最近ママの笑顔を見たことがないと思った。

「こんどはキミがお手本を見せて」とパチンコを返してきた。

ぼくには的が近すぎる。何発か撃つと、男が捧げたハートはすぐに真っ赤になった。お姉さんは「すげえ」といった。その笑顔にジンときた。こんどはタクも連れてこようと思った。

お姉さんはもう一度、パチンコを受け取ると撃ち始めた。赤いシミはしだいにハートに近づいていく。

お姉さんはぼくの家族のことを訊いた。ぼくはタクのこと、ママのこと、どっかに行っちゃった父親のこと、バアちゃんのこと、学校のこと、六年生にもなって通っている学童のこと、そして貧乏な毎日のことを正直に話した。そして、ぼくの名前を教えて、お姉さんの名前をきいた。「五月生まれだからメイなの」と教えてくれた。

　ぼくはこれまで思っていたホンネをいってみた。初めて口にした。

「たまたま貧乏な家に生まれてしまったのって、運が悪かったのか。運が悪いって我慢するしかないのか。そんなことといつも考えてしまう。タクはいつもレンタローや友だちのことを羨んでいる。そんなタクを見ていると、すごく可哀そう」

　お姉さんはいった。子どもってどんな運命も口を開けて飲み込むことしか許されていない。初めから自分の親を受け入れざるをえないように、ほとんどの運命は拒むことも選ぶこともできない。「運命なんぞない」という人がいるかもしれないけれど、子どもにとっての生まれた時の環境や条件は運命というほかはないよね、お姉さんもずっと自分はソンして生まれたと考えていた。もっとお金持ちの家に生まれたら。もっと勉強ができて才能があったらって思っていたという。

「でもね不公平に文句をいっても仕方ないの。文句をいっても自分には何も返ってこない。上を見て頑張ることは必要。あたしもきみも上を見て頑張るチカラは人一倍じゃないかな。頑張るチカラは生きるチカラだと思うの。そのことだけでも、わたしたちは有利なんだ。トクしてるって考えることにした。最初からテッペンあたりに生まれてしまっては上を見ることができない。人間、守りに入ったらダメになる。それって、すごく不幸だと思う」

　ぼくはトシオくんのことも話してみた。トシオくんが死んじゃえばいいと思ったら死んじゃったことを告白した。

「ぼくには恨むチカラがあるみたい。ぼくが恨んだり怒ったりした相手が死んだりいなくなったりする。ときどきバアちゃんが嫌いになることがある。瞬間だけど死んじゃえと思っちゃうことがある。そんな時が怖い。ほんとに死んじゃったらどうしよう」

「恨むことは愛することの裏返しでしょ。きみの恨むチカラが並外れているなら愛するチカラもその分強いはず。だから恨むことよりも誰かを好きになることのほうを頑張るんだよ。家族って恨んだり怒ったりするけど、その分だけ愛情が強いと思う。だから心配しなくても大丈夫。好きと嫌いを比べて、好きが多くなったら、その分きみの勝ちなんだ」とお姉さんはいってくれた。「きみが自分の秘密を教えてくれたから、あたしも秘密を話すね。あたしは人がすごっく怖くなるときがある。その人がわかんなくなって怖いと感じる。その人の存在自体を恐怖だと感じる。底なしに深い淵を覗いているみたい。そんな暗部が自分にもあると思うの。気がつかないだけ。だから人もあたしのことを怖いと思うんじゃないかと思ってしまう」

そういったとき、お姉さんはほんとうに暗い目をした。その暗さはぼくにも伝わってきた。

「そんな暗さ、わかる気がする。ママはよくぼくのことを暗い子どもだって怒る。暗さは不幸を呼び込むっていっていた」

「みんなそれぞれの暗さを抱えていると思うの。それに気づくか気づかないかの違い」

「ときどき考えることがあるんだけど、人間ていつか死んじゃうんだよね」

「そう、いつか必ず死んでしまう」

「じゃあ、なんでわざわざ生まれてきたのかって思う」

「だよね、きみの母さんと父さんが愛し合って、二人の子供が欲しいって思ったからかもしれないけれど、それって大人の事情だから子供には関係ない。なぜきみが生まれてきたのかって理由、自分で見つけるしかないいんじゃないのかな」

「見つかるかな？」

「大部分の人間が見つからないまま死んでいくと思う。あたしだって、なぜ自分が生まれてきたかわかんない。神様を信じている人は違うけどね」

「バアちゃんはお経をあげて神様に祈っている」

「あたしには神様がいるとは思えないよ」

「神様って何のためにあるの？」

「何のためにいるのかな。現実を見ても、悪い奴を懲らしめて善い人を救うなんてウソだしね」

「神様がいれば不公平はなくなるはずだよ」

「神様がいれば、戦争だってなくなるはず」

「だったら神様はいないよね」

「でもね、あたしたちが戦争をなくそうと願ったり、人のために何か良いことをしようとしたり、誰かを愛したりすることも、神様がいる証拠だという人もいるの」

「何だか都合の良い理屈のような気がする」

「そうだね、後付けの理屈って感じだよね」

「人のためって、結局は自分のためでしょ？」

「うん、自分が生きるためだよ、それでいいと思う」

「ああ、こんなこと話しているから暗いっていわれるんだ」

「ほんと、そうだよ。元気な小学生とピチピッチの女の会話じゃないよ」とお姉さんは笑った。

人と気持ちで繋がるっていいなと思う。お姉さんが話していることは素直に受け止めることができる。お喋りしていることが自然にぼくの体に入ってくる。学童の安西さんに対しても信頼はしているけど、お姉さんほどじゃない。なぜだろう。お姉さんとはさっき会ったばかりだし、会話だってそんなにしていない。だけど、こうして面と向かっているときに感じる安心感はどこから来るのだろうか。ママに似ているからだろうか。それも違うような気がする。じゃあ、何だろう。タクとは違う大人の安心感がある。

そんなことをお姉さんに告げた。

「悲しいことや貧乏なこと、そんなマイナスな部分がお互いを結びつけるのよ。人間って弱い部分でしか繋がらないのかもしれない。家族が結びついているのは、そんな弱い部分をお互いに良く知っているからだと思うよ」とお姉さんは答えた。うん、そうかって思った。

南天の実で、Tシャツは見るも無惨にまっ赤なシミだらけとなっていた。

パチンコをぼくに返しながら「もう遅いから帰りなさい」といわれた。

立ち上がったら「ねぇきみをハグしていい」と訊かれた。

「うん」というとぼくを抱きしめてくれた。柔らかな胸に顔が埋まった。いい匂いに包まれた。

「またおいでね。きみを抱きしめていると寂しさを忘れることができる」

お姉さんちを出たとき、風景が少し明るくなったと感じた。陽射しのせいではないことはわかっている。ぼくには恨むチカラ以上に愛するチカラがある、貧乏という見上げるチカラがある、といってくれた。急にチカラが湧いてきたようだ。家まで走って帰ろう。

カラスが路面電車の線路に石を置くという噂が都市伝説のように広がっている。そのせいか、線路脇の公園の楡の木の梢にダミーのカラスの骸が下げられていた。子供たちは怖がってそんな公園では遊ぼうとはせず、頭上へ怯えた視線をやるだけだった。皮肉にも、夕刻になると子供たちへ帰宅を促す七つの子のメロディーが流れる。その曲と梢の黒い骸を結びつける者は誰もいない。

南天の実を食べるヒヨドリは波状飛行と呼ばれる飛び方をする。短く羽ばたき、上昇しては翼を閉じての滑空を繰り返す。それはエネルギーの節約のためとされているが、飛行を遊んでいるようにしか見えない。ときに海面すれすれに滑空するヒヨドリを見かける。天敵であるトビやハヤブサから身を守るためだというが、これも海すれすれに飛べることを面白がっているように見えてしまう。

□キュクロープス
ギリシア語で「丸い眼」の意味、額に丸い眼が一つだけ付いていることに由来。雷の精とされる。
旅人を食らう怪物とされている。

人一人を形成する素粒子を全部集めても、ほとんど点にもならないらしい。宇宙の全部の素粒子を集めたとしても、せいぜい林檎一個分くらいだそうだ。その情報から、モノって、実体って何だということになる。この何十キロの肉体は何だということになる。わたしたちのこの世界を幻想だといっても、科学的にはあながち間違いではないらしい。何処かに書き込まれた二次元データを三次元化したものが、この宇宙だという説もある。ただ、意識という電気信号のようなものを考えると、幻想というものにリアリティを覚えるのは確かだ。無らしき状況から宇宙が誕生したことは確かなのだが、私という存在が無から生まれたとはなかなか考え難い。

酔って、殴られ、奪われ、傷ついた体を引きずりながら深夜の工事現場に戻ろうと歩いた。そこが俺の仕事場だからだ。
何本かの腕に掴まれ地面に押さえつけられた記憶が断片として蘇る。あの時、なぜだか自分を押さえつけている腕を愛おしく感じた。記憶が遠い記憶を引きつける。校庭に突き倒され押さえつけられたのは五年生のときだった。そうだよ、そんなふうにボクと遊んでくれればいいんだよ。キヨシもハルオもみんな笑っていた。

仕事帰りに同僚に誘われた。呑んで、別れ、高架下の公園にあるトイレに寄った。トイレから出たところを、不意に襲われた。後ろから抱えられ、倒され、湿った土に手足を押さえつけられた。何が起きているのか判然としないまま、乱暴する彼らに対して笑顔さえ見せたような気がする。否、あれは小学校のときの記憶だろうか。彼らは無言だった。外国人だったのかもしれない。何の抵抗もできず、抵抗することも思いつかないまま、ポケットを探られ、財布を奪われた。ポケットを探る手に「いいよ、いいよ、あげるよ」といったことは覚えている。酔っていたためかすべてが芝居がかってるように感じた。高架橋を走りすぎるトラックの響きだけがリアルに感じられた。

殴打され、少しの間気を失っていた。ただ単に酔って寝むりこんだだけなのかもしれない。それさえ明確ではなかった。目覚めたときには、先ほどのことすべてが夢のように思われたが、泥と血と嘔吐物で汚れた着衣が悪寒を誘い、現実の出来事であったことを訴えていた。こんな格好では、タクシーは止まってくれないだろう。警察を呼ばれるのもいやだ。とりあえず仕事場である工事現場に戻ろうと思った。雨が降り出してきた。遠雷も聞こえる。

酔いが残っていたので痛みはなかった。深夜の裏道と路地をふらふらと歩き続けた。通行人と出会わないことが有難かった。

歩いていると、再び遠い記憶が蘇る。小学校からの帰宅途中、履いていたスニーカーを神田川に捨てられたことがあった。片足だけソックスのまま歩いて帰った。あの時も誰かに呼び止められないか怖かった。ランドセルを置き、捕虫網を持ってすぐに神田川へ引き返した。スニーカーを拾いたかったが捕虫網では到底届かない場所へ流されていた。親にどう言い訳しようかと迷いながら家路についた。いじめた者への怒りは感じなかった。自分の力のなさを悔いるだけだった。

解体工事をしている小学校に、どうにか辿り着いた。雨が目にしみた。稲光が時折あたりを照らし出した。解体する校舎の周囲は鉄の壁で囲まれていた。通用口脇の小箱に暗証番号を打ち込み開錠して、作業場に入りこんだ。

日中のほとんどを過ごす狭い操作席のある重機は、巨大な腕をたたみ、現場の闇に沈んでいた。アームの先端だけが赤く点滅している。

重機の操縦席へ上りたかったが、キャタピラの陰に寄りかかるようにして横になった。雨と泥、血と吐瀉物にまみれた仕事着、腫れた顔、そんなもので操縦席を汚したくなかった。

ユリシーズは公園から男の後をついて行った。男と一緒に通用門をくぐったが、男はそれを知らない。現場に入ると機材の下に潜り込み乾いた場所を見つけて眠った。

男は半時ほど眠った。目覚めると、雨はやんでいたが雷鳴は時折聞こえた。口が渇いていた。意識をとり戻しつつある全身が痛みに目覚めたように悲鳴をあげる。這うように水道の蛇口まで行き、水を飲み、頭から水をかぶった。顔の傷が再び痛みを一気に戻した。体の芯を刻むような痛みに叫び声をあげた。男は思わず辺りを見わたすと、傍らにいる犬に気づいた。スコップに溜まった水を飲んでいた。こんな大型犬がどこから入ってきたのだろう。現場の管理責任が厳しく問われていたので、出勤時間前に現場から出さなければならない。少しのミスが給与に影響する。

ユリシーズは水を飲み終わると、男を見つめた。ひげに水滴が光っていた

「出てってくれ」と男がいうと、ユリシーズは校門の方向へ歩み出した。意思が通じた、と男は少し嬉しくなった。ほんの些細な光明。

事務所のロッカーに着替えがある。冷蔵庫には飲み物もある。事務所に行こうと腰を上げた。顔にどれほどの傷を負ったのか、鏡で確かめてもみたい。

ロッカーの鏡を覗くと、左の頬が腫れていた。新しい作業着に着替えながら体を点検すると、胸や腹、脛にも痣を見つけた。記憶はないが、そこも殴られ、蹴られたのだろう。事務所の冷蔵庫からスポーツドリンクを取り出し栓を開けた。液体が喉を落ちて全身に広がっていくのがわかる。次第に痛みには慣れてくる。ある程度なら体が動くようになっていた。救急箱から大判のバンドエイドを数枚とり出し傷の深い箇所に貼った。重機へ行った。出勤時間にはまだ二時間以上はある。

男は操作席への梯子を登った。操作室のドアを開くと、温められた朝の匂いがこもっていた。金属椅子に座り操作レバーに手を置いた。落ち着くものがあった。見渡すと、校庭だったスペースに光が淀んでいる。梯子を横たえたような雲梯だけが残っていた。東向きのビルの窓に雲間から朝日が当たり眩しい。いつもの風景のはずだが、違う惑星に降り立ったような違和感があった。雨に濡れた風景が

立体感を喪い視野を歪める。

目を閉じた。急に「怒り」がこみ上げてきた。襲った者への怒り、抵抗しなかった自分への怒り、失ったものへの怒り、見てみぬ振りをして過ぎ去ったものへの怒り、何もしなかった街への怒り、それから職場での、家庭での数え上げられないほどにたくさんの怒り。小学生、中学生と、いじめにあってきた。何の抵抗もできなかった。抗うふりさえできなかった。なぜ、できなかったのか。なぜ、しなかったのか。嫌だといえなかったのか。操縦席から眺める風景が一回り縮んだように感じた。怒りに圧しつぶされて時間さえ止まっていた。男のこれまでの人生でこれほどの怒りを覚えたのは初めてだった。心からの怒りを感じた過去さえなかった気がする。いつしか怒ることをすっかり忘れていた。

男は叫んだ。知らぬ間に叫んでいた。狭い操作室に怒号が響いた。再び叫んだ。耳が聞こえなくなるほどの怒号。ハレーションを起こしたように脳裏が真っ白になる。どんな言葉も浮かんでこなかった。獣の叫びそのものだった。操作室の電源を入れた。重機が息を吹き返したように軽い振動が全身に伝わってくる。振動は痛みを甦らせ怒りを増幅した。重機の隅々までエネルギーがいきわたる。震える操作室の中で、さらに怒号を発した。叫ぶたびに忘れていた記憶から次々と怒りがあふれてくるようだった。百の怒りに駆られた。千の怒りに包まれた。電源ボタンを確認し、レバーを引いた。鉄のアームがゆっくりと持ち上がり、腕を伸ばす。金属の唸り声を立てながら、巨大な鋏を、拳を突き上げるように空に向かって伸ばしていく。別のレバーを握り、押して、鉄の鋏を校舎の壁面にぶつけた。校舎が唸った。校舎が低く咆哮すると同時に反動が重機を襲う。幾重もの反響が男を包んだ。操作室全体が大きく揺れている。男は怒りに全身を震わしている。怒りそのものとしてそこに居た。怒りは男と重機との一体感をもたらした。もう一度、鋏を壁にぶつける。壁がごそっと崩れた。粉塵が舞い、鉄筋があらわになる。これまで体験したことのない圧倒的な支配感と昂揚感に包まれる。怒りが昂り、昂りが怒りを生んだ。怒りは、アームの先からキャタピラの一枚一枚までを捕えた。男はレバーを操作しながら、すべてのものが破壊されることを望んだ。繰り返し鋏を校舎にぶつけた。黒板らしきものが飛んだ。床の木片が散った。何枚もの図画の破片が舞った。男は破壊という意思、怒り、暴力をすべてぶつけたかった。男は自分が人間ではなくなっていると思った。怒号、怨念、破壊というエネルギーだけを抱えた巨獣だった。重機という機械が怒りを体現していた。男は重機と化していた。

遠くからサイレンが聞こえてきた。早朝の騒音に誰かが通報したのだろう。サイレンは男には聞こえなかった。

かつて、天災はすべて、神の怒りだった。

人は天災という天上からの暴力は黙って呑み込み、時間をかけて諦めるが、人の起こした暴力には抗う。神々が死んだ今、天災を人災とみなして、怒りの対象を勝手に見つけだし、その怒りのありったけをぶつけることがある。そんな矛先の見えない怒りほど怖いものはない。そもそも本来の相手がいないのだから、加減がわからないのだろう。そんな時の真の敵は、結局はたいてい自分自身だから尚更たちが悪い。

本棚からLの詩集を抜くと栞をはずし、元の位置に戻した。同じようにK詩集とT歌集から栞を抜き、二冊をL詩集に並べた。詩歌のコーナーはいつものように客が少なく、土曜の午後でありながらも閑散としていた。右斜め後ろの店内監視用のカメラに気をつけ、三冊をまとめて片手で平積みの棚に置き換えた後、一冊を読むふりをする。周囲に店員がいないことを確かめると平積棚に置いた自分のバインダーに三冊を挟む。バインダーを右手にゆっくりと出口に向かう。レジスター近辺には列ができるほど混雑しており、緊張が少しだけ緩む。しかし、それも束の間、全身に無数の触角が生え、アドレナリンが体内を巡り、静かな興奮は収まらず、人の僅かな動きや声に過度な反応を覚える。店内に流れる音楽さえもが一音一音際立つように聞こえる。五感がこれほど研ぎ澄まされている瞬間は、この時しかない。細い階段を下り、地下道に入り込むと、筋肉がゆっくりと解れていくのが判った。地下道は降り出した雨に追われた人たちで賑わっていた。

解れた神経の隙間に、すれ違った女性の香水が染み込んでいった。盗みから来る緊張感は、どこかセックスに似ている。わたしは経験がないがある種のドラッグはこのような緊張と緩和をもたらすのかもしれない。快感という解放に向かう緊張が病みつきになる。疲れた中年女が万引に走ることに納得がいく。ただ、これが、永遠に満たされることのない欲望であることに間違いない。

実体世界において、ものごとは同時並行的に進んでいる。その並列的、その共時的な在り方を、人間は通時的にしか捉えられない。言葉、論理は、通時的にしか成り立たないからだ。数学に行列という式がある。これも、実体世界が並列的に構成されていることの証ではないのか。記憶は次第に共時的なものに整えられるかもしれない。だが、それには時間を要する。さらに困ったことに、人は視点を1つしか持てない故か、どうしても通時的にしか理解しようとしない。複数の共時的なものを通時的な一筋の表現に編集する際には、どうしても嘘が入り込むだろう。つなぎに虚構が必要となる。だとしたら、その嘘が文学であり、その虚構が文体であるのかもしれない。

□メルポメネ
悲劇、挽歌を司る女神。楽器リラの化身でもあり、名は女性歌手を意味する。河神アケローオスとの間にセイレーンをもうける。

国語テストの用紙をプリントし終わると教員室には教頭だけが残っていた。教育委員会から年間活動テーマとして学校が地域交流を積極的に進めるようにお達しがあったとかで、これからPTA会長との打ち合わせがあるという。読み終わった夕刊を畳みながら「きみも参加してくれよ」とお義理のように声をかけられたが風邪気味であることを理由に断った。帰り仕度を整え、靴を履き替えて教員室を出た。警備室に寄る。警備員の吉田さんに借りたベビーメタルのDVDを返したかったが不在だった。デスクの上に置いて帰っても良かったのだが、直接吉田さんに会ってDVDの礼と感想をいいたかったので彼が警邏していると思われる運動場へ出てみた。月も星も見えなくくすんだ闇が広がっていた。蝙蝠が一匹、街灯の蛾を狙って不器用に飛んでいた。予想通り裏門に近い場所に懐中電灯らしき灯りがちらついている。体育用具室に近い場所だった。灯りは一点から動かない。誰かと話しているのだろうか。近づくと吉田さんは懐中電灯を地面に置き屈んでいることが判った。彼の前には黒い塊があった。蹲った大きな黒い犬に話しかけている。「吉田さん」と呼ぶと彼と黒犬が同時に私を見上げた。

私と同世代の吉田さんはジャズミュージシャンをしている。音楽ではメシが食えないと三十路を過ぎて警備会社に入った。学校の警備は一人きりでの勤務が多いから好きだといっていた。音楽教師の橋本さんと仲良くなっているので音楽室で練習もできる。彼の警備会社は急な交代が容易なので月に何度かのライブが勤務とかちあっても融通が利く。そんなこともあって社員にミュージシャンが案外多いらしい。エリック・ドルフィーが大好きで彼に倣ってアルトサックスとバスクラリネットを吹いている。とくにバスクラリネットの技巧は素晴らしく馬の嘶きに喩えられたドルフイーの演奏と比べるなら象の雄叫びのようだと表現できた。奥さんもジャズシンガーでいわば職場結婚なんだと笑って教えてくれた。奥さんは自宅近くのスーパーでレジを打っている。吉田さんよりも上背があり空手の段を持っているという。俺よりもカミさんの方が警備という職業には向いているといっていた。彼のライブの際、アンコールに呼び出された奥さんが、ちあきなおみの喝采を歌い、彼がバスクラリネットを吹いた時は涙が出た。黒犬で思い出したのだが、吉田さんのつくり出す音を聞いているといつも漆器の名品を思い起こす。滑らかでどこまでも黒く深い漆器の質感が彼の演奏には感じられた。音色が不思議と和の雰囲気を漂わせていたからそう感じたのだろうか。吉田さんにそんな感想をいうとリードの削り方のせいなのかと首を傾げていた。そんな時、彼は自分の五分刈りにした頭を撫で回す。奥さんも何かというと吉田さんの頭を撫でる。そんな時、吉田さんは飼い主に撫でられる犬のような表情になっていた。

「どこから入り込んだのだろう」と黒犬を指差しながら問うと「この門を飛び越したのかもしれない」と吉田さんは返事した。普段使う通用門は開門している時にはつねに用務員さんやサポーターの父兄が立っているので入ることはできないはずだ。だが鉄門の高さは二メートル以上はある。学校を抜け出そうとした生徒が自転車を踏み台にして登ったはいいが降りるに降りれず門の上で見つかった事件があった。そんな高い門を飛び越すことが出来るだろうかと吉田さんにいうと、狼なら可能だからこのレトリバーに出来ないわけはないと吉田さんはいった。以前父の友人に満州から引き揚げる際に狼につきまとわれた話を聞いたことがある。トラックの荷台に乗り走っていると、狼が悠々と荷台を飛び越し尿をひっかけたという。狼の尿が直接肌にかかると痛みがひどく目に入った場合は失明するほどだと話していた。確かにトラックの荷台を飛び越せるならこの鉄門だって可能だろう。この狼のエピソードを以前吉田さんに話した憶えがある。吉田さんはそのことをいっている。黒い塊が鉄門に取り付き飛び越していく。そんなイメージが湧いていた。

「吉田さんが犬と会話しているように見えた」というと「会話というよりセッションしてたの」と笑った。ベビーメタルのＤＶＤを鞄から取り出し吉田さんへ「ヘビメタを見直した。久々に感動しちゃった」

と返す。「世の中も変わるし音楽も変わる」と吉田さんがいう。確かにそうだ。だが、私は変化しているのだろうか。三十路を過ぎてからとくに昔を懐かしく思うようになった。もともと我々の世代には現在よりも昔の方が良かったという認識がある。高校よりも中学、中学よりも小学校、小学校よりも保育園が楽しかったと良く話したものだ。そんな状況なのであえて変化を望むことはない。変化を求めるとしてもそれは過去への回帰に近いものだろう。音楽は決して古びないから好きだ。経済という視点に立てば変化は必要だろうが、変化が求められているのはそんな市場中心主義の世の中だけだと思う。私にとって変化は必要ない。子供の頃の思い出とスタンダードナンバーがあればいい。

吉田さんは鍵束を出して鉄門を開けてくれた。黒い犬を送り出すようにして私も彼に別れを告げそこから出た。いつも通用門からしか出たことがないので裏門からの風景は新鮮だった。黒犬はゆっくりと闇に紛れるように去っていった。

駅迄の商店街でB組の関口とすれ違った。無言で首を下げ挨拶をしてきた。関口の母親は池袋西口で焼き鳥屋をやっており教頭はそこの常連になっていた。シングルマザーである母親が一人できりもりしている。煮込みがいけるんだよと教頭がいっていたことを思い出す。いけているのは煮込みよりもママさんでしょとB組担任の金沢が混ぜっ返していた。教頭と金沢でよく顔を出すという。金沢に聞いたのだが店に入る際に教頭は「家庭訪問で参りました」というらしい。

雑司が谷駅に着くと副都心線に乗り込む。私の住む東新宿では降りずにそのまま新宿三丁目まで行く。新宿三丁目駅に着くとエスカレーターを上り改札を出てアクタスのビルを通り抜けて二丁目へ出る。七時を過ぎたばかりの二丁目はまだ賑わってはいないが金曜日ということもあって街全体が浮き足立っている感じがした。花園通りを直進して公園の手前で左折する。右手の進学塾から中学生が出てきたときには思わず顔を伏せた。まさかここまでうちの生徒が塾通いしているはずはないのだがいつも動転してしまう。ゲイであること。女装を趣味としていること。本来はカミングアウトしたいのだが教師という職業が許さない。ゲイであることを告白した教師の話は聞いたことはある。しかしその後の教師としての毎日は茨の道だったろうと確信する。親たちはまだ良いが大人になりきっていない中学生ほど残酷な生き物はいない。私はカミングアウトをするなら教師を辞める。ゲイを告白した途端、私は教師以前に彼らから変態というレッテルを貼られてしまうだろう。

私はショウパブ「ボナン座」に週末の金曜・土曜に出演させてもらっている。LEDが光るシルクの赤いドレスがお決まりの衣装で美空ひばりの曲を自分の声で歌っている。歌いながらひばりと一体になっていく感覚が楽しい。ひばり独特の優しいビブラートに心底陶酔できた。歌っているときの私は美空ひばりだ。私の歌を吉田さんには聴いて欲しかったので、ゲイであること、ショウパブで歌っていることを告白した。驚くかと思ったが、へえっといったきりだった。早速その週の土曜の夜に奥さんと聴きに来てくれた。すごいよといってくれた。こんな場所じゃなければ毎週でも聴きに来るのにと奥さんがいった。この店は座るだけで一万円はとられる。夫婦の身入りではとても払えないという。時々招待するといったら喜んでいた。吉田さんから私のステージ代を訊かれた。教えると俺のライブよりもずっと高給取りだと嘆いていた。あなたも女装してサックス吹いたらいいんじゃないと奥さんに皮肉られていた。いつか吉田さんのバスクラで「愛燦燦」を歌ってみたい。

仁科さんにゲイだと告られた時には正直びっくりした。しかも女装してショウパブで歌っているという。そっちのほうに興味があったのでゲイという告白は流すことができたと思う。俺のライブに来てくれていたからカミさんとも面識があった。彼女に仁科さんがゲイだってと教えてあげたら「やっぱね」と頷いた。カミさんのやっぱねは逆に驚かされた。「どうしてそう思っていたの」と訊くと「あの喋り方はゲイだわよ」と返事した。あの喋り方といったって普通の男と変わりないし、どこがゲイっぽいのか良くわからん。そういうとカミさんは「あんたはそういうところが鈍感なのよ」という。「そのあたりの感性というか、観察眼が研ぎ澄まされるともっといい曲が書けると思うよ」ともいいやがった。自分でも作曲の方はイマイチだと納得しているからなおさら腹が立った。しかし、二丁目で聴いた仁科さんの歌には感心した。カミさんだって驚いていた。美空ひばりが乗り移っているといっていた。俺の曲に「AKANE」というナンバーがあるのだけど、こんどあれを歌ってもらおうと思っている。カノンコードを使って作った曲だがけっこう気に入っている。AKANEとは茜色の茜の意味で昔の彼女の名前でもある。カミさんには曲名が元の彼女の名前だと明かしていないのだが何故か歌ってくれない。確かに女のそういうところは鋭いと思う。なんとなく判ってしまうようだ。

「AKANE」

憶えているだろうか？
二人で眺めた
夜明けの空
茜にそまる 群雲《むらくも》。

白い月が残る空は
朝を待つ喜びに
輝いていた。

憶えているだろうか？
二人で歩いた
夕暮れの街
茜色のビルの影。

街明かりを写す雲に

恋人たちの思いが
真っ赤に染まる。

幾つの道を辿ったか
幾つの河を渡ったか
いつの間にか
空を見上げることさえ
忘れていた。

知っているだろうか
あの時から
ずっと変わらず
愛していること。

いちばん美しいもの
それは思い出の中に
いつも輝いている

知っているだろうか
あの時から
ずっと変わらず
愛していること

僕の恋は
茜で始まり
茜で終わった

幾つの夜が過ぎたか
幾つの夢を忘れたか
いつの間にか
星を数えることさえ
忘れていた。

茜は父親を早くに亡くし、物心ついた時から美容師の母親との二人暮らしだった。母親が若かったため姉妹のように育ったという。四国高松の郊外にある実家の美容室は、自宅と一緒だったので子供の頃から客たちと母の会話を聞いたり美容室で遊んで過ごした。将来美容師になることに何の疑いも抱かなかった。俺と知り合った頃に茜は高田馬場にある美容専門学校に通っていた。ある日のライブの打ち上げに彼女は最後まで残っていた。目当ては俺ではなくギターの大塚だったのだが、奴はとっくに誰かと消えてしまっていた。彼女は一緒に来た友人が酒に潰れてしまっていたので帰るに帰れなくなっていた。当時バンドで一番年下だった俺は楽器と機材の運搬係りを割り当てられたので、運転のため酒も飲まずに時間を潰していた。バンドリーダーがお前はどうせ酒が飲めないのだから潰れた女の子を送ってやれといった。退屈していたので一つ返事でバンを出した。潰れた女の子を幡ヶ谷のワンルームまで送り、彼女の部屋まで背負って上がった。酔った女は重く背負うだけで一苦労だった。しかも三階分を階段で上った。俺の上着は自分の汗と背負った女の涎でべっとりと濡れていた。茜はさかんに詫びた。なんとか女を寝かしつけた時には夜が明けようとしていた。三階の窓からは夜明けの空が見えた。赤インクをこぼしたように雲が茜色に染まっていた。しばらくの間二人で眺めた。雲を見ながら自分の名前は茜だと名乗った。こんな夜明けに生まれたので名付けられたといった。あの時の茜色は決して忘れることはない。

茜のアパートは西武新宿線の野方にあったので幡ヶ谷からは水道道路を通り環七を北上した。彼女のアパートに着くとせめてものお礼と珈琲を淹れてくれるという。きちんと豆を擦ってネルの袋でドリップするものだった。母譲りの味だといった。彼女の母親は美容室の客に必ずお茶でもてなす。珈琲も紅茶も日本茶もすべて本格的に淹れたものだった。お茶を飲むだけでもこの美容室に通う価値があるわと客に褒められたそうだ。田舎の美容室は女たちの社交場のようなところがある。だから美味しいお茶は欠かせないそうだ。茜は珈琲豆を新宿の専門店で選び買い求めるという。いろんな豆を楽しむことが私のせめてもの贅沢といった。ネルの袋に入れた珈琲豆に茶道の作法のような正確さでお湯を回し注ぐ。珈琲豆が細かな泡をつくり香りが狭い部屋に満ちあふれた。インスタントしか知らない俺にとっては初めての味だった。その日、茜は私の初めての女性となった。以来女性と香りは切り離せないものになった。

茜と付き合いだして二年目の夏。彼女が専門学校を卒業し青山の美容室を手伝っていた時だった。母親が乳癌だと診断されたので高松へ帰郷すると連絡が入った。それから半年後、彼女の母は亡くなった。葬式に参列するため安い礼服を買って高松へ向かった。空から見た瀬戸内海は箱庭のようだった。彼女の実家は親戚や馴染みの客でごった返していた。喪服を着た茜は忙しく立ち振る舞っていた。話す時間はほとんどなかった。時折俺に控えめな笑顔を向けるだけだった。茜にいわれたのか従姉妹にあたる緑が相手をしてくれた。緑は私のことを兄ちゃんと呼んだ。「茜もわたしも母たちの約束で色の名前になった」といった。「わたしには瑠璃という名の姉がいたんだけど二十歳前に死んじゃった。うちの家系って短命なの」と秘密を教えるように小声で話してくれた。返事に詰まっていると「せっかく高松に来ても葬式だとつまらんねぇ」と同情されたのも何だか可笑しかった。駅前のビジネスホテルに、緑の車で送ってもらった。彼女によると「おばちゃんが入院している間、暇だったので待合室で茜ちゃんに兄ちゃんのことばかり聞かされた」らしい。「ミュージシャンなんて憧れだわ」といった。茜との関係を確かめるように詳しく経緯を訊かれた。「茜ちゃんはわたしよりも二つ年上だけど容姿も好みも似ているので良き前例となるの。だからちゃんと勉強しなくっちゃ」といった。前例という言葉に笑った。茜との恋愛を一つ一つ確認するように問う緑の質問に答えていると、茜が俺のことを好きなのだと改めて気付かされた。

「兄ちゃんとは似合いのカップルだよね」と緑の言葉に突然悪感が走った。

告別式の後に茜から高松にもう少し残ってといわれたが断り、仕事を理由に逃げるように東京へ戻った。結果、その選択が茜への返答になったようだった。茜は高松の美容室を引き継ぐこととなり東京の職場とアパートを整理するために一週間ほど上京した。その時俺はある演歌歌手のバックバンドの仕事を友人から譲ってもらい東京を不在にしていた。何度か電話でやりとりしたがサヨナラはいわずじまいだった。ジャズが俺にとって何よりも優先された時代の話だ。珈琲の香りをかぐと今でも茜を思い出す。

そう、ときどき思うのは、音楽にしがみついている人間が俺の周りにはたくさんいる。なんでこんなに多いのかって不思議なくらいだ。ミュージシャンになったやつは、たいがい食えなくて副業を持っている。副業が見つからないやつは女に食わせてもらっている。それまでしてと思うのだが、音とのつながりは捨てがたい。音楽で結ばれた関係を切り捨てるには余りに寂しい。だからか、誰もが何とか繋がっていたいと必死で頑張っている。

守衛室に戻り湯沸かしポットのスイッチを入れた。マグカップにインスタントコーヒーの粉を入れて待つ。沸騰した湯を注ぎ漆黒の液体を口に含む。ベニー・ゴルソンのアイリメンバークリフォードが浮かんできた。吹きたくなったのでコーヒーを飲み終えると音楽室の鍵を取りロッカーのサックスケースを肩にかけて校舎の二階に向かう。音楽教師の橋本スミが吹奏楽部のためとの理由で私物のマックを置いてくれていた。モニターのスタートボタンに触れるとほんわりと明かりがつく。マック独特のこのタイミングの緩さが好きだ。作曲アプリを立ち上げてドラムとベースのパートを打ち込んでいく。アート・ブレイキーの楽団におけるブレイキーとジミー・メリットのプレイを思い出してキーボードを叩いていった。スピーカーをオンにして打ち込んだリズムパートを鳴らす。少しばかり修正したのちサックスを手に取り吹き始める。何度吹いてもこの曲の美しさには胸を打たれる。薄めのリードを装着して一音一音を磨くようにして吹いた。悲哀と歓喜が共存しているメロディーライン。偉そうなことをいうと、相反したものが両立することが芸術の条件だと思う。美と醜、清冽と汚濁、若さと老い、明と暗、それら対立するもの表現こそアーティストが目指すものだと考える。矛盾だが美しいだけの美などは存在しない。何度も吹いた音階をたどる喜びは音楽だけのものかもしれない。一音が全体に拡散し全体の印象が一音に集中する。気に入った散歩道を毎日たどる楽しさに似ているだろうか。その日その時にだけしか得られない驚きがあった。音符を拾う度に新たな喜びを見つけることができた。

腕時計のアラームが鳴り二度目の巡回の時間を告げた。マックをオフにして楽器をケースに入れて肩に担ぐ。部屋のスイッチを落として鍵をかける。今まで音に満ちていた空間が静寂に戻った。ただし俺の中ではまだ曲は鳴り続いている。

仁科さんもそうだが、俺も今の二足の草鞋が気に入っている。つねに音楽に関わっていることは理想だが、今の俺には無理だと思う。この状況が続けば良いと思っている。


赤道近くの海水温度は摂氏25度を超えており、暖められた海水は大量の水蒸気となって上昇気流が生まれる。熱せられ湿った空気は上空へ昇るに従い冷やされて、氷結したり雨粒になったりする。そのように水分が抜けた空気は軽くなって、さらに上昇して海洋性低気圧を形づくる。その中心には巨大な積乱雲の壁が形成され、そこに地球自転の力が加わり回転を始める。そんな台風の発生は温暖化によって頻度を増してきた。台風は都会のゴミや汚れを一掃する。都会という運動体に幾許かの変化を与え、健康を取り戻すようにも見えた。


この星は休みなく脈動している、と仁科は思った。

私は台風を待ち望む。偏西風に吹かれながら陽射しを浴びて暖められる海原を想像する。自分も地球の一部だという実感を持ちたいと願う。歌う時に、それは少し感じるようになった。

店に出るとヒデさんから相談を受けた。ボナン座のママで経営者でもあるヒデさんは歌舞伎町のキャバレー跡を借り受けようか迷っていた。以前から二丁目を抜け出して歌舞伎町に移りたいと宣言していた。客層を広げるなら二丁目にいてはダメだという。歌舞伎町なら、はとバスのコースにもなる。外人観光客《インバウンド》だって引っ張ってこれる。かなりの格安物件だし、資金は長瀬さんが大丈夫といってくれているし、厨房やホールのスタッフ面は六本木の純子ママが手伝ってくれるし、まず間違いないのだけどねという。だが、シアター形式になっている大箱なので、現在のショウではスケールや演出が不十分なのがいちばんの迷いどころだった。「ジンちゃん、学校辞めてうち専属で歌ってよ」と勧められた。この店では仁科の仁をとってジンちゃんで通っている。「歌いたいのはやまやまだけど、教師を辞めてしまってはこれからのこと考えると不安になる」と返事した。「ここでさあ頑張って、一生分稼げばいいのよ」とヒデさんは現在の教師の給料の三倍以上は確実に入ると約束する。「あなたならうちのトップスターになれる」ともおだてられた。

ヒデさんは若い頃からお金を貯めて不動産を買ってきた。みんなから男をころがして土地をころがしていると妬まれてきたが、今では二丁目近辺に11箇所の不動産物件を所有している。「サッカー選手をチームで囲える」と自慢していた。銀行マンの長瀬さんは不動産投資のアドバイザーであり恋人でもあった。彼がいなければあのバブル崩壊時を切り抜けられなかったという。こんどのキャバレー跡の物件も五年ほど寝かせるなら絶対値上がりすると長瀬さんの保証済みだそうだ。だから融資も問題ないらしい。いつか長瀬さんがヒデさんの投資家としてしての手腕はおかまバーのママにしておくにはもったいないといっていた。どれだけ経済工学が進化しても人間のカンには追いつかない。投資は他人より一歩先を読む必要がある。一歩先でいいのだ。数歩だったら行き過ぎる。タイミングがものをいう。数値やデータや情報をもとに理論を組み立て予測をしても所詮過去の分析の延長線上でしかない。市場は人間の欲望で動いている。ヒデさんのカンは欲望というエネルギーを取り込んでの予測なので遥かに信頼に足る。そりゃあ、失敗もある。でも不動産投資に関しては大損することはないし何度かに一度大きく当たれば元を取る。ヒデさんにはそれが可能なのだといっていた。だから、今回の歌舞伎町進出も成功は間違いないのだろう。

数百万匹ものハナアブは、暖かな土地を求めて、ピレネー山脈を越えて、最長二千キロも移動する。ヨーロッパ南部で越冬すると、春には花を追いかけて再び繁殖のために北へ向かう。小指の先ほどの体長しかないハナアブに、そんな長距離飛行に耐えるだけのエルネギーが蓄えられていることに驚く。ハナアブが移動中に運ぶ花粉の数は三十億から百九十億個にもおよぶらしい。ハナアブは大陸の生態系に間違いなく貢献している。なお、ハナアブは、アブの仲間ではなくハエの仲間。日本にも多くの種が棲息する。

時代の肥やしになったらダメ、時代を肥やしにして成長すべきなの、とヒデさんはいう。

確かにヒデさんの提案は魅力的だったが、私は教師という職業が好きだ。子供達と接しているとLBGTという弱い立場も忘れられた。イラつくことも多いが子供達の笑顔は何にも代えがたい。私が女性と結婚できず子供を持てない立場にあるから尚更欲求が強いかもしれない。歌手として認めてもらえたことは心から喜んでいる。だが子供と歌手を秤にかけると子供を選んでしまう。

私にはシュウという恋人がいる。彼は図書館司書として江東区の子供図書館に勤めている。都が主催した子供の本離れに対処する研修があり、そこで彼と知り合った。二人とも子供が好きでそれぞれに自分の職業が気に入っている。彼は生まれも育ちも江東区で砂町銀座近くの実家に暮らしている。この町が好きで離れたくないという。流行りのマイルドヤンキーだねとからかうと、素直に頷いた。幼馴染たちには自分がゲイであることは告白していた。だが、両親にはまだカミングアウトはしていない。いわないほうが親孝行だよとみんながいう。だから両親からは「結婚まだなのか」とうるさいらしい。友達の友達になるのだがビアンの女の子がいる。その娘たちと偽装結婚したらと勧めてくれた友達がいた。つまり、ゲイとビアンのカップル同士が、形だけだけど結婚して、実際は男と男、女と女の恋人同士のカタチでお互いお隣りの関係になって住む。シェアハウスでも構わない。親が訪ねてくるとか何かある時には男女の夫婦となって偽装する。それってけっこう良いかもしれないと思っている。LGTであることはやっぱり何かと問題を抱えることになる。もし、ビアンの友達が協力して人工授精で子供を授かれるなら最高だとも思う。これは半分妄想だけどね。

シュウはそれくらいの偽装は昆虫ならアタリマエといっていた。確かに、そうだと思う。

シュウは私が教師を辞めることには強く反対した。子供たちの話をしている私がいちばん好きだといってくれた。二丁目で歌うことは趣味として認めるが仕事にはしてほしくないそうだ。当然だろうと思う。ヒデさんはゲイという弱者であるからこそお金を貯めて自分を守る必要があるといっていた。私にとって自分を守るものは教師という職業以外に考えられない。シュウと二人で定年までそれぞれの仕事を全うしていこうと思っている。

休みの朝は二人で皇居の周りをジョギンクしている。シュウは私に東京マラソンに出場するように勧める。ジンの足ならぜったい上位に入れるという。子供の頃から駆けっこでは負けたことがなかった。体育の教師に陸上部に入ってきちんとフォームを覚えるなら国体だって夢じゃないといわれたが、トランペットが好きで吹奏楽部に入っていたので断った。あの時に陸上部に入部していたら別の人生があったのだろうか。

ゲイであることは抵抗の多い生き方だが、そのぶん生きている実感が深まり、ゲイであることが自分の存在証明だと思っている。ときどきそんなことを考える。教師であり好きな唄を歌うことができて、好きなシュウとジョギンクができればそれ以上は望まない。この世の中で自分の仕事に満足できるってそれだけで幸せだと思う。私たちが定年を迎える頃にはゲイにとってもうすこし住みやすい世の中になっていると信じてる。

今日の職員室は卒業生の間垣トシオが神田川に落ちて亡くなったという話題で持ちきりだった。トシオは父親との二人暮らしで、四年生の夏に転校してきた。自殺じゃないかと堀北先生は疑っていた。自転車に乗ったまま橋の欄干から神田川に吸い込まれるように落ちたそうだ。堀北先生は、在学中、教頭に口止めされていたと前置きして「コンビニで万引きして何度か捕まった間垣を引き取りに行った」という。父親がだらしなく生活費に困っていたらしい。遅くまで図書館で本を読んでいた姿を思い出す。

今考えるなら一人きりの部屋に帰りたくなかったのだろう。彼が六年生の頃だったか江戸川乱歩の少年探偵団シリーズを勧めたら夢中になって一夏で全巻を読破したといっていた。すごいねと褒めるとはにかんだように笑った。神田川に落ちたということを聞いたときに乱歩の「芋虫」を想起した。五体の自由を奪われた主人公が、妻に目までを潰され井戸に落ちて自殺する。妻への置き手紙には「許す」とあった。間垣トシオにとって大人になることは自由を一つ一つ奪われ、束縛を次々と加えられていくことだったのだろうか。入学当時は誰とでも遊ぶ明るい子供だったらしい。転校してからは口数が少なく一人でいることが多くなっていた。親の不運とか不幸に対して子供は何もできない。ほとんど無力同然だ。子供たちをみているとつくづく不公平だと感じる。彼らは成長のたびに、そのことを実感せざるを得ない。そのせいか、この頃は昔を懐かしむ小学生が増えている。明日よりも昨日が楽しい未来って、悲しくなる。

スマホのニュースが、遠い国で戦争が始まったと告げた。

死は終わりではなく停止だといったのは、誰だっけ。何ごとにも、何者にも、終わりはなく停止しかない。死とは言葉でしかなく、言葉に騙されてはならない。死の恐怖に翻弄されてはならないと思う。存在は別のカタチに姿を変えて延々と続く。いずれ、わたしのこと、あなたのことなど忘れ去られる。砂浜の空き瓶のほうが余程痕跡を残すに違いない。その空き瓶だって、そう、この宇宙だっていずれ消え去るが、それは終わりではないのだ。だとしたら、わたしという像が結ばれたこの限られた時間は何の悪戯だったのだろう。与えられた存在と時間を奇跡などと喜んでいいのだろうか。卑しくも、未練たっぷりに、このように綿々と書き連ねた言葉などを残して何の意味があるのか。わたしが、例え、かのユリシーズであったとしても、あの英雄譚の数々もいっときの花火でしかない。あのセイレーンの歌声さえ束の間の木霊だ。ただ、嘆きだけが幾度も繰り返し尾を曳いていく。

どんな優れたＡＩでもプラグを抜かれたら終わりだ。わたしたちのこの世界も、誰かがプラグを引き抜くことはないのか。そして、そのプラグを抜いた人物が生きる世界の、そのまたプラグを引き抜く誰かを、想ってみよう。

ユリシーズは、海浜公園から二週間をかけて戻ってきた。懐かしい匂いに包まれた家に着くと、勝手口から庭へと回り、バケツにたまっていた水を少し飲んだ。餌のボウルは空になっていたが、吠えることもせずに、小屋に入り眠った。旅の途中、体内の奥深くに潜んでいた未だ狼と呼ばれていた頃の記憶が微かだが蘇った。

夢の闇の中を、紅い鯉がゆっくりと泳いで来た。

水底に仰向けて横たわっていると、誰かが私を呼んだ。揺れる水面を通しても、こちらを覗いている人物が夫であることは判る。しかし、私はこのまま隠れていなければならない。息を潜めるが、唇から泡が漏れてしまう。空気の泡粒がゆっくりと上っていくのを、不安になりながら眺めている。私の息が、まもなく続かなくなることは判っている。水面に突然浮かび上がったら、夫はどのような反応をするだろうか。そして、私はどのように言い訳しなければならないのか。息が苦しくなってきた。すると、一匹の動物が泳いで来た。ユリシーズだろうか。あの犬が泳ぎ過ぎるまで、私の息はもつだろうか。ユリシーズが私の真上に泳いで来たときに浮かび上がってしまったら、夫は私の弁解を聞いてはくれないだろう。果たして、あの犬が泳ぎ過ぎるまで、私は我慢できるだろうか。

暗闇の中へ、紅い鯉がゆっくりと泳ぎ去っていく。

黒いトビはネオンの街の上空を飛遊していた。街の喧騒はここまでは届かない。広げた翼に夜の暗さが抱えられているようだった。眼下の薄雲は地上の明かりのせいで所々儚く灯る。それは、東京という胎児を覆う羊水のようだ。風が強まり翼の羽に緊張をもたらした。遠くに青い灯を点滅させながら雲間に吸い込まれていく金属の飛翔体が見えた。

トビはゆっくりと下降する。美しい黄金螺旋を描きながら夜の街に降りていく。ビルの給水塔の下にカラスの巣を見つけた。翼を少し縮めると速さを増した。

東京という都市について、そこに住む人々はそれぞれに異なった物語を抱いて生きている。それら幾多の物語が核となり、旋風《つむじかぜ》が道端のゴミクズを集めるように引きつけあったり、こどもが回す傘の水滴のように弾き飛ばしたりしながら、この都市の形而下で無数の渦をつくり各々勝手に移動する。

それは時に巨大なエネルギーを形成し、北半球のこの都市においては反時計回りに回転することで、街ごとに様々な様相において発現するだろう。

ひとつはトビの飛翔、ひとつはユリシーズの夢。

ユリシーズよ、疲れ知らずの勇者よ、
ここはひとつ、黒き夜の言葉を受け入れ、船縁に寄り添い
宵のひと時を愉しもうではないか。
そして、夜が明けるのを待ち、再び、あの広い海へと船出しようか。
船出できぬとしたら、
せめて、果てのない航海の夢を見よう。

桑原康一郎　1948年　東京生まれ

東京 ユリシーズ

2024年10月11日　第1刷発行

著　者　　桑原康一郎

発行人　　大杉　剛
発行所　　株式会社 風詠社
〒553-0001　大阪市福島区海老江5-2-2 大拓ビル5-7階
TEL 06（6136）8657　https://fueisha.com/
発売元　　株式会社 星雲社（共同出版社・流通責任出版社）
〒112-0005　東京都文京区水道1-3-30
TEL 03（3868）3275
装丁・デザイン　桑原康一郎
印刷・製本　シナノ印刷株式会社

ISBN978-4-434-34767-2 C0093